ro
ro
ro

rororo

EDELGARD SPAUDE, geboren in Freiburg im Breisgau, ist Lektorin und Autorin. Sie lebt und arbeitet heute bei Wien. Nach «Mord im Kurpark» ist dies der zweite Band ihrer Schwarzwald-Krimireihe. Über «Mord im Kurpark» (rororo 24550) urteilte die Presse:

«Ein amüsanter und spannender Krimi mit viel Flair und Esprit.»

(Bild am Sonntag)

«Witzige und pointierte Dialoge.»

(Badische Zeitung)

«Macht auch außerhalb des Kurortdurchschnittsalters Spaß.»

(Brigitte Young Miss)

EDELGARD SPAUDE

SPIESSGESELLEN

Ein Schwarzwald-Krimi

Rowohlt Taschenbuch Verlag

Originalausgabe
Veröffentlicht im Rowohlt Taschenbuch Verlag,
Reinbek bei Hamburg, Juni 2008

Umschlaggestaltung any.way, Barbara Hanke/Cordula Schmidt
(Foto: Bildagentur Huber/Spiegelhalter)
Satz Minion PostScript, InDesign,
bei Pinkuin Satz und Datentechnik, Berlin
Druck und Bindung CPI – Clausen & Bosse, Leck
Printed in Germany
ISBN 978 3 499 24703 3

VORBEMERKUNG

Auch in diesem Roman sind sämtliche Handlungen und Personen frei erfunden. Die Zuneigung der Autorin zur Lieblingsfigur des ersten Bandes ist geblieben, und das wird sich auch weiterhin kaum ändern.

Für Tilman – er weiß schon, weswegen

1.

Lauter Trubel beherrscht heute das Dorf. Ganz Ehrenstetten mitsamt der Markgräfler Umgebung scheint auf den Beinen zu sein, um sich zu amüsieren, einzukaufen, sich zu unterhalten, zu essen und vor allem zu trinken. Wie jedes Jahr am 10. August findet der Lorenzemärt statt, auf den sich manche Dörfler 364 Tage im Jahr freuen und den einige Anwohner an genauso vielen Tagen fürchten, weil kein Durchkommen mehr möglich und vor drei Uhr nachts nicht an Schlaf zu denken ist. Die Hauptverkehrsstraße, die die Orte Kirchhofen und Ehrenstetten verbindet, wird bereits am Vorabend für den Durchgangsverkehr gesperrt. Wer nicht rechtzeitig daran gedacht hat, sein Auto für die Dauer des Festes außerhalb zu parken, hat keine Chance, es zu benutzen. Vor den breiten Hofeinfahrten bauen die vielen Händler, die wie immer auf gutes Wetter und entsprechend gute Einnahmen hoffen, ihre Stände eng aneinandergereiht auf.

Hier wird vieles angeboten, was man in Supermärkten oder Kaufhäusern längst vergeblich suchen würde: Mantelschürzen mit Blümchenmuster, die an jene Zeiten erinnern, als die Hausfrauen noch züchtig drinnen walteten; lange, zartrosa Flanellnachthemden, wahlweise hellblau oder grasgrün, mit neckischem Schleifchen am Halsausschnitt, bei denen sich kein anderer Gedanke als der an sofortigen Tiefschlaf einstellt; lange, feldgraue Herrenunterhosen, deren künftige Besitzer absolut sicher vor jeder Form erotischer Annäherung sein dürften. Dazwischen warten Würste verschiedenster Art, Käse, Staubtücher, Putzmittel und Holzkochlöffel, mehr oder weniger echter Schmuck oder selbstfabrizierte Häkeldeckchen, wahlweise auch gestrickte Klorollenschützer auf Käufer. Bereits am Vormittag gibt es ein dichtes Gedränge. Den Nummernschildern der vor dem Ortseingang abgestellten Autos nach zu schließen, haben sich Bewohner aus dem gesamten Umland auf den Weg gemacht, um sich mit Notwendigem und Überflüssigem einzudecken.

Damit keiner verhungern und verdursten muss, sind von den verschiedenen, im Dorf ansässigen Vereinen in den großen Höfen, die die Straße säumen, Tische und Bänke aufgestellt worden. Es riecht nach Bratwürsten und Steaks, nach Pommes und Schupfnudeln. Diese Mischung aus Sauerkraut und Teigwaren stellt eine der äußerst raren geschmacklichen Wesenseinheiten zwischen Badenern und Schwaben dar. Überall wird gebrutzelt und gekocht, werden Kisten mit Bier und Wein herangeschleppt. Schon Tage vorher muss alles fertig sein, müssen Wand- und Dachkonstruktionen aus Holz und Plastik aufgebaut werden, damit die Besucher sich auch von Regengüssen nicht vertreiben lassen. Und wie jedes Jahr kommt es nicht nur Tage, sondern Wochen und Monate vorher allenthalben zu Uneinigkeit und Streit darüber, wer in diesem Jahr welche Arbeiten zu verrichten hat.

Wenn dann nach Beendigung des Festes die Vereinskassen gut gefüllt sind, wenn das meiste so abgelaufen ist, wie erhofft, breitet sich wohliger Friede aus – bis es das nächste Mal ans Planen und Vorbereiten geht.

Ganz selten nur haben die Ehrenstetter Pech gehabt, weil ihnen der Wettergott einen Strich durch die Rechnung gemacht hat, was an diesem 10. August nicht im mindesten zu befürchten ist. Es ist wunderbar warm, und der Himmel erstrahlt in makellosem Blau. Noch am frühen Abend – die ersten fliegenden Händler räumen schon wieder zusammen, um sich rechtzeitig auf den Weg zur nächsten Verkaufsgelegenheit machen zu können – drängen sich die Menschenmassen auf der Straße, und überall in den Höfen hat sich fröhliche Stimmung breitgemacht.

Am lustigsten geht es derzeit beim Angelsportverein zu. Dort sitzt Herbert Fehringer mit seiner Frau Gundi und unterhält mit seinen launigen Erzählungen gleich mehrere Tische. Zugegeben, er hat auch einiges zu berichten: nicht nur aus seiner vierzigjährigen, inzwischen beendeten Laufbahn als Bratwurstverkäufer auf dem Freiburger Münsterplatz, sondern vor allem von seiner Beteiligung an der Aufklärung des spektakulären Mordfalles in Badenweiler in diesem Frühjahr. Die Rolle, die Herbert Fehringer in dieser grausigen Angelegenheit gespielt hatte, ist in seinen Darstellungen seit April um zahlreiche Nuancen und Aspekte erweitert worden. Er war es gewesen, der den gewaltsam zu Tode gekommenen Fotografen im Kurpark gefunden hatte. Zwar gab es zwei Freiburger Kriminalbeamte, die letztlich die ordnungsgemäße Verhaftung der Täter ausführten, doch wenn er – Herbert Fehringer – sich nicht ununterbrochen und unermüdlich eingesetzt hätte, wie es seine Bürgerpflicht von ihm verlangte, so stünde die Aufklärung des Falles vermutlich noch heute aus.

«Ich kann euch sagen, das war vielleicht ein Schreck, als ich und der Förster den Toten im Kurpark entdeckt haben. Erst war der Mann kaum zu sehen, weil er im hohen Gras unter seinem Zelt gelegen hat. Aber dann, als wir ihn da rausgezogen haben – mir war sofort klar, dass er ermordet worden ist –, da hat es schon Mut gebraucht, an Ort und Stelle auszuhalten. Der Stammer ist vor Schreck fast ohnmächtig geworden. Ja, und dann ist es losgegangen mit den Ermittlungen. Dem Kommissar aus Freiburg und seinem Assistenten habe ich selbstverständlich geholfen, so gut ich konnte. Im Vertrauen, ohne mich – also ich will mich ja nicht selber loben –, aber ohne mich und meine Kontakte zu den Leuten in Badenweiler hätten die das nie geblickt.»

Gundi, die diese Ausführungen ihres Mannes bei den unterschiedlichsten Gelegenheiten inzwischen so oft gehört hat, dass sie genau weiß, wann welches Detail ausgeweitet wird, langweilt sich zwar bisweilen, aber im Grunde ist sie auch ein wenig stolz auf ihren Herbert, weil er es immer wieder schafft, seine Zuhörer zu faszinieren. Auch heute gelingt es ihm in seiner lauten, fröhlichen Art auf Anhieb, zum Mittelpunkt zu werden.

Die Stimmung ist richtig gut, wofür nicht unwesentlich der rote St. Laurent sorgt, ein ganz besonders guter Tropfen, der traditionell nur an diesem Tag, eben dem des heiligen Laurentius, verkauft wird – zu einem recht stolzen Preis allerdings. Gundi genießt den Wein, Herbert bleibt lieber bei seinem Bier, auf das er stets nach dem dritten Glas zugunsten von Mineralwasser verzichtet. Beide Getränke haben jedoch die gleiche Wirkung, nämlich das sich rasch verstärkende Bedürfnis, schleunigst Ausschau nach einer Toilette zu halten. Mit seinen Blicken hat Herbert die Gegend schon eine ganze Weile sondiert und am Ende der Straße eine entsprechende Örtlichkeit ausgemacht. Dorthin streben aber so viele Menschen, die das Gleiche empfinden, dass sich eine lange Schlange gebildet hat. Die Hoffnung, dass sie sich auflöst oder wenigstens verkürzt, scheint vergeblich. Außerdem ist diese Hoffnung von Herbert ein wenig zu lang gehegt worden. Er wird sich wohl oder übel nach einer kurzfristigeren Möglichkeit umsehen müssen.

Mühsam bahnt er sich einen Weg zwischen den Bänken und verschwindet dann hinter der mit Plastik abgedeckten Holzkonstruktion, wo er hofft, unentdeckt zu bleiben. Dieser Ausweg ist ihm zwar sehr peinlich, und er weiß ganz genau, dass Gundi dafür überhaupt kein Verständnis hätte und stocksauer wäre, wenn er auf die für menschliche Bedürfnisse eigens eingerichtete Örtlichkeit verzichtete, aber augenblicklich geht es einfach nicht mehr anders. Der Zweck heiligt die Mittel.

Während Herberts Abwesenheit konzentriert sich die Aufmerksamkeit am Tisch zunächst auf Gundi.

«War Ihr Mann immer schon so mutig?»

«Haben Sie gar keine Angst gehabt, dass ihm etwas zustoßen könnte?»

«Wie fühlt man sich, wenn man solch einen aufmerksamen und tatkräftigen Mann hat?», will eine der Frauen am Tisch wissen. Man kann ihr förmlich ansehen, dass sie ihre gelinden Zweifel hegt, ob ihr Angetrauter ebenso beherzt gehandelt hätte.

Gundi schaut ein bisschen verwundert.

«Wieso Angst? Es hat nie auch nur eine annähernd gefährliche Situation gegeben. Nein, gefürchtet habe ich mich nicht, aber manchmal geärgert, weil ich dauernd allein rumgesessen bin und er unterwegs war.»

Das war die falsche Antwort, wie sie an der in Falten gelegten Stirn der Fragenden unschwer erkennen kann. Jetzt erlebt die schon mal was, und dann ist es ihr auch nicht recht, entnimmt sie dem Mienenspiel gegenüber.

Ziemlich schnell widmen sich die unmittelbar nebeneinander Sitzenden wieder ihren Privatgesprächen. Die Abwesenheit von Herbert drückt auf die allgemeine Stimmung. Der ist schon eine halbe Ewigkeit weg. Gundi wird allmählich unruhig. Wo bleibt er bloß so lange? Es wird ihm doch nichts passiert sein? Ob sie nachsehen soll? Aber wo? Sie hat nicht darauf geachtet, in welche Richtung ihr Mann verschwunden ist.

Als sie sich eben entschlossen hat, bis zum großen Holztor an der Straße zu gehen, um von dort Ausschau zu halten, biegt

Herbert um die Ecke. Mit den Armen fuchtelt er wild in der Luft, sein Gesicht ist aschfahl.

«Gundi, schnell, jemand muss die Polizei rufen. Gundi, die Nummer vom Lorenz. Schnell», schreit er schon von weitem.

Aus diesen wirren Worten wird keiner an den Tischen klug, die Ersten fangen bereits wieder an zu lachen, weil sie sich von Herbert Fehringer einen neuen lustigen Auftritt versprechen. Nur Gundi wird nervös. Was soll das? Was hat er? So völlig außer sich kennt sie ihren Herbert überhaupt nicht. Rücksichtslos drängt er sich durch die Bankreihen und bekommt kaum mehr Luft vor lauter Aufregung.

«Was ist los, Herbert, hast du ein Gespenst gesehen? Oder gar wieder einen Ermordeten gefunden? Haha.» Der Witz, den sich einer aus der Runde erlaubt hat, findet allgemeinen Anklang.

«Ja», brüllt Herbert. «Dahinten liegt wirklich einer. Gundi, die Telefonnummer.»

«Mensch, du kannst einen ganz schön hinters Licht führen. Komm, setz dich her und erzähl weiter.»

Immer noch erregt Herberts Auftritt Heiterkeit, außer bei Gundi.

«Herbert», fragt sie vorsichtig, «geht's dir gut?»

«Gundi, da hinten liegt wirklich jemand. Mit einem Spieß im Rücken.»

Jetzt lacht die ganze Gesellschaft. «Ja klar, das ist der Ochs am Spieß. Der wird gleich gebraten. Kannst du nicht mehr zwischen Mensch und Viech unterscheiden? Na, manchmal ist ein Mensch ja auch ein Ochs.» Die vom St. Laurent kräftig geförderte Ausgelassenheit ist auf dem Weg zu einem neuen Höhepunkt.

«Jetzt seid endlich mal ruhig. Dahinten liegt ein Mensch mit einem Spieß im Rücken, und alles ist voller Blut.»

Die Erste, die Herbert ernst nimmt, ist Gundi.

Oh, alle Heiligen, stöhnt sie in sich hinein, lasst es nicht wahr sein. Lasst den Herbert dies eine Mal zu tief ins Glas geschaut haben und halluzinieren. Nicht schon wieder! Das darf nicht wahr sein!

Zu weiteren Überlegungen reicht es nicht, denn Herbert zieht sie bereits von der Bank in Richtung Zaun, an dem er vorhin so eilig entlanggelaufen ist, hinter das Zelt.

Und tatsächlich. Dort liegt bäuchlings auf einer Bank ein ziemlich großer Mensch, aus dessen Rücken ein gewaltiger Spieß ragt. Gundi schreit auf und klammert sich an Herbert. Inzwischen haben sich auch andere Schaulustige eingefunden, die neugierig hinterhergelaufen sind, in der Hoffnung, dass es vielleicht wirklich eine Sensation gäbe. Nur jetzt, konfrontiert mit dem Anblick des offensichtlich hinterrücks Ermordeten, macht sich lähmendes Entsetzen breit.

«Kennt den jemand?», fragt Herbert, wieder ein klein wenig ruhiger geworden.

«Wie soll man wissen, wer das ist, wenn er mit dem Gesicht nach unten liegt. Dreh ihn mal um», fordert einer der Nächststehenden.

«Bist du wahnsinnig? Wir werden doch keine Spuren verwischen.» Man merkt Herbert zweifelsfrei den Profi an.

«Gundi, gib mir mal das Handy. Und die Nummer vom Lorenz.»

«Wir müssen die Polizei holen», dämmert es einem Festbesucher, der direkt neben Herbert steht.

«Ja, sicher, was glaubst du, was ich machen will. Lorenz ist der Freiburger Kommissar, den ich gut kenne. Euer Dorfgendarm kann hier nichts ausrichten. Da muss sofort die Spurensicherung her. Und die Kriminaltechniker.»

Die anwesenden Ehrenstetter sind angesichts des «Dorfgendarmen» etwas in ihrer Ehre gekränkt. Was glaubt denn der? Ehrenstetten liegt schließlich nicht hinterm Mond, und der Nachbarort Kirchhofen verfügt über einen eigenen Polizeiposten.

«Die Nummer vom Lorenz hab ich aber nicht», stottert Gundi, als sie in ihrer Handtasche endlich das Handy gefunden hat.

«Auch egal. Ich kriege sie aus dem Gedächtnis zusammen.» Zu Zahlen hat Herbert aus der Münstermarktzeit ein gutes Verhältnis. Er hat sich höchst selten verrechnet, nicht einmal zu Spitzenzeiten, als fünfzig Leute gleichzeitig eine lange «Rote» haben wollten.

In der Tat gelingt es Herbert, die richtige Nummer einzutippen, die das Telefon auf dem Freiburger Schreibtisch von Kommissar Lorenz schnarren lässt. Weil der augenblicklich nicht im Zimmer ist, kommt Matthias Thiele, sein Assistent, aus dem kleinen Nebenraum und erbarmt sich des unaufhörlich laut klingelnden Apparates.

«Mordkommission Freiburg. Thiele am Apparat.»

«Ja, hier ist der Herbert Fehringer. Sie wissen noch, wer ich bin – oder?» Das klingt beinahe drohend, wenn auch ungewollt.

«Ja, der Herr Fehringer. Das ist aber nett, dass Sie sich mal melden. Wie geht's Ihnen denn so? Und wie geht's Ihrer Frau?»

Thiele ist ehrlich erfreut über den Anruf.

«Ja, ja, gut. Aber wir haben hier eine Leiche. Sie und der Lorenz müssen herkommen. So schnell es geht. Mit der Spurensicherung», sprudelt es aus Herbert Fehringer heraus, aber er erreicht genau den gleichen Effekt wie vorhin am Tisch, nämlich dass Thiele lauthals anfängt zu lachen.

«Der Witz ist gut, Herr Fehringer. Wo sollen wir hinkommen? Und sollen wir auch gleich den Arzt und den Rest der

Besatzung mitbringen? Haha.» Thiele schüttet sich schier aus vor Lachen.

«Mensch, Herr Thiele. Es ist wahr. Hier liegt ein aufgespießter Toter. Tempo. Sie müssen was unternehmen! Ehrenstetten. Lorenzemärt.»

Ein ganz schön energischer Ton, den Würschtle-Herbert da anschlägt, denkt Thiele und erinnert sich an den Spitznamen, den sie Fehringer seiner langjährigen Tätigkeit als Bratwurstverkäufer wegen verpasst hatten. Er wird stutzig.

«Jetzt mal im Ernst, Herr Fehringer. Machen Sie keinen Quatsch.»

«Ich mache keinen Quatsch.» Herbert wird ungeduldig. «Hören Sie mir genau zu. Ich bin mit der Gundi in Ehrenstetten beim Lorenzemärt, und hinter dem Schuppen vom Angelsportverein liegt ein Toter. Es kann ihn aber im Moment keiner identifizieren, weil er auf dem Bauch liegt, wie der Fotograf, der Gerstenbach, das letzte Mal. Aber der hier hat einen Spieß im Rücken. Kapieren Sie es endlich?»

«Und Sie lassen mich auch bestimmt nicht auflaufen?» Thiele ist noch nicht ganz überzeugt.

«Nein, verdammt nochmal. Machen Sie, dass Sie und der Herr Kommissar herkommen. Nehmen Sie die Beine in die Hand!» Jetzt ist Herbert wirklich fuchtig.

«Also gut, ich sag dem Herrn Lorenz Bescheid. Aber ich schwör's Ihnen, wenn Sie sich nur einen Scherz mit uns erlauben, wird mein Chef stocksauer.»

«Herr des Himmels. Glauben Sie, ich bin blöd? Ich sage es zum letzten Mal: herkommen und zwar sofort!»

Das während der Aufklärung des Gerstenbach-Mordes so vertrauensvolle Verhältnis zwischen Würschtle-Herbert und Thiele ist durch dessen Misstrauen im Moment leicht getrübt. Thiele ist von dem schroffen Ton so bestürzt, dass er den Hörer anschaut, als ob er fürchtet, Herbert Fehringer springe gleich persönlich heraus.

«Ja, ja, ist ja schon gut. Ich suche ihn», gibt Thiele endlich klein bei.

Doch er braucht nicht mehr zu suchen, denn eben betritt Lorenz das Zimmer und schaut seinen Assistenten erstaunt an, weil er einen etwas merkwürdigen Anblick bietet. Er steht mit dem Hörer in der Hand da und starrt ihn mit seinen großen braunen Kinderaugen verwirrt an.

«Was ist mit Ihnen los, Thiele? Haben Sie ein Gespenst gesehen, oder haben wir einen Anschiss von der Dienstleitung bekommen?» Damit könnte sich Reinhold Lorenz den verstörten Gesichtsausdruck seines jungen Kollegen am ehesten erklären.

«N-n-n-nein. Herr Lorenz, wir sollen nach Ehrenstetten fahren, zum Lorenzmärkt, oder wie das heißt. – Oh, das Fest heißt ja wie Sie!» Thieles Kombinationsgabe hat seinen Chef schon hin und wieder auf die Palme gebracht. Aber das geht ihm entschieden zu weit.

«Haben Sie sonst noch was auf dem Herzen? Oder finden Sie das lustig genug?» Lorenz ist hörbar eingeschnappt.

«Nein, ja, also doch, Herr Lorenz, wir müssen da hin. Der Fehringer hat angerufen. Wissen Sie, der aus Badenweiler, also der aus Freiburg, der Würschtle-Herbert.»

Man merkt Thiele deutlich an, dass er sich in seiner Haut augenblicklich äußerst unwohl fühlt. Einerseits ist er noch immer unsicher, ob sich Herbert Fehringer nicht doch einen Scherz mit ihm erlaubt, andererseits sagt ihm sein Pflichtgefühl deutlich, dass – sollte wirklich ein Mord geschehen sein – keine Zeit zu verlieren ist, und zudem hegt er die Vermutung, dass sein Chef ihn für verrückt hält. Keine angenehme Situation, findet er, denn Lorenz bedenkt ihn mit einem Blick, der ebenjenes besagt.

«Sind Sie noch bei Trost? Der Fehringer ruft hier an, und Sie rasten postwendend aus? Hat der am Ende wieder eine Leiche in petto?» Lorenz hat endlich beschlossen, die Sache mit Humor zu nehmen. Schließlich hat sich sein Assistent inzwischen als ganz umgänglich und manchmal sogar einfallsreich erwiesen.

«Genau das, Herr Lorenz. Der Fehringer scheint mit seiner Frau bei irgendeinem Fest in Ehrenstetten zu sein und hat dort jemanden getroffen, der einen Spieß im Rücken hat.»

Diese Formulierung ist nicht ganz glücklich gewählt, sodass Lorenz auf dem besten Wege ist, erneut wütend zu werden. Der betretenen Miene seines Assistenten wegen hakt er aber lieber nochmals nach.

«Thiele, reißen Sie sich zusammen. Und wenn Sie sich einen Witz mit mir erlauben wollen, sagen Sie's gleich.»

«Überhaupt nicht.»

So gut es geht, berichtet Thiele von dem Anruf und auch von seinen eigenen Zweifeln. Er beendet seine Ausführungen mit der Wendung, die Lorenz inzwischen zur Genüge von ihm kennt.

«Was machen wir denn jetzt, Chef?»

«Sie meinen wirklich, der Fehringer hat das ernst gemeint?»

«Ja, irgendwie, eigentlich schon.»

«Ja oder nein?»

«Ja.»

«Gut, dann setzen wir uns eben ins Auto und fahren hin. Und gnade Gott dem Fehringer, wenn er mit uns versteckte Kamera spielen will.» Seinen wohlverdienten Feierabend hatte sich Reinhold Lorenz eigentlich anders vorgestellt.

2.

Das Fahrtziel liegt wie im Frühjahr im Markgräflerland. Nur geht es diesmal nicht über die Bundesstraße 3 nach Badenweiler, sondern durch das romantische Hexental. Auf der linken Seite kann man die Luisenhöhe bei Horben und den Schauinsland sehen, und nach einer kurzen Waldstrecke weitet sich der Blick in Richtung Staufen zur Burgruine hin. Am Lenkrad des Dienstwagens sitzt – wie immer – Reinhold Lorenz. Seit den mühevollen und nervenaufreibenden Versuchen seines Assistenten, die Automatik des Autos in den Griff oder vielmehr in die Füße zu kriegen, mutet sich Lorenz diese Tortur nicht mehr zu. Ihre stillschweigende Übereinkunft hat jedoch einen entscheidenden Nachteil: Weil Thiele auf dem Beifahrersitz beschäftigungslos ist, kann er munter seinen Gedanken nachhängen, die hin und wieder recht merkwürdige Wege einschlagen. Das Ergebnis bringt er dann unbekümmert zu Gehör. So auch heute. Thiele spinnt mit Begeisterung das Lorenz-Lorenzemärt-Wortspiel weiter.

«Finden Sie's nicht auch lustig, Chef, dass Ihr Name bei einem Mordfall gleich zweimal in den Protokollen stehen wird? Womöglich denken die Leute, dass das Fest nach Ihnen benannt ist. Da müssen wir uns aber Mühe geben bei der Aufklärung. Haha.»

Lorenz wirft seinem Assistenten einen genervten Blick zu, den dieser aber nicht bemerkt, weil er aus dem rechten Seitenfenster intensiv den Schönberg und seine Ausläufer betrachtet.

«Wieso heißt der Schönberg eigentlich Schönberg? Wissen

Sie das Chef? Lorenzberg würde viel besser passen. Gibt's einen Lorenzberg in der Nähe?»

«Thiele, nein, das heißt, ich weiß es nicht, und ich will es auch gar nicht wissen.»

«Oder man könnte den Leutersberg in Lorenzberg umtaufen, fängt eh schon mit L an. Wissen Sie, Leutersberg auf der anderen Seite vom Schönberg.»

«Ich weiß, wo Leutersberg liegt, halten Sie gefälligst den Mund, wenn Ihnen nichts anderes als solch ein Unsinn einfällt.»

Lorenz wird jetzt wirklich wütend. Hatte er doch geglaubt, dass sein Assistent einiges von seiner naiven Unbefangenheit, mit der er ihn zur Weißglut treiben kann, abgestreift hätte.

«Aber Chef, Sie müssen schon zugeben, dass das ein lustiger Zufall ist. Lorenz und Lorenzemärt.» Thiele kann sich einfach nicht beherrschen.

«Schluss. Aus. Kein Wort mehr, bis wir da sind.»

Es schwant Thiele, dass er den Lorenz-Bogen wohl überspannt hat, deshalb sucht er krampfhaft nach einer sachlichen, möglichst klugen Bemerkung, durch die er seinen Chef wieder versöhnen und auf andere Gedanken bringen kann. Aber auf die Schnelle fällt ihm trotz intensivsten Nachdenkens nichts ein. Dabei wäre das im Augenblick äußerst wünschenswert, denn wieder einmal wandern die Gedanken von Kommissar Lorenz in Richtung seiner Frau Brigitte, die ihn vor mehr als einem halben Jahr verlassen hat, einfach so und einigermaßen rücksichtslos, wie Lorenz meint. Ab und zu schickt sie ihm eine freundliche Karte, auf der sie mitteilt, dass es ihr gutgehe, dass sie einen Job habe, der ihr Spaß mache, und außerdem einen neuen Bekanntenkreis. Kein Wort des Bedauerns und schon gar kein Anzeichen dafür, dass sie eventuell in Betracht zieht, nach Freiburg und zu ihm zurückzukommen. Julia und Ulli, die beiden erwachsenen Kinder, telefonieren häufiger mit ihr. Er nicht. Da bleibt er hart. Sonst bildet sie sich noch ein, er liefe ihr nach. Soll sie sehen, wie sie ohne ihn zurechtkommt. Zwischenzeitlich muss er sich indessen wohl oder übel eingestehen, dass sie sich mit ihrem neuen Leben ganz gut zu arrangieren scheint und ihn offenbar weder vermisst noch bedauert und schon gar nicht braucht. Solche Erkenntnisse treffen ihn schwer.

Wenigstens wohnt Ulli wieder mit im Haus, sodass er nicht mehr ganz allein ist. Sein Sohn macht auch keinerlei Anstalten, das bequeme elterliche Nest in absehbarer Zeit zu verlassen. Beide haben sich als Wohn- beziehungsweise Notgemeinschaft so gut es geht eingerichtet. Einkaufen und Kochen klappen einigermaßen, nur beim Saubermachen und Aufräumen hapert es, wie Lorenz zugeben muss. Aber schließlich sind sie ein Männerhaushalt, da hat man eben über manches hinwegzusehen. Darin wenigstens sind sich die beiden einig. Basta.

Falls es stimmt, dass auf dem Ehrenstetter Fest wirklich irgendwo ein Mord geschehen ist, dann werden wir wohl wieder dauernd unterwegs sein, fürchtet Lorenz. Mist, immer, wenn ich mit dem Auto durch diese Gegend fahre, muss ich an Brigitte denken. Wie oft haben wir am Sonntag Ausflüge ins Umland gemacht, auch wenn sie immer behauptet hat, er säße am liebsten nur zu Hause herum.

«Chef, was machen wir eigentlich, wenn uns der Würschtle-Herbert reingelegt hat?»

Die Suche nach einer intelligenten Zwischenbemerkung ist nicht von Erfolg gekrönt.

«Sie waren doch am Telefon. Sie haben doch gehört, was er gesagt hat. Und wie er es gesagt hat! Sie müssen doch gemerkt haben, ob es ernst ist oder nicht.»

«Hm, ja, ich glaube schon. Sonst hätte ich es Ihnen ja gesagt. Oder nicht gesagt.» Thiele verheddert sich in seiner Logik und zieht es endgültig vor, weitere Geistesblitze erst einmal für sich zu behalten, was ihm umso leichter fällt, als sie inzwischen den Ortseingang von Ehrenstetten erreicht haben.

Vor der gesperrten Hauptstraße, die wegen der aufgebauten Stände ein Durchkommen mit dem Auto nicht erlaubt, bremst Lorenz und sieht sich ratlos um.

«So, und wie kommen wir hier durch? Und wo finden wir den Fehringer mit seiner angeblichen Leiche?»

«Wir könnten einfach hier parken und uns verteilen und den Würschtle-Herbert suchen», schlägt Thiele vor.

«Wir beide – uns verteilen? Wie stellen Sie sich das vor?»

«Ja, Sie gehen halt von oben bis zur Mitte, und ich gehe von unten bis zur Mitte.»

Erneut zweifelt Lorenz am Verstand seines Mitarbeiters, und genau so schaut er ihn an. War er doch der festen Meinung gewesen, dass der Badenweiler Mordfall und die gelungene Aufklärung, an der Thiele seinen gehörigen Anteil hatte, diesem etwas mehr Umsicht und Fähigkeit zum klaren Denken beschert hätten. Er musste damals unumwunden zugeben, dass es Thiele war, der während der gemeinsamen Arbeit letztlich den entscheidenden Einfall gehabt hatte. Auch die Zusammenarbeit in den Monaten seither war ziemlich problemlos gewesen, mitunter sogar fast freundschaftlich. Sollte die ganze Dressur, die er dem jungen Kerl mühsam hat angedeihen lassen, mit einem Mal verlorengegangen sein?

An dieser Stelle werden die düsteren Betrachtungen von Reinhold Lorenz glücklicherweise unterbrochen, denn ihnen kommt heftig gestikulierend Herbert Fehringer entgegengerannt.

«Gott sei Dank, dass Sie da sind. Endlich! Mir ist es wie eine Ewigkeit vorgekommen. Ging es nicht schneller?»

Das fängt ja gut an, ärgert sich Lorenz. Wir fahren extra hier heraus, und das Erste, was wir uns einhandeln, ist ein kräftiger Rüffel.

«Jetzt mal langsam, Herr Fehringer.» Lorenz zwingt sich mit Macht zu Ruhe und Besonnenheit. «Erzählen Sie mir einfach, was los ist.»

«Ja, also, also, Herr Lorenz. Also …»

Himmel, das war ja die Also-Manie, fällt es Lorenz wieder ein. Na schön, auch das wird er jetzt noch aushalten.

«Also, hinter dem Angelsportverein liegt eine ermordete Leiche.»

An dem etwas konfusen Wortknäuel merkt Lorenz, dass Herbert Fehringer momentan seinen gewohnten Gleichmut vermissen lässt. Vierzig Jahre Münstermarkt hin oder her. Aber das ist schließlich kein Wunder, wenn man gleich zweimal innerhalb eines einzigen Jahres mit einem Mord konfrontiert wird. Die Ruhe, mit der Fernseh-Hobby-Detektive mit derartigen Vorkommnissen umgehen, gibt es eben nur im Film. Lorenz und Thiele traben hinter Fehringer her, der ihnen durch die Menschenmassen, die unentwegt an den Verkaufsständen entlangströmen, einen Weg bahnt. Hinter der Holzwand des Angelsportvereins entdecken sie ein mit einem weiß-roten Band abgestecktes Viereck, um das sich eine neugierige Menge versammelt hat, die das Mordopfer begafft.

«Wer hat denn bereits den Tatort gesichert?», wundert sich Lorenz.

«Na, ich, Herr Kommissar. Glauben Sie, dass ich mich nochmal von Ihren Leuten von der Spurensicherung zur Schnecke machen lasse, weil die angeblich durch meine Schuld nichts finden? Was glauben Sie, wie viel Leute sonst hier herumtrampeln würden? Ich habe mir vier Holzpflöcke da vom Stapel genommen, und das Band zum Absperren hat – glaube ich – der Bultmeier noch übrig gehabt. Er hat mit der Gundi die Bewachung übernommen. So lange, bis jemand vom Polizeiposten in Kirchhofen gekommen ist. Glauben Sie mir, das ist ihr nicht leichtgefallen!»

Lorenz weiß im Moment nicht genau, was er mit so viel Glauben anfangen soll. Von Herberts Umsicht aber ist er beeindruckt.

«Respekt, Herr Fehringer. Thiele, unternehmen Sie alles Notwendige. Als Erstes muss die Spurensicherung her, und der Arzt natürlich. Oder haben Sie schon etwas unternommen?», wendet er sich an die beiden Polizisten aus dem Nachbardorf. Die schütteln nur stumm die Köpfe. Auf den irritierten Blick von Lorenz hin bequemt sich der Ältere von ihnen zu erklären: «Der Herr Fehringer da hat ja schließlich Sie angerufen, und mehr hätten wir im Moment auch nicht tun können.»

Lorenz lässt die Bemerkung so stehen und nimmt dann den Toten näher in Augenschein. Vor ihm liegt auf einer der abgestellten Bierbänke ein großer, kräftiger Mann auf dem Bauch. Aus seinem Rücken ragt ein langer Spieß, der sich eigentlich schon längst mit einem Ochsen über dem Feuer drehen sollte.

«Grausig, Herr Kommissar, gell.» Nicht unwesentlich beeinflusst durch die anerkennende Bemerkung des Kommissars, regen sich langsam Fehringers Lebensgeister wieder.

Gundi, die mit abgewandtem, kreidebleichem Gesicht danebensteht, sagt kein Wort. Sich in so unmittelbarer Nähe eines Mordopfers zu befinden, geht fast über ihre Kraft, aber Herbert wollte sichergehen, dass niemand den Tatort betritt, und wirklich verlassen kann und will er sich in dieser Hinsicht und auch sonst nur auf seine Gundi.

«Kennt jemand den Toten?», fragt Lorenz die Umstehenden.

«Wie denn, wenn man sein Gesicht nicht sehen kann. Drehen Sie ihn mal um», kommt die nassforsche Antwort.

Würschtle-Herbert antwortet für den Kommissar.

«Sei nicht so blöd. Weißt du nicht, dass man einen Ermordeten liegen lassen muss, bis die Spurensicherung da war? Jedes Kind kann dir das sagen.»

Der Angesprochene schaut giftig. Weshalb soll er sich von einem Städter, der nur zu Besuch ist, vor allen anderen blamieren lassen? Doch jetzt blasen die gar noch ins gleiche Horn.

«Ja, klar, Karl, das stimmt. Das sieht man ständig im Fernsehen.»

«Guckst du nie Krimis? Dann wüsstest du das.»

Karl fühlt sich zu Unrecht angegriffen. Schließlich hat er eine Ahnung.

«Von hinten sieht der aus wie der Professor.»

«Welcher Professor?», will Lorenz wissen.

«Na, der, wo am Wildenhain wohnt», lautet die Antwort des Badeners.

Diese Erklärung bringt die Freiburger Kriminalbeamten beim besten Willen nicht weiter. Aber die eben noch abwertenden Kommentare der Umstehenden wandeln sich in allgemeine Zustimmung.

«Ja, stimmt, du könntest recht haben, Karl. Von hinten, wenn ich ihn so anschaue … Die Größe stimmt, und schlank war der Professor auch nicht. Genau wie der da.»

«Wäre einer von Ihnen so freundlich und würde mir nähere Auskunft geben», mischt sich Lorenz sachlich in das aufgeregte Gemurmel.

«Karl meint den Professor Türheim, der wo am Wildenhain wohnt», erhält er die wenig erhellende Auskunft.

«Ja, das könnt' sein.»

«Ich glaube, du hast recht, das ist er.»

«Ganz sicher ist er das.»

«Ja, jetzt, wo ich genau hinschaue, sehe ich es auch.»

In diesem Augenblick bückt sich Würschtle-Herbert und zieht etwas unter der Bank hervor, was sich als ziemlich verschmutztes Herrensakko erweist, dem man dennoch die hervorragende englische Qualität ansieht.

«Schauen Sie mal, Herr Lorenz, das könnte dem Ermordeten gehören – oder?»

«Geben Sie mal rüber, Fehringer.»

Die Neugier lässt im Augenblick beide vergessen, dass sie sich mit der näheren Betrachtung dieser Fundsache mit Sicherheit den Zorn der Spurensicherung zuziehen werden.

«Komisch, dass der sich bei dieser Hitze eine Jacke mitgenommen hat», äußert Thiele verwundert.

Lorenz, der sich inzwischen dünne Vinylhandschuhe übergezogen hat, die er immer bei sich trägt, greift in eine der Innentaschen und befördert eine aus weichem Leder gefertigte Geldbörse zutage, auf der die Initialen H. T. in Gold eingeprägt sind.

«Wie heißt der Professor mit Vornamen? Weiß das jemand?»

«Helmut, ja, das ist ja der Helmut!», ertönt plötzlich eine kräftige Stimme aus dem Hintergrund. «Meine Güte, das ist nicht zu fassen. Helmut. Ja, Helmut, was ist denn passiert?»

Ein großer, ziemlich korpulenter und verschwitzter Mann drängt sich nach vorn.

«Das wird Ihnen der Tote schwerlich sagen können», erwidert Lorenz sarkastisch. «Darf ich fragen, wer Sie sind? Und woher kennen Sie das Mordopfer?»

«Mein Name ist Jünger, Franz Jünger, Bauunternehmer, und das ist der Helmut Türheim, einer meiner besten Freunde. Meine Güte, und jetzt ist er tot. Es ist nicht zu glauben. Nicht zu fassen!»

Franz Jünger schüttelt fortwährend den Kopf.

«Wie kann es so etwas geben?»

«Haben Sie Ihren Freund heute hier auf dem Fest getroffen?», unterbricht Lorenz die Fassungslosigkeit seines Gegenübers.

«Ja, gut, ich meine, gesehen habe ich ihn heut schon. Man geht schließlich aufs Fest», kommt die unklare Antwort.

«Wann zuletzt haben Sie ihn gesehen?»

«Ja, gut, so genau erinnere ich mich nicht. So um ... Irgendwann heute Mittag.»

«Geben Sie meinem Assistenten bitte Ihre Personalien, wir werden nachher mit Ihnen sprechen.»

«Ja, gut, aber ich weiß nicht, ob ich dann noch da bin.»

«Dann werden wir zu Ihnen nach Hause kommen, Sie wohnen hier in Ehrenstetten – oder?»

«Ja, schon, aber ich muss weg nachher.»

«Dann werden Sie bitte zu Hause bleiben, bis wir bei Ihnen waren.»

Lorenz und Thiele wundern sich gemeinsam, wie schnell das Entsetzen des besten Freundes sich in diese leicht unwillige Haltung verwandelt hat.

«Ich habe Termine, die ich nicht verschieben kann. Ich bin Unternehmer!»

Lorenz mustert den Mann mit einem Blick, der diesen etwas nachgiebiger werden lässt.

«Ja, gut, ich meine, man ist ja nicht so. Ein Franz Jünger ist hilfsbereit. Wo es um den armen Helmut geht.»

Nach diesen mitleidsvollen Worten stapft der Bauunternehmer davon. Nachdenklich schauen ihm Lorenz und Thiele nach.

«Kennt sonst jemand von Ihnen den Toten?», fragt Lorenz erneut in die Runde.

«Mmh, schon, aber eher vom Sehen. Wissen Sie, der wollte

mit uns weniger was zu tun haben. Das ist einer, der wo sich für was Besonderes gehalten hat. Nur weil er Professor war. Und an der Universität.»

Die größten Sympathien hat der Ermordete wohl nicht genossen, folgert Lorenz aus diesen Äußerungen.

«Dort hinauf, wo der gewohnt hat, kommen wir nicht so oft. Da wohnen die aus der Stadt mit Geld, die ihre tollen Häuser gebaut haben.»

Seltsam, dass selbst heute noch derart gravierende Unterschiede gemacht werden zwischen Einheimischen und Städtern, wundert sich Lorenz, der den spitzen Unterton nicht überhört hat. Und noch etwas fällt ihm auf: dass sie nämlich inzwischen schon eine kleine Ewigkeit auf die Kollegen von der Spurensicherung warten.

«Sagen Sie mal, Thiele, Sie haben doch unsere Leute sofort angerufen, nachdem wir hier eingetroffen sind?»

«Na klar, Chef, Sie standen doch daneben.»

«Und weshalb kommt keiner?»

«Keine Ahnung. Ich habe denen gesagt, in der Hauptstraße.»

«Hauptstraße? Wie sollen die das finden? Haben Sie den Kollegen nicht erklärt, dass der Ermordete hinter dem Angelsportverein liegt?»

«Äh, nein. Ach so. Ich sause lieber mal los und mache mich auf die Spurensuche nach den Kollegen von der Spurensicherung.» Thiele hat es plötzlich sehr eilig, fortzukommen. Er will sich nicht unbedingt schon wieder dem heiligen Zorn seines Chefs aussetzen.

Es wird auch höchste Zeit, denn die Kollegen stehen mit ihrer kompletten Ausrüstung und gekleidet in weiße Overalls wütend am Ortseingang und wissen nicht, wohin sie ihre Arbeitsgeräte transportieren sollen. Ihr gesamter Unmut ergießt sich über den jungen Kollegen vom Morddezernat, als der bei ihnen eintrifft.

«Mensch, bist du blöd? Kannst du uns nicht vorher sagen, was hier los ist und wo wir hinmüssen? Glaubst du, wir können das riechen? Und warum gehst du nicht ans Handy?»

«Tausendmal haben wir versucht, dich anzurufen. Aber keine Antwort.»

«Ihr seht doch, was hier los ist, da habe ich das Handy halt überhört», verteidigt sich Thiele.

«Und wir stehen hier wie bestellt und nicht abgeholt. Schwitzen wie die Affen in unseren Anzügen, und alle glotzen uns an. Man kommt sich vor wie ein Wundertier.»

Während des kurzen Weges bis zur Laube des Angelsportvereins hagelt es Beschimpfungen. Thiele ist froh, dass der sich gleich am Anfang und nicht ganz am Ende der Straße befindet.

Auch Lorenz empfängt ihn ungnädig. «Was haben Sie sich dabei gedacht, Thiele?»

«Ist ja gut, Chef. Ich habe mein Fett gerade schon reichlich abbekommen.» Thiele ist zwar kleinlaut, hat aber trotzdem keine Lust, sich weitere Vorwürfe anzuhören.

«Kann man schon was über die Todeszeit sagen?», wendet sich Lorenz nun glücklicherweise von ihm ab und an den diensthabenden Arzt, der den Ermordeten bereits näher in Augenschein genommen hat.

«Sehr lange kann das nicht her sein. Ich vermute mal, dass er vor ein, zwei Stunden umgebracht worden ist. Aber Genaueres folgt natürlich erst nach der Obduktion. Das muss ich Ihnen ja nicht sagen. Ich weiß, Sie brauchen die Ergebnisse so schnell wie möglich. Ja, ich werde mich beeilen. Wie immer», setzt der Mediziner gleich hinzu, als er sieht, dass Lorenz etwas entgegnen will.

Herbert Fehringer, der danebensteht, läuft es in diesem

Augenblick eiskalt über den Rücken. Ihm wird erst jetzt bewusst, dass sie die ganze Zeit über vorn in der Laube gesessen, sich unterhalten, gelacht, getrunken und sich amüsiert haben, während in ihrer unmittelbaren Nähe jemand einen Menschen gewaltsam ins Jenseits befördert hat. Kein Wunder, dass ihm das an die Nieren geht, nicht einmal der lebens- und Münstermarkt-erfahrene Würschtle-Herbert ist so abgebrüht.

Die Gedanken von Reinhold Lorenz gehen in die gleiche Richtung.

«Hat keiner von Ihnen etwas mitbekommen? Einen Streit oder Schreie?»

«Was denken Sie, wie laut das hier ist? Da drüben steht das Kinderkarussell mit seinem ständigen Gedudel. Zwischendurch ist die Blaskapelle da gewesen und hat genau vor dem Hoftor ein Ständchen gespielt, und im Hof ist es sowieso laut.»

Diesen Argumenten ist kaum etwas entgegenzusetzen. Selbst hier, hinter der Laube, hört man den Krach von der Straße her.

«Was machen wir denn jetzt, Chef?»

An Thieles Lieblingsfrage hat sich Lorenz schon gewöhnt.

«Wir müssen wohl oder übel zur Familie des Toten beziehungsweise zu seiner Frau gehen und sie vom Tod ihres Mannes unterrichten. Professor Türheim war doch verheiratet – oder?» Er wendet sich wieder an die Umstehenden. Die nicken zwar alle, aber der eine oder andere feixt verstohlen.

«Was gibt's denn da zu grinsen?», will Lorenz wissen. «Ich finde das überhaupt nicht komisch.»

«Warten Sie erst mal ab, bis Sie die Dame persönlich kennengelernt haben. Dann werden Sie schon sehen», bekommt der Kommissar zu hören.

«Wieso?», will Thiele wissen.

«Warten Sie's ab. Ich sage nichts weiter dazu.»

Lorenz und Thiele ist klar, dass sie keine näheren Auskünfte bekommen werden. Sie begnügen sich folglich damit, sich den Weg zum Wildenhain erklären zu lassen. Keiner der beiden fühlt sich wohl in seiner Haut. Eine Todesnachricht zu überbringen, zumal die eines ermordeten Ehemannes, ist schließlich alles andere als angenehm. Doch sie erhalten ein unerwartetes Unterstützungsangebot. Würschtle-Herbert bekundet seine Absicht, ihnen beizustehen.

«Ich komme mit. Immerhin habe ich den Toten gefunden. Wenn Sie wollen, kann ich es der Witwe schonend beibringen.»

Dagegen hätte Lorenz zwar rein gar nichts einzuwenden, aber schließlich gehört das Überbringen von Katastrophennachrichten zu den Pflichten eines Kriminalbeamten, der sich für den Bereich Gewaltverbrechen entschieden hat. Und wie soll er das Angebot mit den gewichtigen Begriffen Dienstgeheimnis und Datenschutz unter einen Hut bringen!

«Danke, Herr Fehringer, aber wir schaffen es allein», lehnt er daher schweren Herzens ab.

«Aber drei sind besser als zwei. Ich gehe jedenfalls mit. Gundi, du wartest hier. Trink einen Schnaps. Du siehst immer noch ganz käsig aus.»

Gundi ist von der Aussicht, wer weiß wie lange auf ihren Herbert warten zu müssen, keineswegs erbaut. Außerdem befürchtet sie schon jetzt, und das nicht zu Unrecht, dass er sich nicht damit zufriedengeben wird, nur dieses eine Mal die Polizeibeamten zu begleiten. Er wird sich bestimmt wieder nach Kräften einmischen und versuchen, seine «Bürgerpflicht», wie er es nennt, zu erfüllen. Gundi stöhnt laut – Gründe hat sie genug.

«Ach, Gundi, ich bin sicher bald zurück. Herr Bultmeier, geben Sie meiner Frau einen Schnaps, besser einen doppelten, und passen Sie ein bisschen auf sie auf.»

Das ist Gundi dann doch zu viel.

«Ich kann ganz gut auf mich allein aufpassen. Und Schnaps trinke ich nicht, wie du weißt», fährt sie ihren Herbert an. «Was hast du bei der Frau des Toten verloren? Du bist schließlich nicht bei der Polizei.»

«Schon gut, Gundi. Reg dich nicht auf. Ich bin bald wieder zurück. Du bist noch ganz durcheinander wegen des Ermordeten da. Aber es ist nicht so schlimm. Wir haben ja uns, gell.» Herbert nimmt seine Gundi liebevoll in den Arm und drückt ihr vor allen Leuten einen dicken Kuss auf die Lippen, was ihr inmitten des Menschenauflaufs augenscheinlich unangenehm ist. Allerdings haben ihr Herberts fürsorgliche Worte auch jeglichen Wind aus den Segeln genommen, sodass ihr nichts anderes übrigbleibt, als sich wortlos zu fügen.

«Wissen Sie, Herr Lorenz, ich habe mich vorhin ausführlich mit den Leuten hier unterhalten und weiß ungefähr, wen man was fragen könnte. Also, da ist es einfach besser, wenn ich mitkomme und Ihnen mit ein paar kleinen Informationen helfe. Außerdem – Sie haben es in Badenweiler gesehen –, ich kann halt von Natur aus mit den Leuten besser reden als Sie. Schon deshalb, weil ich neutral bin und nicht von der Polizei. Es ist doch Bürgerpflicht, zu helfen», argumentiert Herbert gegen die geäußerten und noch zu erwartenden Einwände des Kommissars.

Obwohl diese Begründungen allesamt mehr als windig sind, entbehren sie nicht einer gewissen Logik, und sowohl Lorenz und viel mehr noch Thiele wundern sich, wie geschickt Herbert Fehringer es immer wieder versteht, sich unentbehrlich zu machen.

«Dann kommen Sie eben in drei Teufels Namen mit, Herr Fehringer», gibt Lorenz schließlich nach, nicht so sehr, weil er dessen Auslegung des Begriffes Bürgerpflicht teilt, als vielmehr deshalb, weil er froh ist, dass er außer dem jungen Thiele, der noch über wenig Erfahrung mit solch bitteren Erlebnissen verfügt, mit Fehringer einen gestandenen Mann an seiner Seite hat, der einiges an Lebenserfahrung zu bieten hat. Dienstgeheimnis hin oder her.

Bevor sie sich jedoch auf den Weg zum Wildenhain machen, bittet Lorenz einen der Kriminaltechniker, die übrigen Taschen des Sakkos zu kontrollieren, in der Hoffnung, dass er etwas zutage fördert, was sie weiterbringen könnte. Doch außer einem akkurat gebügelten Taschentuch und einem gebrauchten Zahnstocher kommt nichts zum Vorschein. In der Geldbörse befinden sich zweihundertzwanzig Euro in Scheinen und einige Münzen, jedoch keinerlei Kreditkarten oder Ähnliches. Würde es sich um Raubmord handeln, wäre das Geld kaum mehr da. Alles sehr rätselhaft. So bleibt Lorenz nichts anderes übrig, als sich in Bewegung zu setzen, um der Ehefrau mitzuteilen, dass sie nun im Witwenstand ist. Keine angenehme Aufgabe.

3.

Einträchtig und schweigend marschieren die drei Männer kurze Zeit später in Richtung Ölberg. Das Grundstück Am Wildenhain 10, vor dem sie wenig später stehen, ist von der Straße her nicht einsehbar. Eine übermannshohe Thujahecke umgibt es, und der Eingang wird durch ein blickdichtes Metalltor gesichert. Lediglich die Garage unterteilt die Hecke, und weil sie offen steht, können Lorenz, Thiele und Fehringer eine metallicgrüne Jaguar-Limousine und ein silbernes Ferrari-Cabrio bestaunen.

«Arm scheinen die nicht zu sein», stellt Würschtle-Herbert sachlich fest.

«Mensch, gleich zwei super Autos, und unsereiner kann sich mal gerade einen alten Golf leisten», klingt es neidvoll aus Thieles Mund.

Lorenz schaut ihn nachdenklich an. Was, mein lieber Junge, wolltest du denn mit solchen Luxusschlitten anfangen? Die würdest du bei deinen Fahrkünsten glatt an das nächste Mäuerchen donnern. Aber Lorenz will seinen Assistenten schließlich nicht vor Herbert Fehringer bloßstellen. Deshalb behält er seinen Kommentar für sich.

Auf ihr Klingeln meldet sich über die Gegensprechanlage eine energische Frauenstimme: «Ja, bitte?»

«Mein Name ist Lorenz. Wir kommen von der Kriminalpolizei Freiburg. Können wir bitte Frau Türheim sprechen?»

«Frau *Professor* Türheim», hallt es mit deutlicher Betonung streng und laut zurück. «Kommen Sie herein.»

In diesem Augenblick erst wird Lorenz richtig bewusst, dass

es keinerlei Rechtfertigung dafür gibt, Fehringer im Schlepptau zu haben. Als könne dieser Gedanken lesen, tönt es hinter ihm:

«Mich stellen Sie einfach als wichtigen Zeugen vor, Herr Lorenz. Schließlich habe ich den Professor gefunden.»

Na schön, mal sehen, ob es funktioniert. Jetzt ist es sowieso zu spät, Würschtle-Herbert zurückzuschicken, denn das Tor öffnet sich langsam zur Seite hin. Bei dem sich nun darbietenden Anblick bleibt ihnen beinahe die Luft weg. Am Ende des Weges, der durch ein langes, gepflegtes Rasenstück führt, erhebt sich eine wahre Scheußlichkeit von Haus. Allein die grelle hellgelbe Farbe, in der es angestrichen ist, genügt, um ihm gute Chancen in einem Wettbewerb um das hässlichste Gebäude einzuräumen. Der pompöse Eingang lässt durch seine eigenwillige architektonische Gestaltung eine weitreichende Bildung des Baumeisters oder der Besitzer vermuten: Goethes Frage in seinem berühmten Mignon-Gedicht «Kennst du das Land, wo die Zitronen blühn», in dem das Dach auf Säulen ruht, drängt sich genauso auf wie der Gedanke an den italienischen Baumeister Palladio mit den für ihn typischen monumentalen Eingängen. Dessen Kunst hatte sich dereinst so weit ausgebreitet, dass man allenthalben schwärmte, in seinem Reich ginge die Sonne nicht unter. Angesichts der hier versammelten architektonischen Todsünden allerdings dürfte sie vor Scham gar nicht erst aufgehen: Hypermoderne Glasfenster, die in ihren Maßen und Formen allesamt unterschiedlich sind, durchbrechen das Mauerwerk, darüber bilden die wie angeklebt wirkenden Zuckerbäcker-Schnörkel einen höchst überflüssigen Kontrast. Auf beiden Seiten des Daches erhebt sich als Krönung die riesige Nachbildung einer antiken Figur.

Die drei sind stehen geblieben und starren entgeistert auf diese Meisterleistung des schlechten Geschmacks, die Thiele lakonisch, aber durchaus zutreffend charakterisiert: «Ach du liebe Güte, ein Spukschloss. Wie es wohl drinnen aussieht?»

In diesem Augenblick wird die bogenförmige Eichenholztür geöffnet, in der eine Frauengestalt erscheint, die sich dem äußeren Ambiente anzupassen scheint: üppig mit Schmuck behangen und noch üppiger geschminkt, die füllige Figur in wallende Gewänder gehüllt, die leuchtend hellrot gefärbten Haare mittels Gel zu Stacheln geformt.

«Kommen Sie ruhig näher, meine Herren.» Die resolute Stimme von eben aus der Sprechanlage. Das ist also Frau Türheim.

«Die sieht ja aus wie eine Hexe», raunt Thiele. Lorenz nickt automatisch, denn er denkt im Moment an die Geschichten, die Brigitte früher den Kindern immer von einer kleinen Hexe vorgelesen hat; die hatte aber noch einen Raben auf der Schulter. Wie hieß das Vieh bloß? Ach ja, Abraxas. Der fehlt dieser Erscheinung, die sich da vor ihnen aufgebaut hat, jedoch.

«Kommen Sie. Kommen Sie herein.»

Die Frau klingt mehr als munter, und jetzt müssen sie ihr sagen, dass ihr Mann ermordet worden ist. Lorenz fühlt sich extrem unwohl in seiner Haut.

«Frau Türheim? Ähm, Frau *Professor* Türheim?»

«Ja, ja, natürlich. Das bin ich, Helga Türheim», klingt es laut und aufdringlich zurück. «Es ist nicht zu glauben! Wer hat nur ein Interesse daran, meinen Mann zu ermorden? Sie sind doch von der Polizei, nicht wahr? Das habe ich richtig verstanden? Was gedenken Sie zu tun?»

Lorenz, Thiele und Würschtle-Herbert meinen, ihren Ohren nicht trauen zu dürfen.

«Sie wissen es schon …?»

«Ja, sicher. Ein guter Freund der Familie hat mich bereits aufgesucht und mir das traurige Ereignis zugetragen.»

Der ‹gute Freund der Familie› wird in diesem Moment sichtbar. Aus einem der Zimmer tritt Franz Jünger.

«Guten Tag, meine Herren, wir haben uns ja schon kennengelernt. Es war schließlich meine Pflicht als Freund, die traurige Nachricht zu übermitteln. Auf einen Franz Jünger kann man sich verlassen. Ein guter Freund hat nicht nur in guten Zeiten da zu sein. Oder sehen Sie das anders?»

Nein, keiner sieht das anders, aber die Besucher sind völlig aus dem Konzept geraten, und bei Herbert Fehringer, der schließlich vierzig Berufsjahre auf dem Münsterplatz verbracht hat, will das fast noch mehr heißen als bei Lorenz und Thiele.

«Jetzt kommen Sie endlich rein!», kommandiert Frau Professor.

Im riesigen Wohnzimmer, von dessen Fensterfront aus man einen herrlichen Blick über das von der Abendsonne beschienene Tal hat, werden sie auf die schneeweiße Ledersitzlandschaft gebeten.

«Einen Tee vielleicht?»

«Nein danke, wir haben – also, wenn Sie sich in der Lage fühlen – natürlich einige Fragen.» Lorenz versucht, seiner Irritation Herr zu werden.

«Selbstverständlich. Das kann ich mir denken. Fragen Sie.»

«Wann haben Sie Ihren Gatten zuletzt gesehen?»

«Tja, wann war das? Gestern? Ja, doch, ich glaube, gestern.»

«War denn einer von Ihnen verreist?» Lorenz kann sich auf diese vage Angabe hin keinen Reim machen.

«Nein, wieso?», kommt es erstaunt zurück. «Man muss sich schließlich nicht jeden Tag sehen.»

«Aber Sie leben schon gemeinsam hier im Haus – oder?»

«Ja, ich auf dieser Ebene und oben, mein Mann unten.»

Nanu, hat sie ihren Mann in den Keller verbannt und für

sich selbst den ganzen Rest des Hauses reserviert? Lorenz ist nicht ganz bei der Sache, er wird unsicher, was ihm nur selten passiert. Aber mit so viel Kaltschnäuzigkeit hat er nicht gerechnet. Damit kann er nur schwer umgehen.

«Ihr Mann ist Professor? Stimmt das?»

«Ja, sicher stimmt das. Er war Jurist. An der Universität.» Ganz selbstverständlich kommt ihr schon die Vergangenheitsform über die Lippen.

Ach, und in dem Job verdient man derart viel Geld, dass man sich solch protzigen Luxus leisten kann, schießt es Thiele durch den Kopf. Auch sein Chef scheint ähnliche Zweifel zu hegen, denn vorsichtig fragt er weiter.

«Dann war er wohl sehr etabliert, wenn ich das so sagen darf.»

Lorenz steht mal wieder ganz schön im Regen mit seinen Ermittlungen und stellt sich an wie der erste Mensch. Er fragt einfach nicht direkt nach und klärt, woraus dieser offensichtliche Reichtum resultiert, denkt Würschtle-Herbert und ergreift das Wort.

«Als Universitätsprofessor verdient man also so gut, dass man sich solch eine, hm, ja, äh, also Traumvilla leisten kann?»

«Aber nein, wo denken Sie hin! So ein Uni-Gehalt ist nur Taschengeld. Mein Mann hat sehr viele juristische Gutachten für die verschiedensten Projekte angefertigt, auch viele Leute fachlich beraten. Da muss man dranbleiben, das bringt Geld.»

«Und Sie, sind Sie auch berufstätig?» Thiele fragt aus purer Neugier.

«Glauben Sie etwa, dass ich mich auf meinem Status als Gattin eines Professors ausruhe? Selbstverständlich bin ich berufstätig. Ich berate ebenfalls Menschen, aber aus einer ganz anderen Perspektive. Es gibt ja so viele, die unglücklich sind, die keine Arbeit haben zum Beispiel, oder solche, die nicht einmal wissen, weshalb sie nicht glücklich sind, die – stellen Sie sich das einmal vor – nicht einmal ihr Karma kennen.»

«Was für ein Ding?», will Thiele wissen.

«Gehören Sie etwa auch zu diesen Ignoranten, die nicht wissen, dass das Karma ihr Leben bestimmt? Dass die guten und bösen Taten, dass der Gang des Lebens vorherbestimmt sind?»

«Ich weiß nicht, also nein, das heißt, gehört habe ich es schon. Aber Sie wissen da sicher besser Bescheid als ich», versucht sich Thiele aus der Affäre zu ziehen.

Lorenz rettet ihn.

«Könnten wir den Raum oder die Räume sehen, die Ihr Mann bewohnt hat?»

«Sicher. Kommen Sie mit.»

Mit wallenden Bewegungen schreitet ihnen Helga Türheim voran. Tatsächlich geht es treppab ins Kellergeschoss. Als sie die Tür zur hier befindlichen Wohnung öffnet, stellt Lorenz verblüfft fest, dass seine Befürchtung, sie habe ihren Mann womöglich in einem Verlies gehalten, keineswegs zutrifft. Von der großen, geräumigen Diele, die sehr viel geschmackvoller gestaltet ist als die obere, gelangt man in ein riesiges Arbeitszimmer, vor dessen Fenstern sich die gleiche schöne Sicht ausbreitet wie oben. Von vorn konnten sie nicht sehen, dass das Haus an einen kleinen Berghang gebaut ist, in der die hintere Wohnung im Souterrain ebenerdig liegt. Die breiten Glasschiebetüren führen auf eine sonnenbeschienene Terrasse, über die sich eine gelbweiß gestreifte Markise spannt – farblich völlig unpassend zum Gelb des Hauses.

«Sie können sich ruhig umsehen», bietet Frau Professor an. «Ich kann Ihnen allerdings nicht helfen. Ich kenne mich nicht aus in den Sachen meines Mannes. Das hat mich nie interessiert und geht mich auch nichts an.»

Aber sein Geld schon, schießt es Thiele durch den Kopf.

Bauunternehmer Franz Jünger ist ihnen die ganze Zeit über stumm gefolgt. Jetzt aber greift er ein.

«Vielleicht kann ich helfen. Ich persönlich weiß, wo der Tresor steht und wo der Helmut seine wichtigsten Papiere aufbewahrt hat. Darf ich mal?»

Er geht hinüber zum Schreibtisch und will sich eben über die dort gelagerten Stapel hermachen, als ihn Reinhold Lorenz daran hindert.

«Augenblick. Das ist Sache der Polizei und der Spurensicherung. Waren Sie vorher schon einmal hier unten?»

«Ja, oft. Immer wenn ich persönlich den Helmut besucht habe. Wir waren schließlich gute Freunde.»

«Nein, das meine ich nicht. Waren Sie heute, nachdem der Mord geschehen ist, hier unten?»

Lorenz meint, bei Franz Jünger ein Flattern der Augenlider wahrzunehmen.

«Nein.» Die Antwort kommt erst nach einer kurzen Pause.

«Wirklich nicht?», hakt Lorenz deshalb nach.

«Nein, sage ich Ihnen doch. Ein Franz Jünger hat es nicht nötig, die Unwahrheit zu sagen. Man weiß in meiner Position, was man sich und den anderen schuldig ist.»

In welcher Welt leben die eigentlich hier?, denkt Thiele. Glauben die allen Ernstes, dass sie etwas Besseres sind, bloß weil sie Geld wie Heu haben? Ihn ärgert das vornehme Getue mächtig, und so wie er seinen Chef kennt, geht es dem nicht anders.

Er vermutet ganz richtig, aber Lorenz reißt sich zusammen, so gut es geht, denn er weiß sehr genau, wie wichtig die ersten Befragungen sind. Und wenn er sich die Leute von vornherein zu Feinden macht, dann wird die ganze Sache höchst problematisch. Er wendet sich an Helga Türheim.

«Frau Türheim, können Sie das bestätigen?»

«Herr Kommissar, oder wie man Sie anspricht. Würden Sie so freundlich sein und die geringste Höflichkeit walten lassen? Frau *Professor* Türheim, mein Mann war schließlich Professor! So viel Zeit muss sein.»

Und daraus leitest du dumme Gans also das Recht ab, den gleichen Titel tragen zu dürfen? Thieles Gedanken sind nicht eben respektvoll, und leider sieht man ihm das auch an. Er hat – ohne es zu wollen oder zu merken – ein ironisches Grinsen aufgesetzt, das Frau Professor sofort konstatiert und entsprechend tadelt.

«Sie brauchen sich gar nicht darüber zu erheben. Vollbringen Sie erst einmal solche Leistungen, wie mein armer Mann es getan hat. Ach, der Arme, dass er auch so enden musste.»

Aus dem orange-geblümten weiten Ärmel ihres Gewands zaubert sie ein Tüchlein hervor, mit dem sie sich die nicht vorhandenen Tränen von den Augen tupft.

«Darf ich jetzt nochmal fragen, ob Sie bestätigen können, dass Herr Jünger nicht in dieser Wohnung war?» Ein bisschen spitz und genervt klingt nun auch Reinhold Lorenz.

«Ja, ich weiß nicht. Franz, warst du hier unten?»

«Das habe ich gerade gesagt. Nein.»

«Wissen Sie das nicht genau, Frau Tür…, Frau *Professor* Türheim?»

«Tja, eigentlich war er die ganze Zeit oben. Aber zwischendurch musste ich mit der Hanna in den Garten, um ihr zu zeigen, wie ich das Beet gern hätte. In der Zeit hätte er nach unten gehen können.»

«Bin ich aber nicht, zum Teufel!»

«Bitte, wer ist Hanna?»

«Hanna? Hanna ist unser Dienstmädchen. Sie ist auch für die Gartenarbeit zuständig, wenn der Gärtner Urlaub hat.»

«Kann ich mit ihr sprechen? Und gibt es sonst noch jemanden, der wissen könnte, wann Ihr Mann das Haus verlassen hat?»

«Nein, das heißt, ja sicher können Sie mit Hanna sprechen. Und nein, sonst war den ganzen Tag über niemand hier. Begleiten Sie mich bitte.»

«Thiele, versiegeln Sie die Souterrain-Wohnung, damit die Spurensicherung anrücken kann.»

Einiges hat Matthias Thiele inzwischen gelernt, so zum Beispiel, dass er – wenn sie zu einem Mordfall gerufen werden – sicherheitshalber amtliche Siegel einsteckt, von denen er jetzt stolz eines hervorzieht und quer über die Eingangstür zur unteren Wohnung klebt.

«Wir werden in Begleitung unserer Kollegen von der Spurensicherung nochmals wiederkommen», kommentiert Lorenz die Betätigung seines Assistenten.

«Meinetwegen, aber melden Sie sich bitte vorher an.»

Während des gesamten Aufenthaltes im Türheim'schen Anwesen war Herbert Fehringer ein Muster an Zurückhaltung und hat sich auf das genaue Beobachten der Professorengattin und des guten Freundes beschränkt. Nun aber meldet er sich zu Wort.

«Sagen Sie mal, weshalb haben Sie eigentlich beim Fest gesagt, Sie müssten dringend zu einem Termin und sind dann schnurstracks hierher? Sie hätten uns doch gleich sagen können, dass Sie zu der Frau Türheim wollen», will er vom Bauunternehmer wissen.

«Ich hatte einen Schock, wie Sie sich denken können. Das ist mir deshalb erst unterwegs eingefallen. Ich habe telefonisch den Termin abgesagt. Ein Franz Jünger weiß, was er seinen Freunden schuldig ist. Man geht auch einen schweren Weg mit guten Freunden. Ich persönlich habe es für meine Freundespflicht gehalten, die liebe Helga einfühlsam mit dem schweren

Verlust vertraut zu machen. Sicher einfühlsamer, als es die Polizei gekonnt hätte.»

Die liebe Helga legt ihre linke Hand gerührt auf den Arm des sich so ungewohnt gewählt ausdrückenden guten Freundes, tupft erneut vorsichtig an den Augen, um das aufwendige grünsilberne Make-up nicht in Unordnung zu bringen, und neigt sanft den Kopf. «Ich danke dir, mein Lieber.»

Thiele wundert sich über die gestelzte Sprache, die überhaupt nicht zu der robusten Erscheinung des Bauunternehmers passt. Und Lorenz stellt entnervt fest, dass er neben einem Mann, der sich stets seiner Bürgerpflicht bewusst ist, anscheinend noch jemanden zu verkraften hat, der das Gleiche mit der Freundespflicht für sich in Anspruch nimmt.

«Lassen Sie es für heute gut sein, Herr Fehringer», macht er dessen detektivischem Spürsinn kurzerhand ein Ende. «Können wir mit Ihrer Angestellten sprechen?»

«Bitte, wie Sie wollen. Hanna ist vermutlich in der Küche.»

Sie folgen der Dame des Hauses nach oben und über den langen Flur zur Küche. Thiele schaut sich ununterbrochen neugierig um. So etwas hat er bislang noch nicht zu Gesicht bekommen. Einrichtung und Wandschmuck sind in höchst unterschiedlichen Stilarten gestaltet, das heißt, eigentlich in gar keiner, wie Thiele findet. Riesige gerahmte Fotos von Segelyachten wechseln sich ab mit Bildern, die vermutlich mystische Motive abbilden, mit denen Thiele nichts anzufangen weiß, die ihn aber an die Ausmalbücher seiner Kindheit erinnern. Hypermoderne Möbel stehen neben Antiquitäten. Nichts passt wirklich zueinander.

Sein Chef nimmt dieses merkwürdige Gemisch allenfalls am Rande wahr, ihn beschäftigen andere Überlegungen: Wenn sie jetzt gleich die Haushaltshilfe oder das Dienstmädchen, wie Frau Professor sie despektierlich nennt, befragen, so hat Herbert Fehringer dabei wirklich nichts mehr verloren. Andererseits kann er ihn nicht einfach fortschicken, denn dann würden sich die Türheim und ihr guter Freund mit Recht fragen, weshalb der Dritte im Bunde plötzlich unerwünscht ist.

Mit knirschenden Zähnen gibt Lorenz nach. Soll Fehringer in Gottes Namen bleiben, aber dann hat es ein Ende mit der Bürgerpflicht. Endgültig. Schließlich gibt es so etwas wie Dienstvorschriften.

In der Küche steht eine auffallend hübsche junge Frau. Sie ist groß und schlank, ihre fast blauschwarzen Haare sind zu einem Pferdeschwanz zusammengebunden. Offenbar muss sie in ihrer Arbeitszeit strikten Türheim'schen Kleidervorschriften gehorchen, denn der dunkle Rock und die weiße hochgeschlossene Bluse wirken trotz ihrer guten Figur unförmig und unmodern. Außerdem ist es draußen viel zu heiß für diese Montur.

«Das ist Hanna», stellt Frau Professor ihre Angestellte vor.

«Danke. Würden Sie uns bitte allein lassen», erwidert Lorenz.

«Weshalb? Sie befinden sich in meinem Haus, und ich kann entscheiden, wo ich mich aufhalte.» Frau Türheim ist nicht gewillt, der Aufforderung Folge zu leisten, genauso wenig wie der Bauunternehmer. Thiele kommt Lorenz zu Hilfe.

«Es handelt sich um eine amtliche Befragung, und da entscheiden wir, wer zugegen ist.» Thieles Stimme nimmt bisweilen einen sehr energischen Tonfall an, gegen den schwer anzukommen ist und der seinen Chef immer noch, und heute auch Würschtle-Herbert, in Erstaunen versetzt.

«Darf ich also bitten, Frau Professor, Herr Jünger!»

Es klappt. Die beiden Ausgewiesenen machen zwar große Augen, treten aber den Rückzug an.

«Frau …?», beginnt Lorenz eine neue Fragerunde.

«Sagen Sie ruhig Hanna zu mir. Alle nennen mich so. Mein

Nachname ist sowieso ein bisschen kompliziert. Ich komme aus Rumänien.» Die junge Frau spricht ein hervorragendes Deutsch, dem aber ein unverwechselbarer Klang eigen ist, was ihr zusätzlichen Charme verleiht.

«Gut, Hanna. Geben Sie Herrn Thiele bitte nachher Ihre Personalien. Können Sie mir sagen, wann Professor Türheim heute das Haus verlassen hat?»

«Ja, sicher. Gegen ein Uhr am Mittag. Er hat mir Bescheid gesagt, dass er nicht zu Hause essen wird, weil er sich mit jemandem verabredet hat.»

«Und wer war dieser Jemand?»

«Das weiß ich leider nicht. Das hat Hel…, also Professor Türheim nicht gesagt. Tut mir leid.»

Keinem der drei ist der Versprecher entgangen, der signalisiert, dass Hanna mit ihrem Chef wohl einen etwas vertrauteren Umgang gepflegt haben muss.

«War Herr Türheim heute besonders aufgeregt? Ist Ihnen etwas aufgefallen, was anders war als sonst?»

Hanna denkt lange nach, bevor sie antwortet: «Nein. Nein, eigentlich nicht. Wirklich nicht. Er war wie immer. Wissen Sie, er war sehr eigen.»

«Was heißt das genau?»

«Na ja. Er war sehr zuvorkommend, konnte aber auch wahnsinnig wütend werden, wenn ihm etwas nicht gepasst hat. Es gab oft Krach, und dann haben sich Herr und Frau Professor angeschrien, dass die Wände gewackelt haben. Aber bei dieser Frau ist das auch kein Wunder – oder? Sie haben sie ja kennengelernt.»

Allzu viel kann Lorenz mit Hannas Aussage nicht anfangen, aber er belässt es zunächst dabei, denn noch stochern sie völlig im Nebel.

«Seit wann sind Sie in Deutschland?», will Thiele wissen.

«Seit etwas mehr als zwei Jahren.»

«Und Sie sind aus Rumänien gekommen?»

«Ja.»

«Wie denn?»

«Wie meinen Sie das?»

«Auf Urlaub, auf Verwandtenbesuch, um zu arbeiten? Und wie haben Sie die Arbeitsstelle bei den Türheims bekommen?»

Das ist gar nicht schlecht gefragt von Thiele, gibt Lorenz insgeheim zu. Darauf hätte ich eigentlich selber kommen müssen.

«Ich bin Herrn Türheim in Rumänien begegnet. Er war beruflich dort, bei irgendeinem Kongress oder so. Er hat im gleichen Hotel gewohnt, in dem ich beschäftigt war, und er hat mir diese Stelle angeboten.»

«Als was haben Sie dort gearbeitet?»

«Ach, eigentlich wie hier, als Mädchen für alles, nur eine Stufe höher. Ich musste die Zimmermädchen beaufsichtigen, war manchmal an der Rezeption. Immer dort, wo gerade jemand gefehlt hat.»

«Das hört sich doch gar nicht schlecht an. Weshalb wollten Sie denn unbedingt nach Deutschland?»

«Kennen Sie Rumänien? Wissen Sie, wie man dort lebt, wenn man nicht genügend Geld hat? Wissen Sie, wie es ist, wenn man keine Chance hat, in dem Beruf zu arbeiten, in dem man gern möchte? Wissen Sie, wie die Leute behandelt werden?»

«Ach so. Verstehe. Hm. Und wie sind Sie zu einer Arbeitserlaubnis gekommen?»

«Das kann ich Ihnen nicht so genau sagen. Der Professor hat mir versprochen, dass er alles erledigt, und so war es auch. Ich bin legal hier. Ich darf arbeiten. Wollen Sie meine Papiere sehen?»

«Schon gut. Wir glauben es Ihnen ja. Wir wundern uns nur,

dass das bei Ihnen anscheinend völlig problemlos gegangen ist mit der Aufenthaltsgenehmigung und der Arbeitserlaubnis.»

«Herr Professor hat – wie gesagt – alles in die Hand genommen. Ich musste mich um nichts kümmern. Er wusste, was zu tun war.»

Das war ganz offensichtlich, denken die drei Männer und machen sich ihren eigenen Reim auf diese Gefälligkeit und die dafür sicherlich erwartete Gegenleistung.

«Wir werden sicher noch öfter herkommen müssen», erklärt Lorenz der jungen Frau. «Denken Sie bis dahin bitte gründlich darüber nach, ob in den letzten Tagen etwas ungewöhnlich oder anders war als üblich. Auf Wiedersehen.»

«Ist gut, mache ich. Aber ich glaube nicht, dass mir noch etwas einfällt.»

Die Verabschiedung von der Hausherrin fällt recht knapp aus, wird aber ebenfalls mit der Ankündigung weiterer Besuche verbunden.

«Herr Jünger, auch mit Ihnen müssen wir noch sprechen. Wir hatten es ja am Tatort schon gesagt.»

Mist, denkt Lorenz im Stillen. Wenn der jetzt erklärt, dass er gleich hier mit uns reden will, habe ich den Fehringer immer noch am Hals.

Aber Franz Jünger hat ein Einsehen – auch wenn er es gar nicht weiß.

«Ich wohne in der Nähe. Ein paar Häuser weiter. Kommen Sie halt mit. Es ist heute sowieso schon alles egal. Alle Termine sind geplatzt.»

«Danke. Wir werden Sie begleiten. Herr Fehringer, ich denke, das schaffen Herr Thiele und ich allein. Soweit ich weiß, wartet auf Sie jemand schon ziemlich lange.»

Mit dem ersten Argument kann sich Würschtle-Herbert keinesfalls anfreunden, das zweite allerdings besitzt einiges mehr an Zugkraft. Ach, du Heiliger. Die Gundi hat er in der Hitze des Gefechts völlig vergessen. Die sitzt immer noch in der Laube des Angelsportvereins und ist garantiert stocksauer, dass es so lange gedauert hat. Da muss er wohl oder übel nachgeben, obgleich ihn brennend interessiert hätte, was dieser Jünger zu sagen hat.

«Wir sehen uns dann noch, Herr Lorenz. Tschüs, Herr Thiele.» Eilig macht sich Herbert Fehringer auf den Rückweg. Lorenz schaut ihm nicht ganz ohne Schadenfreude hinterher. Geschieht ihm ganz recht, wenn seine Frau ihm jetzt gehörig die Leviten liest.

Er kann ja nicht ahnen, dass dies erst sehr viel später geschehen wird, denn Gundi hat es vorgezogen, sich ins Auto zu setzen und nach Hause zu fahren, nachdem ihr die Warterei zu bunt geworden ist. Ihr war es auch egal, wie ihr Herbert nach Freiburg kommt. Es gibt schließlich öffentliche Verkehrsmittel.

Bauunternehmer Franz Jünger wohnt in der gleichen Straße wie die Türheims. Auch sein Haus zeugt nicht eben von Armut, ist aber wesentlich gediegener.

«Wollen Sie kurz hereinkommen?», fragt er seine Begleiter, wobei die Betonung deutlich auf «kurz» liegt und ein mühsam unterdrücktes «etwa» fast hörbar ist.

«Ja, sicher, deshalb sind wir hier.»

«Und was wollen Sie wissen?»

«Wie gut kennen Sie die Türheims?»

«Gut, sehr gut. Schon lange.»

«Sind Sie mit Frau Türheim befreundet oder mit ihm?» Thieles Frage ist zwar unmissverständlich, aber alles andere als diplomatisch. Folglich braust Jünger sofort auf.

«Was glauben Sie denn? Ich persönlich bin mit beiden befreundet. Ein Franz Jünger betrügt seinen Freund nicht mit dessen Frau. So etwas macht man nicht. Verstanden!»

«Schon gut, Herr Jünger», versucht Lorenz zu besänftigen

und schickt einen giftigen Seitenblick zum jungen Kollegen hin. Es wäre wirklich nicht nötig gewesen, den Bauunternehmer gleich zu Beginn der Unterredung in Rage zu bringen. Soll einer schlau werden aus diesem Thiele. Manchmal ist er fast genial mit dem, was er tut, und hat tolle Einfälle, und dann wieder gibt er sich alle Mühe, mit beiden Beinen mitten im Fettnapf zu landen. Ich muss unbedingt demnächst wieder einmal ein ernstes Wort mit ihm reden.

«Sind Sie nur befreundet, oder haben Sie auch geschäftliche Verbindungen zu den Türheims?»

«Wie meinen Sie das?»

«Herr Türheim war Jurist, und vielleicht hatten Sie auch in diesem Zusammenhang mit ihm zu tun. Wenn es beispielsweise darum ging, juristischen Rat einzuholen.»

«Der Helmut hat mir ab und zu einen Tipp gegeben, was ich persönlich machen könnte, wenn ein Kunde nicht gezahlt hat oder so. Aber er war schließlich kein Rechtsanwalt.»

Das klingt relativ fahrig.

«Wann haben Sie Ihren Freund zum letzten Mal gesehen?»

«Vorhin, Sie waren doch dabei.»

«Ich meine, lebend. Wann haben Sie das letzte Mal mit ihm gesprochen?» Stellt der sich nur so dumm oder ist er es, grübelt Lorenz.

«Hm, lassen Sie mich überlegen. Gestern ja, gestern am Abend. Wir haben uns zufällig getroffen. Auf der Straße. Wir wohnen ja nicht weit voneinander, wie Sie gesehen haben. Da trifft man sich auch mal zufällig, denke ich mal. Ja, und vorhin, ganz kurz im Vorbeigehen. Ja, doch, natürlich.»

Das ist ein bisschen viel Antwort auf eine einfache Frage, und es folgt sogar noch ein Zusatz:

«Wir haben gestern schon darüber gesprochen, ob wir uns beim Fest sehen. Beim Lorenzemärt unten. Ach schau, Lorenz –

Lorenzemärt, da sind Sie ja genau richtig, Herr Kommissar! Wie bestellt.»

Nein, ich reagiere nicht, nein, nicht schon wieder, Ruhe bewahren, Ruhe, befiehlt sich Lorenz streng. Er ignoriert folglich diese ihm bereits wohlbekannte geistreiche Bemerkung.

«Sie haben sich also verabredet?»

«Nein, das nicht. Wenigstens nicht fix. Wir haben gedacht, wir treffen uns bestimmt. War dann ja auch so. Aber dass es so kommen musste. Wer hätte das gedacht. Der arme Helmut. Gestern noch lebendig, und heute schon tot. So schnell kann es gehen.»

Diese tiefsinnige Betrachtung Franz Jüngers entstammt offenbar der Einsicht, dass es höchste Zeit ist, ein Mindestmaß an Trauer zu zeigen.

Lorenz hat nach diesem wenig ergiebigen Gespräch keine Lust, sich noch mehr vage Formulierungen anzuhören. Außerdem wird er langsam müde, und so beschließt er, die Befragung von Franz Jünger vorläufig zu beenden.

«Dann danken wir Ihnen für die Auskunft. Und auf Wiedersehen, Herr Jünger.»

«Auf Wiedersehen, Herr Kommissar, und wenn ich persönlich Ihnen irgendwie helfen kann, lassen Sie es mich wissen. Wer macht nur so etwas?! Wer kriegt es fertig, einem friedlichen Menschen einen Spieß in den Rücken zu jagen?! Es ist nicht zu glauben!»

Das reicht. Lorenz und Thiele haben genug, sie verlassen das Haus und gehen die Straße hinunter in Richtung Fest. Lorenz wartet innerhalb der nächsten Sekunden vergeblich auf Thieles Lieblingsfrage, was sie denn nun machen werden. Aber nichts geschieht. Sein Assistent geht nachdenklich, ohne ein einziges Wort zu verlieren, neben ihm her.

4.

Es dämmert bereits, als Lorenz und Thiele zurück zum Auto gehen. Die Gluthitze des Augusttages ist einer angenehmen Wärme gewichen, die diesem Sommerabend mit seinem zunehmend dunkelblauer werdenden Himmel ein fast berauschendes Flair verleiht. Nicht wenige Festbesucher geben sich zudem nur allzu gern der berauschenden Wirkkraft des Ehrenstetter Weins hin. Die Nachricht vom Mord hatte zunächst allgemeine Beklommenheit ausgelöst, die sich nun aber längst gelegt hat und wieder jener lauten Fröhlichkeit gewichen ist, die auf solchen Festen üblicherweise herrscht. Natürlich drehen sich die Gespräche überall noch um den Toten. Er ist zum interessanten Gesprächsstoff geworden. Denn schließlich: Wer weiß schon, in welch dunkle Machenschaften er womöglich verwickelt war. Er hat sich nie besonders um die Leute im Dorf gekümmert. Hin und wieder hat er sich mit jemandem unterhalten, aber eher unverbindlich und von oben herab, wie Fritz Gruber berichtet. Bei ihm hat der Herr Professor seinen Wein gekauft.

«Aber besonders freundlich war der nie. Und versucht zu handeln hat er auch. Wenn er mal mehr gekauft hat, hat er sofort gefragt, wie viel Prozente er kriegt. Als ob der es nötig gehabt hätte. Und seine Frau erst! Die ist wirklich das Allerletzte. Die Lisbeth kann Bände erzählen. Bände! Erzähl mal», wird sie von Gruber aufgefordert.

Lisbeth ist die Angetraute von Fritz Gruber, bei der Frau Professor Türheim hin und wieder Obst und Gemüse kauft.

«Die mit ihrer Einbildung. Hört mir bloß auf. Jeden Apfel hat sie in die Hand genommen und hin und her gedreht. An allem hat sie was auszusetzen gehabt. Mal war der Salatkopf zu klein, dann war er nicht frisch genug; die Gurken waren entweder zu dünn oder zu dick. Nichts war ihr genehm. Hundertmal hat sie gefragt, ob auch alles ‹aus echt biologischem Anbau stammt›.» Lisbeth gibt sich alle Mühe, den arroganten und gezierten Ton von Frau Türheim nachzuahmen, was ihr – der ausgiebigen Erfahrungen wegen – gar nicht schlecht gelingt.

Was die beiden Polizeibeamten im Vorbeigehen von den verschiedenen Gesprächen aufschnappen, bestätigt, was Reinhold Lorenz während seiner langjährigen Tätigkeit bei der Mordkommission immer wieder feststellt: Nur selten wandelt sich die Betroffenheit in echtes Mitleid mit den Mordopfern. Viel häufiger geraten diese umgehend in den Verdacht, irgendwie selbst schuld zu sein an ihrem schlimmen Ende. Möglicherweise sind sie mit dem Gesetz in Konflikt gekommen oder waren gar an kriminellen Machenschaften beteiligt. So ist es auch heute wieder. Hier und da verweilen die beiden Kriminalbeamten unauffällig an den Tischen, wo sich die Unterhaltung um dieses schreckliche Ereignis dreht, und überall ist es das Gleiche. Man rätselt, was dieser Türheim auf dem Kerbholz gehabt haben könnte und wer ihm, wie einer es ganz rabiat formuliert, ‹den Garaus› gemacht hat. Die wildesten und haltlosesten Theorien und Spekulationen machen die Runde. Etwas Neues erfahren die Beamten allerdings nicht.

Die Kollegen von der Spurensicherung haben unterdessen ihre Arbeit am Tatort beendet und sich widerwillig – der zu leistenden Überstunden wegen – in die Villa am Wildenhain begeben. Der tote Professor Türheim befindet sich auf dem Weg nach Freiburg, wo er vorübergehend im Gerichtsmedizinischen Institut beherbergt wird.

Das Fahnderduo Lorenz und Thiele ist nun ebenfalls auf

dem Weg in die Stadt. Die ganze Zeit über haben sie kaum ein Wort gewechselt, was Lorenz zunehmend irritiert. Das ist er von seinem Assistenten nicht gewöhnt. Der sitzt tief in Gedanken versunken neben ihm im Auto. Was hat der bloß? Endlich macht er den Mund auf.

«Chef, ich glaube, wir sollten morgen sofort die Frau von dem noch einmal befragen. Wir müssen unbedingt wissen, wo sie war, als ihr Mann ermordet worden ist.»

«Stimmt, Thiele, aber dafür brauchen wir erst die Angabe der genauen Todeszeit. Bevor wir den Bericht vom Gerichtsmediziner nicht haben, kommen wir nicht weiter.»

Das ist schon das zweite Mal heute, dass sein Assistent nicht fragt, was zu tun ist, sondern von sich aus Vorschläge macht. Lorenz ist angenehm überrascht über diese Neuerung.

«Ja, schon, aber wenn, dann sollten wir auch den Jünger fragen, und zwar ihn persönlich.» Thiele ahmt die affektierte Ausdrucksweise des «befreundeten» Bauunternehmers nach. Er findet allmählich zu seinem, wenn auch manchmal etwas skurrilen, Humor zurück.

«Und dann, Chef, das Umfeld. Erst mal das berufliche in der Uni. Es könnte schließlich sein, dass ein Student, den er in der Prüfung hat durchfallen lassen, den Mord begangen hat. Oder denken Sie mal an die rumänische Hanna. Vielleicht hat er was zu tun gehabt mit einem Mädchenhändlerring, der Prostituierte aus Osteuropa importiert. Oder – was auch sein könnte – er hat falsche Gutachten ausgestellt. Seine Frau hat vorhin doch erzählt, dass er damit angeblich das große Geld gemacht hat. Vielleicht hat er mit dem Jünger gemeinsame Sache gemacht, und die haben Waffen verschoben, indem sie sie unter Baumaterial versteckt haben. Abgründe tun sich da auf, Chef, Abgründe!» Thiele kriegt sich fast nicht mehr ein.

«Rauschgift fehlt noch, Thiele, es könnte sein, dass Türheim

Oberhaupt eines internationalen Drogendealerkartells war», spottet Lorenz, der bei seinem Assistenten selten einen Anfall solch lebhafter Phantasie erlebt.

«Richtig, Chef, aber dafür gibt's im Moment noch keinen Hinweis – oder habe ich was übersehen?» Thiele ist die Ironie seines Vorgesetzten leider entgangen.

«Mensch, das war nicht ernst gemeint.»

«Wieso?»

«Für nichts von all dem, was Sie sich da eben zusammengesponnen haben, gibt es auch nur den geringsten Anhaltspunkt.»

«Aber doch, ganz bestimmt, und wie!»

«Und welchen, bitte?»

«Denken Sie mal nach, Chef. Erstens. Diese Hanna hat ihre Aufenthalts- und Arbeitsgenehmigung so unkompliziert und schnell ganz bestimmt nicht auf legalem Weg gekriegt.»

«Könnte sein, aber glauben Sie allen Ernstes, dass es in Deutschland keine Korruption gibt? Wahrscheinlich hat der Türheim mit einer entsprechenden finanziellen Zuwendung an der richtigen Stelle nachgeholfen. Da sehe ich kein Mordmotiv.»

«Aber wenn er Chef von einem Mädchenhändlerring war?»

«Du meine Güte, Thiele, das ist hirnrissig. Nur weil er wahrscheinlich ein Verhältnis mit der Rumänin hatte und sie mitnehmen wollte, ist er noch lange kein Mädchenhändler.»

«Gut. Zweitens. Der Bauunternehmer. So wie der sich benimmt, hat er bestimmt was zu verbergen.»

«Thiele, auch das ist eine pure Vermutung. Dafür gibt es keinerlei konkrete Handhabe.»

«Hm. Drittens. Die Frau. Kräftig genug wäre sie, um den Ochsenspieß in ihren Mann zu rammen.»

«Und aus welchem Grund hätte sie das tun sollen?»

«Das weiß ich noch nicht. Aber dafür sind wir ja da, um das aufzuklären.»

«Thiele, mir langt's. Ihre Hypothesen sind schlicht verrückt. Sie spinnen.»

«Und was ist mit dem durchgefallenen Studenten?»

«Woher wollen Sie wissen, dass es einen gibt?»

«Der Professor hat sicher nicht nur zu Hause, sondern auch in der Uni seine Aggressionen ausgelebt, und die hat er genauso sicher an den Studenten ausgelassen.»

«Thiele, jetzt reicht's aber wirklich. Das sind Hirngespinste und nichts weiter.»

Das anfängliche Wohlwollen hat sich bei Lorenz in gelinden Ärger gewandelt. Er will gerade zu einem strengen Verweis ansetzen, als Thiele ihm mit einem verwunderten Zwischenruf zuvorkommt.

«Schauen Sie mal, Chef, da winkt jemand. Ein junges Mädchen. Da, schauen Sie.»

Sie sind eben auf den Parkplatz des Polizeipräsidiums eingebogen, als Thiele seine Entdeckung mitteilt.

«Die meint uns, Herr Lorenz. Jetzt schauen Sie doch mal.» Der junge Beamte ist ganz zappelig.

«Thiele, ist ja gut. Flippen Sie nicht immer gleich aus, wenn Sie ein junges Mädchen sehen», versucht Lorenz, ihn zu beruhigen. Aber nur einen Augenblick später ist er es, der außer sich gerät.

«Was ist das denn? Die sieht aus wie Julia.»

«Wer ist Julia?»

«Meine Tochter.»

«Ist das Ihre Tochter?»

«Ja, zum Teufel. Was macht die hier? Ob etwas passiert ist? Vielleicht mit Brigitte.»

Lorenz bremst direkt neben der jungen Frau, die ihn sofort,

noch bevor er ganz ausgestiegen ist, mit heftigen Vorwürfen bedenkt.

«Endlich. Sag mal, wo bleibst du so lange? Ich warte schon ewig.» Das klingt wahrhaft nicht nach Katastrophe, sondern erinnert Lorenz eher an den heutigen Nachmittag, als er von Würschtle-Herbert fast wörtlich den gleichen Vorwurf zu hören bekommen hatte.

«Ich denke, du hast um fünf Dienstschluss! Kein Mensch wusste im Präsidium genau, wo du bist. Kannst du denn nicht Bescheid geben?»

«Hast du womöglich sämtliche Kollegen alarmiert?»

«Was heißt alarmiert? Gefragt habe ich eben, wo du bist.»

Lorenz kann sich genau vorstellen, was seine temperamentvolle und ziemlich ungeduldige Tochter darunter versteht.

«Wo kommst du denn auf einmal her?», will er wissen.

«Na, woher schon. Aus Münster. Du weißt doch, dass ich dort studiert habe.»

Dass sie die Vergangenheitsform gebraucht, macht Lorenz stutzig. Auch das erinnert ihn an den Nachmittag. Ebenso selbstverständlich hat dies Frau Türheim gleich in der ersten Bemerkung über ihren toten Ehemann getan. Aber wahrscheinlich bezieht sich Julias Formulierung auf das vergangene Sommersemester, denn jetzt sind ja Ferien. Ein wenig unsicher fragt er vorsichtshalber dennoch nach.

«Und du willst ein paar Tage in Freiburg verbringen, oder bist du nur auf der Durchreise?»

«Wieso Durchreise? Nicht im mindesten. Das mit dem Studium war ein Irrtum. Ich habe es endgültig gesteckt. Meine Wohnung in Münster ist schon wieder vergeben. Ich ziehe zu euch.»

«Wie bitte? Zu wem? Und was ist mit dem Studium?»

«Ich ziehe zu dir und Ulli. Der wohnt doch auch wieder in

Littenweiler. Wird wahrscheinlich sowieso höchste Zeit, dass ich euch auf Trab und Ordnung in den Laden bringe.»

Lorenz fehlen die Worte. Das ist so ziemlich das Letzte, womit er gerechnet hat.

«Können wir endlich nach Hause fahren? Ich warte schon eine halbe Ewigkeit. Ulli ist nicht daheim, und ich habe ja noch keinen Hausschlüssel.»

Dieses entschlossene «noch keinen Hausschlüssel» bringt Lorenz zum Bewusstsein, dass er eben im Begriff ist, mit seiner Tochter deren weitere Lebensplanung auf dem Parkplatz des Polizeipräsidiums zu diskutieren, während Thiele mit großen Augen, aus denen pure Verwunderung spricht, danebensteht. Deshalb gibt er sich einen Ruck.

«Das müssen wir nicht hier besprechen. Wir fahren nach Hause. Da drüben steht mein Auto.»

«Habe ich gesehen. Mein Gepäck liegt schon daneben.»

Was Julia als Gepäck bezeichnet, erweist sich als halbe Wohnungseinrichtung, die Lorenz – mit Thieles Hilfe – vergeblich in seinem Auto zu verstauen versucht.

«Wie bist du mit dem ganzen Kram denn hierhergekommen?», wundert er sich.

«Ein Freund hat mich gebracht. Der musste aber weiter. Deswegen warte ich ja hier, Mann. Ich konnte das Zeug schließlich nicht in deine gute Stube oben im Präsidium schaffen. Dass es Handys gibt, die man einschalten kann, ist wohl weder dir noch Ulli klar. Ich hab's den halben Nachmittag lang vergeblich probiert.»

Aus Julias Worten spricht für den Geschmack von Reinhold Lorenz bei weitem zu viel Kritik, und zwar gänzlich unberechtigte. Er schafft es nur mühsam, sich zusammenzureißen, zumal das Auto bereits bis unter das Dach voll ist und noch einiges danebenliegt.

«Hat dein Freund einen Möbelwagen?»

«Nö, aber einen Transit.»

«Und warum bist du nicht auf die Idee gekommen, alles vor unserem Haus abzuladen und dort zu warten? Das wäre einfacher gewesen.»

«Tja, wo du recht hast, hast du recht. Aber weil von euch beiden niemand ans Telefon ging, kam mir dieser glorreiche Gedanke halt nicht.»

Lorenz zieht hörbar die Luft ein.

«Was machen wir mit dem restlichen Zeug?» Er schaut ratlos auf die einer Beförderungsmöglichkeit harrenden Koffer, Taschen und Pappkartons.

«Ist kein Problem, Chef, ich hole mein Auto. Das kriegen wir hin.»

«Ehrlich, Thiele? Das ist aber nett. Kannst dich bei Herrn Thiele bedanken», wendet er sich an seine Tochter, die das auch postwendend tut.

«Das ist so lieb von Ihnen, Herr Thiele», flötet sie mit einem Augenaufschlag, der Thiele auf der Stelle dahinschmelzen lässt.

«Gern, Jul…, Frau, äh …»

«Sagen Sie einfach Julia. Oder sagen wir doch gleich ‹du›.»

So einfach geht das bei den jungen Leuten, staunt Lorenz. Bei uns früher war das entschieden komplizierter.

Thiele steht bewegungslos da und strahlt Julia hingerissen an. Und das ist verständlich, denn die Lorenz-Tochter ist groß und schlank, und ihr hübsches Gesicht mit den ausdrucksvollen braunen Augen wird umrahmt von dunklen, halblangen Haaren, die ihr lose auf die Schultern fallen.

«Es wäre nicht schlecht, wenn Sie das Auto auch wirklich holen würden», unterbricht Lorenz die strahlende Hingabe sachlich.

«Ach so, ja, natürlich, sofort. Ich bin gleich wieder da.»

Nachdem Thiele mit einer eleganten Kurve, die nur knapp, sehr knapp am Kotflügel des Autos seines Chefs vorbeigeführt hat, den alten Golf mit Viergangschaltung und defektem Auspuff direkt vor ihnen zum Stehen gebracht hat, erinnert ihn Lorenz an das gegebene Versprechen.

«Also los, Thiele, laden wir ein.»

Der Boden der Tatsachen, den Lorenz für Thiele vorgesehen hat, erweist sich aber als höchst instabil, denn Julia erklärt kurzerhand – wohl um allfällige Erklärungen und mit Sicherheit nachfolgende Diskussionen ein wenig hinauszuschieben:

«Ich fahre mit Herrn Thiele, wie heißt du denn mit Vornamen?»

«Ich …? Matthias», ertönt es eine Tonlage höher als gewöhnlich.

«Okay, Matthias, ich fahre mit dir. Dann kann ich dir den Weg zeigen.»

«Julia, Herr Thiele weiß, wo ich wohne.»

«Egal. Komm, nimm den Koffer noch auf deinen Beifahrersitz, Papa, dann ist dort eh kein Platz mehr für mich. Das Auto von Matthias ist schon rappelvoll.»

«Meins auch», klingt es wütend zurück.

«Sag ich doch.»

Während Reinhold Lorenz auf der Heimfahrt, eingeklemmt zwischen allem möglichen Gepäck, seine weitere Vorgehensweise in Sachen Julia und aufgegebenem Studium gedanklich erwägt, haben sich in dieser herrlichen Augustnacht dunkle Wolken unter dem Dach der Fehringers zusammengeballt. Als Herbert mit Bus, Straßenbahn und schlechtem Gewissen endlich das heimatliche Refugium erreicht und sich unterwegs jede Menge Rechtfertigungen überlegt hat, findet er ein stockdunkles Haus vor. Nirgendwo brennt Licht. Herbert durchfährt es heiß und kalt. Sollte es ihm genauso gehen wie dem armen Kommissar, dem die Frau durchgebrannt ist? Thiele hat ihm das damals in Badenweiler unter dem Siegel der Verschwiegenheit anvertraut.

Der Aufregung wegen dauert es eine kleine Weile, bis es ihm gelingt, mit zitternden Händen den Hausschlüssel ins Schloss zu stecken. Alles ist dunkel. Im Erdgeschoss ist niemand, also stürmt er die Treppe hinauf ins eheliche Schlafzimmer, das er voller Sorge mittels sämtlicher Lichtschalter sofort in hellste Helligkeit taucht.

«Bist du verrückt geworden», faucht es von Gundis Seite des breiten Ehebettes.

Gott sei Dank, sie ist noch da. Herbert fällt ein Stein vom Herzen. Egal, was sie jetzt sagen wird. Sie ist noch da.

«Gundi! Gundi, entschuldige bitte. Aber sieh doch ein, dass ich dem Kommissar helfen muss. Ohne mich kommen die nicht weiter. Ich habe den Ermordeten gefunden. Ist dir das nicht klar?» Vehement versucht er, seinen hingebungsvollen Einsatz zu begründen.

«Nein.»

«Gundi. Bitte. Lass uns darüber reden.»

«Nein.»

«Gundi. Du musst das einsehen.»

«Nein.»

«Aber was hätte ich denn sonst machen sollen?»

«Nichts.»

«Was heißt ‹nichts›? Hätte ich den einfach liegen lassen, mich umdrehen und niemandem was davon sagen sollen? Das ist nicht dein Ernst.»

Ein bisschen meint er, sich wundern zu müssen über Gundis Auffassung.

«Du hättest mit mir zurückfahren können, nachdem der

Kommissar angekommen war. Was hast du bei den Leuten verloren? Das kann die Polizei viel besser. Die brauchen dich nicht. Kapier das endlich!»

Wenigstens redet sie jetzt wieder mit mir, denkt Herbert ein wenig erleichtert.

«Aber Gundi, erinnerst du dich nicht mehr, wer in Badenweiler den entscheidenden Hinweis gegeben hat?»

«Ja, ja. Damals hast du mich auch die ganze Zeit allein sitzen lassen. Nochmal passiert mir das nicht. Steck deine Nase nicht immer in Dinge, die dich nichts angehen.»

«Aber es geht mich was an. Wenn jeder so denken würde …»

«Nicht schon wieder die Bürgerpflicht. Lass mich in Ruhe und geh schlafen.»

So schnell aber kann Herbert Fehringer nicht aufgeben. Schließlich hat er die Absicht, auch morgen wieder nach Ehrenstetten zu fahren, um den Klatsch und Tratsch im Dorf zu erkunden.

«Gundi, sei doch nicht so, ich habe dem Herrn Lorenz fest versprochen, mit den Leuten zu reden. Mir erzählen sie mehr und andere Dinge als der Polizei. Morgen und übermorgen findet das Fest noch statt, und du kannst dich auch ein bisschen amüsieren. Wir nehmen die Gabi mit, dann hast du jemanden, mit dem du dich unterhalten kannst.»

Gabi ist die beste Freundin von Gundi und beileibe nicht Herberts liebste Begleitung, weil sie für seinen Geschmack viel zu viel redet.

«Das heißt, du willst zwei volle Tage lang auf diesem Fest rumsitzen?» So, wie Gundi das sagt, klingt es recht bedrohlich. Außerdem sitzt sie nun kerzengerade im Bett, aus ihren Augen sprüht förmlich die Angriffslust.

«Wir gehen zusammen. Und die Gabi ist auch dabei.»

«Nein!»

«Gundi. Gundi, es ist auch bestimmt das letzte Mal. Ich verspreche es.»

«Also gut. Meinetwegen dieses eine Mal noch. Aber eins sage ich dir, Herbert Fehringer: Wenn du jemals noch eine Leiche finden solltest, dann bist du die nächste, weil ich dann nämlich höchstpersönlich dich umbringen werde.»

Das Eis ist gebrochen. Herbert umarmt seine Gundi stürmisch und dankbar.

«Bist meine Allerbeste. Ich verspreche dir auch …» Ja, was soll er ihr versprechen? In Badenweiler war es der Tanzabend, der ihr Spaß gemacht hat. Also gut. Augen zu und durch.

«Gundi, ich verspreche dir, dass wir in diesem Winter einen Tanzkurs für Ehepaare machen. Das hast du dir doch immer gewünscht. Wenn du schon so viel Verständnis für mich hast, dann lasse ich mich auch nicht lumpen. Melde uns an.»

Jetzt ist es an Gundi, sich zu wundern. Sie macht kugelrunde Augen.

«Das meinst du wirklich im Ernst? Ein halbes Leben habe ich dich darum gebeten. Ich freue mich natürlich, aber weißt du, was dabei ziemlich traurig ist?»

«Es wird alles wieder gut, wir streiten ja auch nicht mehr.»

«Nein, das meine ich nicht. Wir verdanken unser Vergnügen jemandem, der ermordet worden ist, und das ist schlimm.»

Dass es ein Vergnügen für ihn sein wird, daran zweifelt Herbert Fehringer ganz gewaltig, aber letztlich muss er seiner Frau zustimmen. Aber selbst wenn man es genau betrachtet, so würde es den armen Professor Türheim auch nicht wieder lebendig machen, wenn sie auf den Tanzkurs verzichteten. Wenigstens können beide ihren Streit begraben und den Rest dieser sternklaren Augustnacht in beiderseitigem liebevollen Einvernehmen verbringen. Wie immer man das verstehen will.

5.

Zwei nachdenkliche Kriminalbeamte sitzen sich am nächsten Morgen gegenüber. Und obwohl ihre Gedankengänge meist völlig verschiedene Wege einschlagen, haben sie heute ausnahmsweise einmal den gleichen Fixpunkt, um den sie sich drehen, und der heißt Julia.

Kommissar Lorenz hat den gestrigen Abend vergeblich damit verbracht, seine Tochter auf den seiner Meinung nach richtigen Pfad der Tugend zu führen, nämlich zurück nach Münster und zu ihrem Romanistikstudium. Doch Julias Argument, dass ein solches Studium allenfalls Chancen zur freien Mitarbeit in einem Taxi-Unternehmen eröffne, hatte er wenig entgegenzusetzen. Wenn nur Brigitte da wäre! Mit ihr könnte er alles besprechen, denn Ulli hat selbstverständlich sofort Partei für seine Schwester ergriffen. Ob er versuchen sollte, Brigitte anzurufen? Immerhin geht es um die gemeinsame Tochter und deren zukünftiges Leben. Lorenz räumt sich selbst eine Bedenkzeit bis zum Abend ein.

Matthias Thiele steht fraglos auf Julias Seite und außerdem in hellen Flammen, die lodernd über ihm zusammenschlagen. Er ist bis über beide Ohren frisch verliebt. Und er sieht sogar gute Chancen, sich seiner Angebeteten etwas problemloser nähern zu können, als dies sonst der Fall ist. Seine Schüchternheit macht ihm in dieser Hinsicht meist einen dicken Strich durch die Rechnung. Aber bei Julia müsste es doch möglich sein, den täglichen Kontakt zu ihrem Vater etwas zu erweitern. Er startet einen ersten Versuch.

«Herr Lorenz, wenn es Ihnen in Zukunft eine Hilfe ist, hole

ich Sie gern jeden Morgen mit dem Auto ab. Dann können Sie sich auf dem Weg ins Präsidium noch ein klein wenig ausruhen.»

Dieses Manöver ist mehr als durchsichtig und wird von Kommissar Lorenz folglich sofort richtig eingeschätzt.

«Danke, Thiele, das ist nett, aber machen Sie sich keine falschen Hoffnungen. So früh ist keines meiner Kinder auf den Beinen, besonders Julia nicht. Keine Chance.»

Das ging gehörig schief, aber irgendetwas muss ihm einfallen, denkt Thiele.

Unterdessen gibt sich sein Chef innerlich einen Ruck. Schluss jetzt mit dem Privatleben. Er ist im Dienst. Sie haben einen Mörder zu suchen, der heimtückisch und bestialisch einen Menschen von hinten mit einem Spieß erstochen hat.

«Thiele, ich denke, wir nehmen Ihren guten Vorschlag von gestern auf und versuchen, das berufliche Umfeld des Toten zu erkunden. Würden Sie bitte vorher noch in der Pathologie nachfragen, ob die schon feststellen konnten, wann genau der Mord geschehen ist.»

Absichtlich hat er ein kleines Lob in die Anweisung gepackt, weil ihm sein Assistent ein wenig leid tut. Wie Lorenz seine Tochter kennt, erfolgte der charmante Augenaufschlag und der liebevolle Umgang mit Thiele aus reiner Berechnung. Zwar ist er nur andeutungsweise über das Liebesleben seiner Tochter unterrichtet. Aber selbst das reicht ihm, um ihr in dieser Hinsicht gründlich zu misstrauen. Soll Thiele sich lieber berufliche Sporen verdienen, statt sich in himmlische Höhen zu versteigen. Dafür wird er sorgen, so gut er kann.

«Thiele, Herr Thiele! Haben Sie gehört, was ich gesagt habe?», will er von seinem vor sich hin träumenden Gegenüber wissen.

«Wie? Ja, so, ja, klar. Äh. Wir gehen los, Herr Kommissar?»

«Zuerst bitte in der Pathologie nach der Todeszeit fragen, Thiele.»

«Ist recht.»

Thiele verschwindet im kleinen Zimmer nebenan, das sein Refugium ist, und kommt wenig später mit der Information zurück, dass der Tod gegen 14 Uhr eingetreten sein muss.

«Na, da haben die da unten sich ausnahmsweise beeilt. Gibt es sonst was Neues?», fragt Lorenz weiter.

«Nein. Das heißt, ich weiß es nicht, ich habe nur nach der Todeszeit gefragt. Mehr wollten Sie doch nicht wissen – oder?»

Ein Assistent, der nur hin und wieder, dann aber zugegebenermaßen beachtliche Geistesblitze hat und außerdem noch verliebt ist, stellt die Geduld seines Vorgesetzten auf eine harte Probe. Aber Lorenz hat sich vorgenommen, nachsichtiger mit Thiele zu sein. Vielleicht kommt er damit weiter als mit ständigen Zurechtweisungen, die zudem eine ganze Menge damit zu tun haben, dass er mit seinen eigenen Problemen nicht fertig wird.

«Lassen Sie uns überlegen, wie wir vorgehen.»

Thiele geht auf den freundlich-sachlichen Ton, den Reinhold Lorenz anschlägt, sofort ein.

«Also. Also, ich würde sagen …»

«Thiele, Thiele, bitte tun Sie mir einen Gefallen: ohne ‹also›. Auf diesem Wort reitet der Fehringer schon genug herum. Das reicht mir. Meinen Sie, das kriegen Sie hin?»

«Klar, Chef. Also, äh, ’tschuldigung. Ich meine, na ja. Informationsgewinnung auf breitester Basis. So ganz allgemein. Und dann puzzeln wir uns was zusammen und stellen Hypothesen auf. Das sind die Grundbegriffe, die man in der Ausbildung lernt. Haben Sie die auch noch im Kopf?»

«Thiele, das ist wirklich Theorie, aber die Sache mit der Informationsgewinnung ist nicht von der Hand zu weisen. Gehen wir zunächst in die Uni, um uns dort umzuhören. Ist zwar ein schlechter Zeitpunkt, denn jetzt im August sind vermutlich alle in den Ferien, aber warten wir ab, wie weit wir kommen.»

«Ich könnte vorher anrufen und uns anmelden», schlägt Thiele hilfsbereit vor.

«Lieber nicht. Wenn tatsächlich jemand aus dem Fachbereich, wo dieser Türheim gearbeitet hat, da sein sollte, können wir uns vielleicht das Überraschungsmoment zunutze machen.»

Im Kollegiengebäude der Freiburger Universität empfängt sie gähnende Leere und eine ungewohnte Stille. Die langen Flure sind verwaist. Keine Menschenseele begegnet ihnen, schon gar nicht an diesem noch recht frühen und sehr sonnigen Vormittag. Es verspricht, wieder ein heißer Tag zu werden, an dem man eigentlich nichts Besseres tun kann, als sich ins Freie, an die Dreisam oder in eines der Bäder und danach in einen Biergarten zu begeben.

Im Rechtswissenschaftlichen Seminar, dessen Direktor gestern auf dem Ehrenstetter Lorenzemärt sein Leben lassen musste, ist glücklicherweise die Sekretärin anzutreffen.

«Guten Morgen, mein Name ist Lorenz. Das ist Herr Thiele. Wir kommen von der Mordkommission. Sind Sie Frau Hein, die Sekretärin, wie es draußen auf dem Schild steht?»

Hätte der Kommissar behauptet, sie kämen direkt vom Mars, hätte er keinen verdutzteren Gesichtsausdruck bei der älteren Dame hervorrufen können, die eben einen Aktenordner aus dem Regal gezogen hat.

«Wer sind Sie? Woher kommen Sie? Was wollen Sie hier?»

«Ja, wissen Sie es denn noch nicht? Ihr Chef, der Professor Türheim – das ist doch der Direktor, wie es draußen an der Tür steht? –, also, der ist gestern ermordet worden.»

Diese unvermittelte Übermittlung der Todesnachricht, mit der Thiele herausgesprudelt ist, geht über die Kraft der Sekretärin. Sie starrt beide Polizisten an und muss sich dann erst einmal am Aktenschrank festhalten.

«Was sagen Sie? Der Herr Professor ist …? Der Herr Professor Türheim …? Aber das kann nicht sein. Der war gestern Vormittag hier.»

Immerhin ein erster Hinweis.

«Entschuldigen Sie, dass mein Assistent ein wenig direkt war, aber wir waren der Meinung, der Todesfall hätte sich bereits herumgesprochen.»

Ein böser Blick in Thieles Richtung ist fällig. Der will sein allzu unüberlegtes Vorpreschen wiedergutmachen und kümmert sich hingebungsvoll um die ältere Dame, wobei er gleich noch einige hingebungsvolle Fragen miteinflicht.

«Kommen Sie. Setzen Sie sich. Soll ich Ihnen ein Glas Wasser holen? Es tut mir wahnsinnig leid. Das muss ein großer Schock für Sie sein. Sie standen dem Herrn Professor sicher nahe. Arbeiten Sie schon lange hier? Sie kennen den Herrn Professor bestimmt gut.»

Der mitleidige Ton, den Thiele angeschlagen hat, zeigt sofort Wirkung.

«Ja. Der Herr Professor und ich, wir haben schon lange zusammen gearbeitet. Wir sind ein gutes Gespann. Seit er hier auf dem Lehrstuhl ist. Seit fast fünfundzwanzig Jahren. Der Herr Professor ist eine Seele von Mensch. Immer hat er ein freundliches Wort gefunden.»

Lorenz runzelt die Stirn. Das klang gestern bei den Leuten im Dorf ganz anders. Auch Thiele erinnert sich anscheinend daran, denn er hakt umgehend nach.

«War er zu allen so nett oder nur zu Ihnen?»

«Zu mir natürlich besonders. Er hat genau gewusst, was er

an mir hat. Aber zu anderen eigentlich auch. Ich meine, er war schon gelegentlich verärgert, wenn irgendwas nicht so lief, wie er es gern wollte. Er hatte seine Eigenheiten, aber ich habe sie gekannt und darauf Rücksicht genommen.»

«Welche Eigenheiten zum Beispiel?»

«Ja, was soll ich sagen? Ach Gott, ach Gott! So ein Elend.»

«Welche Eigenheiten?», forscht Thiele sanft nach.

«Ja, zum Beispiel, wenn er nicht in die Uni gekommen ist, wollte er, dass man ihm die Post pünktlich nach Hause bringt. Das war ihm wichtig. Das hat dann eine Hilfskraft gemacht, oder ich bin manchmal selbst rausgefahren und habe sie ihm gebracht, obwohl es umständlich ist mit dem Bus. Ich habe ja kein Auto.»

«Und was noch?»

«Er war halt nur an bestimmten Tagen da, und dann aber ziemlich lang. Und da mussten alle dableiben, auch wenn die normale Dienstzeit längst vorbei war. Aber das nimmt man schließlich gern auf sich – bei solch einem bedeutenden Wissenschaftler.»

«Fällt Ihnen sonst noch etwas ein?»

«Hm. Ja. Er konnte es auf den Tod nicht leiden, wenn … ach, was sag ich denn da, ja, wenn jemand in sein Zimmer kam, wenn er telefoniert hat. Gell, Herr Renz.»

Sie wendet sich an den Mann, der eben das Zimmer betreten hat.

«Stellen Sie sich vor, der Herr Professor Türheim ist ermordet worden. Ist das nicht schrecklich! Ich fasse es nicht.»

Sie kramt aus ihrer Handtasche eine Packung Papiertaschentücher hervor und bietet dem Hausmeister vorsorglich auch eines an. Der lehnt dankend ab.

«Was, der Türheim ist ermordet worden? Hat es den endlich erwischt?»

«Wie bitte?»

Die beiden Kriminalbeamten fragen wie aus einem Mund.

«Wie können Sie so etwas sagen, Herr Renz», protestiert Frau Hein unter Tränen.

Lorenz und Thiele stellen sich kurz vor, bevor sie beim Hausmeister nachfragen, was er mit seiner Bemerkung gemeint hat.

«Frau Hein hat uns erzählt, dass Professor Türheim immer sehr nett gewesen sein soll.»

«Eine Seele von Mensch», schnieft Frau Hein.

«Jetzt hören Sie aber auf, Frau Hein. So wie der mit den Leuten umgesprungen ist. Mit Ihnen vielleicht nicht, aber Sie sind auch geduldig wie ein Lamm und haben sich alles gefallen lassen. Reden Sie mal mit seinen Studenten, Herr Kommissar, da werden Sie einiges zu hören kriegen. Der hat sie manchmal behandelt wie den letzten Dreck. Oder unsereins. Wenn was nicht so lief, wie er wollte, oder wenn er nur gemeint hat, dass was nicht so läuft, dann ..., ich kann Ihnen sagen, dann war was los. Der konnte brüllen, dass man es im nächsten Stock gehört hat. Ein richtiges Schwein konnte der sein.»

«Herr Renz, das geht zu weit.» Frau Hein steht von ihrem Sessel so heftig auf, dass sie ihn beinahe umstößt.

Lorenz befragt den Hausmeister derweil ungerührt weiter: «Wann haben Sie Türheim zuletzt gesehen? Frau Hein sagt, dass er gestern Vormittag hier war.»

«Keine Ahnung. Irgendwann im Semester. Und soll ich Ihnen was sagen? Ich war froh, wenn ich ihn nicht gesehen und nichts mit ihm zu tun gehabt habe.»

«Aber, Herr Renz», mischt sich Frau Hein entrüstet ein. «So dürfen Sie einfach nicht reden. Der Herr Professor war immer nett und freundlich. Und wenn nicht, dann war es berechtigt.»

«Berechtigt? Sie haben Nerven. Einmal wollte er dies, dann

wieder das. Und wenn er einen Fehler gemacht hat, waren immer die anderen schuld. Der hat die Wahrheit gedreht und gewendet, grad wie es ihm gepasst hat.»

Bevor Frau Hein erneut protestieren kann, beugt Kommissar Lorenz sich vor.

«Frau Hein, Sie sind absolut sicher, dass Herr Türheim gestern Vormittag hier war? Was wollte er denn, mitten in den Semesterferien?»

«Ja, gestern Morgen, kurz nach neun ist er gekommen. Gegangen ist er irgendwann gegen Mittag. Genau kann ich es nicht sagen. Der Herr Professor kam öfter mal rein, auch in der vorlesungsfreien Zeit. Das sind für die Professoren ja nicht wirklich Ferien, sondern sie nutzen die Zeit zur Forschung. Wie mein Professor. Was er im Einzelnen gearbeitet hat, weiß ich natürlich nicht. Ich sitze nicht neben ihm und kontrolliere ihn.»

«Hat ihn in dieser Zeit jemand besucht? Hatte er Termine?»

«Immer war ich nicht da. Ich habe zwischendurch für ihn eingekauft, und die Briefe musste ich auch zur Poststelle bringen. Aber zwei oder drei Studenten hatten sich – glaube ich – mit ihm verabredet. Und dann kam noch ein Kollege, der Herr Professor Laufer. Die waren ein wenig befreundet, meine ich. Sicher bin ich nicht. Das geht mich auch nichts an.»

«Und sonst war niemand da?»

«Nicht dass ich wüsste. Niemand, nur der Hausmeister.»

Der letzte Satz wird mit einem bitterbösen Blick und einem giftigen Kommentar von Herrn Renz quittiert.

«Da hören Sie es selbst, Herr Kommissar, wie unsereiner hier angesehen wird. Dabei liefe ohne uns nichts, gar nichts, sage ich Ihnen. Aber die in ihren Seminaren meinen immer, sie seien was Besseres. Dabei ohne uns …»

«Ja, danke, Herr Renz. Sie waren gestern also doch hier?»

«Ich? Nein.»

«Nein, nein», mischt sich die Sekretärin wieder ein. «Nicht der. Der Herr Beller war das. Der hatte aber mit dem Herrn Professor ein gutes Verhältnis. Im Gegensatz zu Ihnen, Herr Renz. Der wusste, was er dem Herrn Professor schuldig war und wie man einem solchen Menschen entgegentritt.»

Bevor die gegenseitigen Sticheleien möglicherweise in einen handfesten Krach eskalieren, versucht Kommissar Lorenz, die Situation zu entschärfen.

«Nochmal von vorn bitte, Frau Hein. Wer war hier? Und wen haben Sie gesehen? Wir brauchen die Namen.»

«Der Herr Professor Laufer, der Beller und die Studenten.»

«Wie hießen die?»

«Woher soll ich das wissen? Das waren doch nur Studenten. Ich kenne die nicht mit Namen. Wissen Sie, wie viel wir davon in diesem Fachbereich haben? Über sechshundert.»

Eine solch deutliche und ausgeprägte Hierarchie, wie sie Frau Hein sich zurechtgebastelt hat, haben Lorenz und Thiele noch nicht erlebt. Im Polizeipräsidium ist zwar auch jeder auf seine Stellung und seinen Status bedacht, aber nicht mit dieser entschiedenen Ausschließlichkeit.

«Aber Sie können mir sicherlich sagen, wo das Dienstzimmer des Kollegen von Herrn Türheim ist.» Lorenz verzichtet mit Absicht auf den Titel. «Und wo finde ich diesen Herrn Beller? Das ist wohl einer Ihrer Kollegen», wendet er sich an Hausmeister Renz.

«Ja, der hat heute auch Dienst. Kommen Sie mit. Wie viel Uhr ist es denn? Halb elf. Da ist Kaffeepause. Da ist er im Hausmeisterzimmer.»

«Ich gehe schon vor, Thiele, Sie notieren sich bitte die Adresse von Herrn Laufer und seine Zimmernummer in der Uni. Auf Wiedersehen, Frau Hein.»

Die Stimmung im Sekretariat hat Lorenz missmutig gemacht. Er reagiert nun mal empfindlich auf Arroganz und grundlosen Dünkel.

«Kommen Sie mit, Herr Kommissar», fordert Renz den Kriminalbeamten auf.

Während er dem Hausmeister hinterhertrabt, fällt Lorenz auf einmal die Sandmännchen-Sendung aus dem Fernsehen ein, die seine Kinder früher immer so gern gesehen haben. «Komm mit», forderte darin das große Schwein Frederic seinen kleinen Bruder Piggeldie auf, wenn dieser etwas wissen wollte. Stereotyp schloss sich dann die Redewendung des Erzählers an: «Und Piggeldie folgte Frederic.» Und genauso fühlt sich Lorenz gerade. Er grinst in sich hinein: dass ihm auf einmal wieder die alten Kindergeschichten einfallen. Gestern auch schon. Ob das daran liegt, dass sich seine Kinder wieder bei ihm eingenistet haben?

Sehr viel schneller als das Schwein Frederic marschiert Hausmeister Renz auch nicht voran, aber sie erreichen den Raum dennoch rechtzeitig zur Pausenzeit.

«Das ist mein Kollege, Herr Beller», stellt Renz einen auf der rechten Tischseite sitzenden Hausmeister vor. Die beiden anderen Kollegen ignoriert er. «Und das ist der Herr Kommissar Lorenz von der Mordkommission. Stellt euch vor, der Türheim ist ermordet worden! Wie eigentlich?»

Renz hat jedes einzelne Wort seiner Hiobsbotschaft genüsslich und akzentuiert vorgebracht. Nur die Frage kam schnell hinterhergeschossen. Sich danach zu erkundigen hatte er bislang ganz vergessen.

Die anderen am Tisch sind wie vom Donner gerührt. Ein Mord an einem Mitarbeiter der Uni. Wann hat es das je gegeben!

«Hier in der Uni?»

«Wann?»

«Der Türheim? Na ja.»

«Es erwischt eben jeden mal. Den einen so, den anderen so.»

«Ja, ja, so gehen die Gänge halt. Kurz ist das Leben, lang der Tod.»

Diesen tiefsinnigen Kommentaren, bei denen sich Lorenz fragt, inwieweit intelligente Lebens- und Ausdrucksformen bei den Menschen verbreitet sind, macht er kurzerhand ein Ende.

«Nein, nicht in der Universität, sondern gestern Nachmittag während des Dorffestes in Ehrenstetten.»

«In Ehrenstetten? Da hat der doch gewohnt», bekundet Beller.

«Woher wissen Sie das? Waren Sie bei ihm zu Hause? Wie häufig denn?»

Lorenz zieht es in seiner bewährten Art vor, eine bloße Annahme als Tatsache zu formulieren und den Hausmeister damit zu konfrontieren. Mit dieser Methode hat er manchmal schon Erfolg gehabt, und die Leute sind darauf hereingefallen, ohne es zu merken. So auch heute.

«So zwei-, dreimal vielleicht, aber nicht öfter. Einen so engen Kontakt hatte ich mit dem Türheim jetzt auch nicht.»

«Weswegen sind Sie hingefahren?»

«Ach, das ist schon lange her. Das weiß ich nicht mehr so genau.»

«Aber Sie müssen doch einen Grund gehabt haben.»

«Ich habe ihm was gebracht.»

«Ist es üblich, dass ein Hausmeister Botendienste verrichtet?»

«Nein, natürlich nicht, aber irgendwas in der Richtung war es. Ich weiß es wirklich nicht mehr.»

Thiele, der inzwischen auch eingetroffen ist, schaut seinen

Chef an, und beide sind sich in diesem Moment darin einig, dass Hausmeister Beller ganz genau weiß, wann und weshalb er nach Ehrenstetten gefahren ist. Deshalb lässt Lorenz auch nicht locker.

«Wann war das? Ungefähr müssen Sie sich doch erinnern. Vor einem Jahr, vor einem Monat, letzte Woche?»

Derart in die Enge getrieben, gerät Beller ins Stottern. Alle Blicke, auch die der Kollegen, sind auf ihn gerichtet.

«Letzte Woche, glaube ich. Ich bin nicht sicher. Oder Anfang dieser.»

«Und was Sie nach Ehrenstetten geführt hat, daran können Sie sich innerhalb dieses kurzen Zeitraums nicht mehr erinnern?»

«Ja. Hm. Ja, so.»

Beller ist es sichtlich peinlich, sich weiter zu äußern.

«Entweder sagen Sie uns augenblicklich klipp und klar, weswegen Sie dort waren, oder Sie begleiten uns aufs Präsidium.» Thiele schlägt seinen schroffen Kommandoton an, der so gar nicht zu ihm passt und Lorenz immer noch in Erstaunen versetzt. Aber inmitten seiner Kollegen will sich Beller keine Blöße geben.

«Ich musste ihm etwas bringen.»

«Und was?»

«Ein Paket.»

«Von wem kam das Paket?»

«Das weiß ich nicht. Es ist hier für den Türheim abgegeben worden. Ich wollte es eigentlich ins Seminar bringen, aber es war so ein gelber Zettel draufgeklebt, auf dem stand, dass der Türheim angerufen hat, weil er auf das Paket warte. Ich sollte damit sofort nach Ehrenstetten fahren.»

Sowohl Lorenz als auch Thiele sind vom Wahrheitsgehalt dieser Aussage alles andere als überzeugt.

«Hat jemand von Ihnen einen entsprechenden Anruf von Türheim entgegengenommen?»

Allgemeines Kopfschütteln, nein, niemand weiß etwas davon.

Da Hausmeister Beller derzeit nichts Konkretes vorgeworfen werden kann, müssen sich die beiden Kriminalbeamten für den Augenblick mit dieser Erklärung begnügen.

«Herr Beller, wir werden sicherlich nochmals auf Sie zukommen», verspricht Thiele, als sie sich von der Kaffeerunde verabschieden.

Langsam gehen die beiden wieder den langen, leeren Flur entlang, der ihre Schritte hallend wiedergibt.

«Mit dem stimmt was nicht, Chef.»

«Das meine ich auch, Thiele, aber was? Wer könnte Näheres wissen?»

«Die Sekretärin können wir wohl vergessen. Die hat daheim sicher einen Professoren-Altar, vor dem sie morgens und abends niederkniet.»

«Thiele!»

«Ist doch wahr. Wie kann man so einfältig und autoritätsgläubig sein wie die, in ihrem Alter. Wofür gab es 1968! Muff von tausend Jahren und so.»

«Woher wissen Sie denn das, Thiele, dafür sind Sie doch noch viel zu jung.»

«Ich bitte Sie, Chef, das gehört zur Allgemeinbildung.» Es klingt fast beleidigt, aber kurz darauf verändert sich Thieles Tonlage. «Das gibt's ja nicht. Schauen Sie sich das an.»

Die beiden Beamten sind an der großen Glastür angekommen, die auf den Parkplatz des Uni-Personals führt. Und genau dort steigt Hausmeister Beller gerade eilig in ein flottes Sportcabrio, das dem Ferrari in der Türheim'schen Garage um nichts nachsteht.

«Chef, ich glaube, da steht uns noch einiges bevor. Und diesen Laufer, diesen Kollegen, sollten wir uns ebenfalls möglichst rasch vornehmen.»

Lorenz ist fast ein wenig verunsichert. Solchen Tatendrang und so viel Energie kennt er bei Thiele nicht. Beinahe vermisst er schon dessen ständige Formel: «Chef, was machen wir denn jetzt?» An die hatte er sich gerade gewöhnt.

«Ich schlage vor, wir fahren sofort zum Laufer und versuchen dort unser Glück. In der Uni ist er nämlich nicht. Ich bin vorhin an seinem Zimmer vorbeigegangen. War abgeschlossen. Der wohnt in der Wiehre am Lorettoberg. Sicher auch in einer schicken Villa wie die anderen Professoren, Zahnärzte, Orthopäden und so.»

Es ist Thiele in diesem Augenblick deutlich anzumerken, dass er mit seinem einstmals gefassten Entschluss, die Laufbahn eines Kriminalbeamten einzuschlagen, momentan nicht im Reinen ist.

Auf der kurzen Fahrt beginnt er wieder zu analysieren.

«Chef, ist Ihnen aufgefallen, wie Sie selber in diesen Fall verstrickt sind?»

«Was?» Lorenz würgt vor Entsetzen fast den Motor ab.

«Na. Einmal der Lorenzemärt und jetzt noch der Unihausmeister, der Renz heißt. So wie Sie mit der zweiten Silbe Ihres Namens. Vielleicht kommt noch mehr dazu. Aller guten Dinge sind drei.»

Lorenz mit seinen zwei Silben im Nachnamen ist nicht sehr erbaut über die Spitzfindigkeiten seines Assistenten.

«Da kann ich gut drauf verzichten», knurrt er.

Die Annahme, dass auch Laufer in einem Anwesen residiert, das man als eines Professors würdig bezeichnen könnte, erweist sich als grandioser Irrtum. Zwar ist die Gegend vornehm, aber die von Frau Hein genannte Adresse stellt sich als einfaches, unschönes Mietshaus heraus, erbaut in den Fünfzigern, als man noch vielfach die Ansicht vertrat, dass es egal ist, ob die Stadt bei der Zerstörung oder beim Wiederaufbau verwüstet wird.

Ziemlich perplex stehen die beiden vor der Haustür, deren grüner Anstrich mit den Jahren erheblich gelitten hat.

«Wenn die Klingelschilder richtig angebracht sind, wohnt der ganz oben», stellt Thiele mit einem wegen der Sommerhitze leidvollen Blick in Richtung Dach fest, das erst nach vier Stockwerken beginnt.

«Wetten, dass die keinen Aufzug haben?»

Es stimmt. Es gibt keinen Fahrstuhl, und Laufer wohnt direkt unter dem Dach, also im fünften Stock – nach badischer Zählung.

Das Treppenhaus wirkt mit seinen abgetretenen Holzstufen alles andere als einladend, sondern ungelüftet und kleinbürgerlich-miefig. An den Wohnungstüren, die bis zur Hälfte aus Milchglas bestehen, sind zum Teil buntgemusterte Gardinen angebracht, manchmal stehen Schuhe auf den Fußabtretern, deren Ausdünstungen mit verschiedenen Küchengerüchen konkurrieren.

Lorenz und Thiele schauen sich etwas ratlos an.

«Na, was ist jetzt mit Ihrer vornehmen Gegend und den vornehmen Leuten?» Lorenz kann es sich nicht verkneifen, seinen Assistenten ein wenig aufzuziehen, weil der eben noch mit seinem harten Kriminalbeamtenschicksal gehadert hat.

«Komisch, wenn man da an das Schreckensschloss von den Türheims denkt», erwidert er. «Bei den einen ist es spießig, bei den anderen protzig. Mensch, Herr Lorenz, was haben Sie dagegen für ein gemütliches Haus.»

Ist das jetzt als Anregung zu verstehen, ihn in dieses gemütliche Haus einzuladen?, überlegt Lorenz insgeheim. Thiele würde es vielleicht falsch verstehen und meinen, ich fördere seine Leidenschaft für Julia. Na, besser nicht. Julia ist auch noch viel zu jung.

Endlich ganz oben angekommen, werden sie von Professor Laufer am Wohnungseingang erwartet. So wie er angezogen ist, passt er durchaus zum Stil des Hauses: eine betagte Cordjeans, die jegliche Form und Farbe verloren hat, und ein verschwitztes kariertes Hemd, dessen langer, spitz zulaufender Kragen selbst den wenig modebewussten Kommissar zu der Annahme treibt, dass es wohl aus einer Epoche stammen muss, als die Beatles noch kaum bekannt waren.

«Herr Professor Laufer?», fragt Lorenz sicherheitshalber nach.

«Ja. Ich kaufe grundsätzlich nichts an der Haustür, und Lebensberatung brauche ich auch nicht.»

«Wir kommen von der Kriminalpolizei», sagt Lorenz schnell, bevor Laufer ihnen die Tür vor der Nase zuschlagen kann.

«Woher kommen Sie? Haben Sie einen Ausweis?»

Beide ziehen ihre Ausweise hervor, die Laufer sehr genau kontrolliert.

«Man kann nicht vorsichtig genug sein», begründet er sein Misstrauen, macht aber nicht die geringsten Anstalten, Lorenz und Thiele hereinzubitten.

«Könnten wir Sie ein paar Minuten sprechen? Vielleicht besser in der Wohnung.»

«Kommen Sie meinetwegen herein. Aufgeräumt habe ich aber nicht. Die Putzfrau kommt nur einmal in der Woche.»

Die Formulierung «nicht aufgeräumt» ist die vornehme Umschreibung für blankes Chaos. Überall liegen Zeitungen und Bücher, auf dem Boden, auf Kommoden und Schränken. Einige leere Weinflaschen stehen im Flur, daneben ein offenbar ebenfalls leerer Fünfliter-Kanister, dessen Aufdruck zu erkennen gibt, dass er ehemals griechisches Olivenöl aus der Mani enthalten hat. Unmittelbar unter dem vermutlich kaum isolierten Dach staut sich eine schier unerträgliche Hitze.

An den Wänden türmen sich Bücherregale, die auch dem dünnsten Reclam-Heftchen keinen Platz ließen. Der Staub auf den Lampen und Büchern ist vermutlich auf die irrige Annahme des Wohnungsbesitzers zurückzuführen, dass Staub sich nach einer bestimmten Zeit nicht mehr vermehrt. Und die eben zitierte Putzfrau scheint sich dem Durcheinander kampflos ergeben zu haben.

«Nehmen Sie Platz.» Laufer räumt vom Sofa einige leicht vergilbte Zeitungen und offensichtlich getragene Kleidungsstücke weg und befördert sie kurzerhand auf die zwanzigbändige Ausgabe eines wissenschaftlichen Werkes, wo sie genauso wenig hingehören. Dass er über die Störung nicht sonderlich erbaut ist, gibt er überdeutlich zu verstehen.

«Und jetzt? Worum geht es? Was ist so wichtig? Ich arbeite. Ich muss noch einen Aufsatz fertigschreiben. Heute!»

«Wir stören Sie nur höchst ungern», beeilt sich Thiele fast unterwürfig mit der Antwort, «aber es muss sein. Ihr Kollege Türheim ist tot, ermordet worden. Gestern. Erstochen mit einem Ochsenspieß. Sie waren befreundet, wie wir gehört haben?»

Lorenz schaut seinen Assistenten mit einer Mischung aus Verwunderung und Verärgerung an. Was bezweckt er mit diesen beiden völlig verschiedenen Haltungen? Erst gibt er sich beinahe servil, und sofort danach haut er Laufer übergangslos den Mord an seinem Freund und Kollegen um die Ohren.

Der schaut die beiden entsprechend entgeistert an.

«Was sagen Sie? Helmut ist tot? Wieso? Wie denn? Wann?»

«Gestern, auf dem Dorffest in Ehrenstetten», antwortet Thiele sachlich. «Wann haben Sie ihn das letzte Mal gesehen?»

Wenn der Kleine so weitermacht, dann wird noch was aus ihm. Meine Schule! Lorenz ist mit sich und der Entwicklung, die Thiele dank seiner Führung nimmt, derzeit zufrieden. Er lehnt sich auf dem Sofa zurück, in Erwartung dessen, was dem jungen Kollegen weiterhin einfällt. Der schaut erst einmal etwas unsicher zu ihm hin, nimmt aber den zustimmenden Lidschlag von Lorenz wahr und fährt deshalb mit seiner Art der Befragung fort.

Laufer ist aus der Fassung geraten. Er hat Tränen in den Augen.

«Entschuldigen Sie, meine Herren, aber Helmut war wirklich ein Freund. Und er war noch keine sechzig. Wer tut so etwas? Wer hat ein Interesse an seinem Tod?»

«Das wollten wir Sie fragen. Wissen Sie, ob der Ermordete Feinde hatte? Und wann haben Sie ihn zuletzt gesehen?»

«Tun Sie mir bitte einen Gefallen. Sprechen Sie von Helmut nicht als von ‹dem Ermordeten›. Er war mir ein richtig guter Freund. Immer für mich da, wenn ich ihn brauchte.»

Wieder und wieder schüttelt Laufer den Kopf.

«Wann brauchten Sie ihn denn so besonders?», fragt Thiele sofort eifrig nach.

«Nun ja, Sie sehen, dass ich nicht eben standesgemäß lebe. Meine Ex-Frau hatte bei der Scheidung die besseren Anwälte. Das hier ist mir geblieben. Und Helmut hat mir über vieles hinweggeholfen. Ach, der arme Helmut, und jetzt ist er tot.»

«Konnte Ihnen Ihr Freund bei der Scheidung denn nicht helfen? Er war doch Jurist. Und sind Sie das nicht auch?»

«Wo denken Sie hin? Jurist ist nicht gleich Jurist. Da gibt es ganz verschiedene Sparten. Familienrecht, Arbeitsrecht, Verwaltungsrecht und so weiter. Mein Bereich ist Patentrecht.»

«Was für ein Ding?» Thieles Einwurf klingt ein wenig respektlos.

«Wenn Sie eine tolle Erfindung gemacht haben, und jemand will sie Ihnen streitig machen, dann tritt ein Patentanwalt auf den Plan. Ganz vereinfacht gesagt.»

«Ach so. Aber zurück zu unserem Thema. Wann haben Sie Herrn Türheim zuletzt gesehen?» Diese Frage stellt Thiele nun schon zum dritten Mal.

«Ja, wann war das? Derzeit sind Semesterferien, da sieht man sich nicht jeden Tag. In der letzten Woche vielleicht? Ja, letzte Woche haben wir zusammen ein Bier getrunken. Am Freitag war das, ja, am Freitag, Freitag am Abend.»

«Und gestern?»

«Wie, gestern?»

«Gestern haben Sie sich nicht getroffen?» Das klingt lauernd.

«Wie kommen Sie darauf?»

«Bitte, würden Sie antworten.»

«Ach, jetzt fällt es mir ein. Ganz kurz auf dem Flur. Gestern am Morgen.»

«Aha. Worüber haben Sie sich unterhalten?»

«Nichts Wichtiges. Was man so redet. Über das schöne Wetter, über die Arbeit. Das Übliche eben.»

«So, so. Auf dem Flur. Und Sie sind nicht zu ihm in sein Dienstzimmer gegangen?»

«Sie bringen mich total durcheinander. Erst erfährt man plötzlich, dass der beste Freund tot ist, noch dazu ermordet, und dann soll man sich auch noch konzentrieren können.»

Wieder einmal denken Lorenz und Thiele das Gleiche: Das sind jede Menge Ausflüchte, und zudem ist Helmut Türheim innerhalb kürzester Zeit zum besten Freund avanciert. Merkwürdig.

«Und? Erinnern Sie sich jetzt?» Thiele lässt nicht locker.

«Ja, ja. Ganz kurz bin ich in seinem Zimmer gewesen, ich

wollte ihn etwas fragen wegen eines Seminars, bei dem ich mir unsicher war.»

«Wenn Sie uns noch ganz kurz ...», Thiele greift absichtlich auf die Laufer'sche Floskel zurück, «... also ganz kurz darüber Auskunft geben könnten, ob Sie bemerkt haben, dass Herr Türheim anders als sonst war. Aufgeregt oder sorgenvoll.»

«Nein, er war wie immer. Nichts Besonderes. Vielleicht sollte ich nach Ehrenstetten fahren, um der armen Helga beizustehen», überlegt Laufer laut.

«Der armen Helga steht bereits Franz Jünger bei. Der hat übrigens auch behauptet, dass Herr Türheim sein bester Freund gewesen sei.» Ein wenig anzüglich klingt Thieles Antwort schon, was Laufer allerdings übergeht.

«Der Jünger? Dass ich nicht lache. Der und bester Freund? Die beiden konnten sich nicht mehr ausstehen, seit der Jünger den Helmut mal bei einer Sache reingelegt hat. Der dürfte ihm noch einiges schuldig sein.»

«Wissen Sie, worum es da gegangen ist?», mischt sich Lorenz jetzt ins Gespräch.

«Nein, genau hat mir der Helmut das nie erzählt. Hat mich auch nicht interessiert. Ich kann diesen neureichen Angeber nicht ausstehen.»

«Sie kennen sich?»

«Selbstverständlich. Ich war oft genug bei Helmut zu Besuch in Ehrenstetten und habe diesen Menschen ertragen müssen. Der hat nicht einmal gemerkt, wenn er stört.»

«Können Sie uns sonst noch irgendetwas sagen, was uns weiterhelfen könnte?» Lorenz möchte das Gespräch offensichtlich beenden.

«Nein. Nein, bestimmt nicht. Aber wenn mir etwas einfällt, melde ich mich bei Ihnen – selbstverständlich.»

«Gut, Herr Professor Laufer, ich denke, fürs Erste war es das.

Ziemlich sicher werden wir Sie, sobald wir mit den Ermittlungen weitergekommen sind, nochmals besuchen.»

«Na schön. Wenn's sein muss.»

Die Laufer'sche Trauer zeigt deutlich ihre Grenzen, und der Abschied gestaltet sich merklich kühl.

Als die Tür zum muffigen Treppenhaus hinter ihnen zuschlägt und sie in der hellen Sonne stehen, atmen Lorenz und Thiele unwillkürlich tief durch.

«Chef, es geht doch nirgendwo so zu wie auf der Welt. Da stimmt auch nix zusammen. Gehen wir ein Eis essen?»

6.

Während Thiele und Lorenz ihr Eis löffeln – Thiele hat sich eine äußerst opulente Portion bestellt, die von einem beachtlichen Sahneberg gekrönt wird, was Lorenz wieder einmal zu einem verstohlenen Vergleich zwischen seiner fülligen Mitte und Thieles schlanker, sportlicher Figur bewegt –, herrscht zwischen ihnen zunächst Stille. Jeder hängt seinen Gedanken nach. Lorenz kommt nicht über Laufers Bemerkung hinweg, dass ihm die Scheidung von seiner Frau eine derart miese Behausung beschert hat. Ihm tut der Mann leid. Ist auf der wissenschaftlichen Leiter so hoch aufgestiegen und wird dann von seiner Frau einfach ruiniert. Und wenn Brigitte die Scheidung einreicht? Wenn sie sich auch einen Anwalt sucht, der nichts anderes im Sinn hat, als ihn auszupressen wie eine Zitrone? Macht diese Berufsgruppe sich eigentlich einen Sport daraus? Ob Brigitte auch zu so etwas fähig wäre? Vielleicht ist es falsch, dass er sich weigert, Kontakt mit ihr aufzunehmen. Ob er mit den Kindern über alles reden sollte? Könnte ihm eventuell ein Gespräch mit Ulli und Julia weiterhelfen?

In diese schwerwiegenden Betrachtungen platzt Thiele mit einer Bemerkung, für deren Witz sein Chef nicht das geringste Verständnis aufbringen kann.

«Chef, ich will nicht darauf herumreiten, aber der Fall scheint echt für Sie gemacht.»

«Was? Thiele, mir langt's langsam mit Ihren Spitzfindigkeiten.»

«Ach, Chef, seien Sie nicht so. Es ist doch wahr. Lorenzemärt hängt mit Lorenz zusammen, einer der Hausmeister heißt

Renz – fast so wie Sie! Und dann der Laufer, der ist in …», Thiele bricht seine fröhlichen Ausführungen abrupt ab, denn in letzter Sekunde wird ihm bewusst, dass der dritte Aspekt, den er auf Lager hat, nämlich die Tatsache, dass Laufer genauso wie Lorenz von seiner Frau getrennt ist, bei diesem möglicherweise nicht die reine Freude auslöst. Deshalb versucht er, sich schnellstens aus der selbstverschuldeten Peinlichkeit herauszumanövrieren.

«Ja, also. Also, was ich sagen wollte … ähm, der Laufer ist insofern mit Ihnen vergleichbar, weil er so viele Bücher hat. Bei Ihnen zu Hause stehen doch auch die Regale voll.»

Diese Fortsetzung der aufgezählten Ähnlichkeiten ist zwar unverfänglich, aber mehr als fadenscheinig. Thiele merkt das selbst und wechselt das Thema.

«Wir müssen wohl wieder nach Ehrenstetten fahren, um uns weiter umzuhören. Den Jünger sollten wir nochmal befragen, und auch die Hanna. Vielleicht weiß die mehr, was sie gar nicht weiß. Also, also ich meine, dass sie was weiß, was sie meint, dass … Ach, Sie wissen schon.» Thiele verheddert sich erneut, denn aus der mürrischen Miene seines Chefs schließt er, dass er mit seinen Konversationsversuchen nicht eben ins Schwarze getroffen hat. So lässt er ein Versöhnungsangebot folgen, gegen das nun wirklich gar nichts spricht.

«Herr Lorenz, darf ich Sie zu dem Eis einladen? Es hat so gut geschmeckt.»

Obwohl es Lorenz ein bisschen peinlich ist, sich von seinem sehr viel weniger verdienenden Assistenten einladen zu lassen, protestiert er nur schwach.

«Das ist doch nicht notwendig, Thiele, aber wirklich nett, gut, danke!»

Die Atmosphäre entspannt sich, was jedoch weniger an Thieles Eis-Einladung liegt, als daran, dass sein Chef sich wieder einmal vornimmt, alle privaten Gedanken während der

Dienstzeit zu verbannen, weil er dann unweigerlich missmutig und unfreundlich wird, ganz besonders seinem jungen Kollegen gegenüber.

Dass der es überhaupt mit mir und meinen Launen aushält, ist ein Wunder, muss sich Lorenz eingestehen. Diese Einsicht rührt ihn beinahe und verhilft ihm auf der Stelle zu einem munteren Ton.

«Also schön, Thiele, auf nach Ehrenstetten. Bei diesem herrlichen Wetter ist das immerhin besser, als im Büro über dem üblichen Wust unnötiger Berichte hocken zu müssen.»

Er erhebt sich vom bequemen Eisdielenstuhl, versetzt Thiele einen leichten Klaps auf die Schulter, und beide machen sich mit den besten Vorsätzen auf den Weg.

Schon weit vor dem Ortseingang von Ehrenstetten sind die Straßenränder zugeparkt. Die Blechschlange reicht fast bis zum nächsten Ort.

«Was meinen Sie, Thiele, sollen wir das Auto hier schon abstellen? Wir könnten mit dem Dienstwagen natürlich bis unmittelbar vor die Absperrung fahren, aber ein bisschen Bewegung und frische Luft schaden uns sicher nicht – oder?»

«Klar, machen wir, bei den Verkaufsständen kommen wir ohnehin nicht weiter.»

Doch damit irrt Thiele, denn nur am 10. August, dem Tag des heiligen Lorenz, findet traditionell der Markt statt. Das Dorffest allerdings wird bis tief in die Nacht des Sonntags fortgesetzt. Erst dann werden die Lauben abgebaut und die Höfe wieder Privatbereich.

Der Spaziergang, der unablässig den Blick freigibt auf die Schönheit des Markgräflerlandes, beschert den Kriminalbeamten eine fast heitere Stimmung, die zum Ernst ihrer Arbeit so gar nicht passen mag.

«Was meinen Sie, Chef, ob unser Würschtle-Herbert den Fall schon aufgeklärt hat?»

«O Himmel, Thiele, malen Sie bloß den Teufel nicht an die Wand. Der wird hoffentlich nicht aufkreuzen –»

Lorenz hat den Satz noch nicht ganz beendet, als aus dem Hof des Angelsportvereins – wo man den Toten gestern gefunden hat – Herbert Fehringer tritt.

«Wenn man von der Sonne spricht, dann schickt sie ihre Strahlen.» Thiele grinst.

«So kann man es auch sehen», seufzt Lorenz und nickt Fehringer zur Begrüßung kurz zu.

«Ja schau, der Herr Lorenz und der Herr Thiele. Gut, dass Sie kommen. Ich bin schon eine ganze Weile hier und habe bereits einiges rausgekriegt. Da ist viel faul im Staate Dänemark, kann ich Ihnen sagen.»

«Hamlet», murmelt Thiele.

«Was ist los?», fragt Lorenz nach.

«Hamlet, das Zitat stammt aus dem Hamlet», erklärt Thiele gelassen.

«Lassen Sie mich um Himmels willen mit Ihrer literarischen Bildung zufrieden.» Lorenz beißt sich auf die Lippen. Diese Bemerkung hätte er sich nun wirklich verkneifen können. Hat er sich nicht vorhin vorgenommen, seinem Assistenten gegenüber freundlicher zu sein? Aber er belässt es dabei und dreht sich stattdessen zu Fehringer um.

«Hat Ihre Frau nichts dagegen, dass Sie sich schon wieder einmischen?», erkundigt er sich unverblümt.

«Die Gundi? Aber wo denken Sie hin. Die Gundi ist ein herzensguter Mensch. Die ist übrigens auch hier, mit ihrer Freundin.»

Den Preis für diese herzensgute Bewilligung verschweigt Würschtle-Herbert wohlweislich. Das geht den Herrn Kommissar nun wirklich nichts an. Und dass seine Mithilfe als Einmischung bezeichnet wird, ignoriert er kurzerhand.

«Herr Kommissar, ich glaube, dass einige Leute im Dorf Dreck am Stecken haben.»

«Und wie kommen Sie darauf?» Lorenz klingt leicht gelangweilt.

«Also. Also, der Jünger, der Bauunternehmer, der sich gestern so aufgeplustert hat, der ist hier ziemlich unbeliebt. Zieht die Leute angeblich nach Strich und Faden über den Tisch. Von den Einheimischen kriegt er scheint's keinen Auftrag mehr. Und dann die Frau. Sie wissen, die Frau von dem Türheim. Eine richtige Hexe soll das sein. Die hat ein Verhältnis mit dem Jünger. Das weiß ich vom Bultmeier.»

«Und wer ist Bultmeier?»

«Ja, der Vorsitzende vom Angelsportverein! Und der Vorsitzende vom Festausschuss, der alles koordiniert und organisiert. Da ist auch nicht alles Gold, was glänzt. Da muss es gehörig gekracht haben. Warum, weiß ich noch nicht, aber das finde ich noch heraus. Und dann der Gruber, der Fritz Gruber, der hat den Türheim überhaupt nicht leiden können, da hat es fast eine Schlägerei gegeben.»

«Wer ist Gruber? Und zwischen wem hat es eine Schlägerei gegeben und weshalb?»

«Also, Herr Kommissar!» Würschtle-Herbert schaut sein Gegenüber mit einer Mischung aus Nachsicht und Verwunderung an. Hat der seit gestern alles vergessen? Na, egal, wird er ihm eben geduldig alles haarklein auseinandersetzen. Die Kriminalbeamten können nun einmal nicht auf ihn verzichten. Genau das hatte er ja gestern schon vorausgesehen und seiner Gundi ganz richtig erklärt. Würschtle-Herbert stellt sich in Positur, räuspert sich kurz und legt dann los.

«Also, Herr Kommissar. Der Fritz Gruber ist Winzer, und

der hat mit dem Türheim kurz vor dem Fest einen fürchterlichen Krach gehabt. Man soll es angeblich im halben Dorf gehört haben. Die sind sich beinahe an die Kehle gegangen.»

«Und worum ging es?»

«So ganz habe ich das noch nicht herausbringen können. Muss wohl was mit Geld zu tun gehabt haben, was der Türheim dem Gruber schuldig war oder so. Aber keine Sorge, da bin ich bald auf dem Laufenden.»

«Herr Fehringer, ich weiß nicht, zum wievielten Mal ich Ihnen das jetzt sage. Herr Thiele und ich arbeiten bei der Kriminalpolizei, Morddezernat, und es ist unsere Aufgabe und die unserer Kollegen, verstehen Sie, unser Beruf, unser Job, den Mordfall zu untersuchen und den Täter zu finden.»

«Schon klar, Herr Kommissar, das müssen Sie ja sagen. Nur – wenn ich Ihnen im Frühjahr in Badenweiler nicht geholfen hätte, dann wäre das für Sie viel komplizierter gewesen. Womöglich hätten Sie es überhaupt nicht herausbekommen.»

Würschtle-Herbert hält es für geraten, nach diesem deutlichen Hinweis, der seiner Auffassung nach wieder einmal fällig gewesen ist, übergangslos die weiteren Neuigkeiten, die er in petto hat, auszubreiten.

«Der Bultmeier und der Gruber sind sich nicht grün. Wahrscheinlich geht es da um eine Erbschaft. Wobei, Sie kennen doch den alten Spruch: Wer sich verlässt aufs Erben, bleibt ein armer Teufel bis zum Sterben. Haha. Ja, und dann noch die Haushaltshilfe, die Rumänin, die hat ein Verhältnis mit dem Türheim gehabt. Das weiß jeder im Ort.»

Angesichts dieser Fülle blühenden Dorftratsches schauen Lorenz und Thiele ein wenig hilflos. Wo ist die Grenze zwischen Dichtung und Wahrheit? Jedenfalls scheint es tatsächlich einige Anhaltspunkte zu geben, auf die sie sich stützen könnten.

«Ja, und dann, Herr Kommissar, soll der Türheim in der Uni ein richtiges Schwein gewesen sein. Bei den Studenten und so.»

«Wie haben Sie das denn erfahren?»

«Das hat mir der Beller erzählt. Der ist Hausmeister in der Uni und kennt den Türheim gut. Der weiß über so einiges Bescheid.»

Endlich hat Würschtle-Herbert die ungeteilte Aufmerksamkeit der Kriminalbeamten, die er sich erhofft hat und die ihm – seiner Meinung nach – gebührt, auf sich gezogen.

«Was sagen Sie da? Woher kennen Sie den Beller?»

«Der sitzt dahinten. Schon eine ganze Weile. Ehrlich gesagt, richtig sympathisch ist er mir nicht. Ein aufgeblasener Windbeutel. Kann alles, weiß alles, und alles besser. Tut so, als ob ohne ihn die ganze Uni zusammenbrechen tät'. Irgendwas stimmt mit dem nicht. Der horcht die Leute aus. Den Gruber und den Bultmeier und die anderen aus dem Dorf, die sitzen alle beieinander.»

Thiele und Lorenz schauen sich überrascht an. Dass Beller sich stehenden Fußes nach Ehrenstetten begeben hat, macht ihn verdächtig.

«Na, dann setzen wir uns jetzt auch zu den Leuten vom Angelsportverein», verkündet Lorenz.

Zu dritt gehen sie in den großen Hof, der für die Dauer des Festes mit langen Holzbänken und -tischen ausgestattet ist. Im hinteren Teil befindet sich die Theke, wo verschiedenst zubereitete Forellen angeboten werden: blau, gebraten nach Müllerin Art oder kalt als Filet. Die fleischliche Alternative, nämlich den Ochs am Spieß, hat man stillschweigend aus dem Essensangebot gestrichen. Doch die Speisekarte auf der großen Tafel am Eingang enthält noch genügend Köstlichkeiten, die Thiele das Wasser im Mund zusammenlaufen lassen.

«Chef, so eine Forelle könnten wir uns doch genehmigen, oder?»

«Sie haben vor nicht mal einer Stunde eine größere Portion Eis gefuttert, und jetzt können Sie schon wieder essen?»

«Eis ist nur zum Vergnügen, nicht zum Sattwerden», wird Lorenz von seinem Begleiter belehrt.

«Na dann, nur zu. Lassen Sie es sich schmecken. Ich setze mich gleich hierher zu Herrn Beller. Guten Tag, Herr Beller. Das hätte ich nicht gedacht, dass wir uns so schnell wiedersehen», begrüßt Lorenz den Hausmeister mit ausgesuchter Freundlichkeit.

Der ist sichtlich irritiert, denn er hat seinerseits kaum damit gerechnet, die Kriminalbeamten auf dem Ehrenstetter Fest zu treffen.

«Ja, so was, ja, Tag, das heißt 'n Abend. Sind Sie dienstlich hier oder auch zum Feiern? Ihr Dienst dürfte doch längst vorbei sein», erkundigt sich Beller vorsichtig, denn es liegt außerhalb seines Vorstellungsvermögens, dass man sich nach Ablauf der vorgeschriebenen Arbeitszeit noch beruflich betätigen könnte.

«Ja, Herr Beller, so gut wie Sie haben wir es leider nicht. Wir können den Griffel nicht mit dem Glockenschlag fallen lassen», antwortet Lorenz mit bissiger Gelassenheit.

Man sieht es Beller an, dass er an einer entsprechenden Erwiderung fast erstickt, sie sich letztlich aber verkneift.

«Hallo, Herr Beller, sind Sie mit Ihrem schicken Sportwagen hier?» Thiele taucht mit einem Teller auf, auf dem die große gebratene Forelle kaum Platz hat, und lässt sich direkt neben Beller auf der Bank nieder.

«Wie meinen Sie das? Selbstverständlich bin ich mit dem Auto da.»

«Wissen Sie, Herr Fehringer, der Herr Beller hat einen Super-Sportwagen. Mustang, Ferrari oder so», erklärt er Würschtle-

Herbert und ruft mit dieser Information genau die Reaktion hervor, die er sich erhofft hat.

«So einen Schlitten kann man sich leisten, wenn man an der Uni Hausmeister ist?»

Beller ringt nach Worten. Er ärgert sich mächtig, weil er in Erklärungsnot geraten ist.

«Gebraucht gekauft. Ganz günstig.»

«Aber der frisst doch sicher unheimlich viel Sprit, und bei den heutigen Benzinpreisen geht das bestimmt mächtig ins Geld.» Würschtle-Herbert kann manchmal sehr hartnäckig sein. «Wie teuer ist denn so ein Auto, wenn man es gebraucht kauft? Und von wem hast du den Wagen gekriegt?» Wie immer ist Herbert gleich beim ‹Du› gelandet.

«Muss ich etwa Rechenschaft darüber ablegen, warum, wieso, weshalb? Das ist meine Privatsache. Ich bin keinem was schuldig.» Beller ist spürbar verunsichert, und das macht ihn aggressiv.

«Du meine Güte, sei nicht gleich so widerborstig. Man könnt meinen, du hättest was zu verbergen.»

«Ich muss hier nicht sitzen, ich kann auch woanders hingehen!»

Das will nun wieder Lorenz vermeiden, deshalb lenkt er ein, obwohl er selbst zu gern ebenfalls Antworten auf all diese Fragen gehabt hätte.

«Es will Ihnen keiner was, Herr Beller, aber ein solches Auto ist nun mal außergewöhnlich.»

«Und? Kann ich was dafür, dass sich andere nicht trauen, sich was Ähnliches zuzulegen?»

So kann man es natürlich auch drehen, denken sich mehrere Leute am Tisch. Allen fällt auf, wie nervös Beller geworden ist.

«Kommen Sie häufiger her?», setzt Lorenz die Fragerei fort.

«Ich habe Ihnen schon in Freiburg gesagt, dass ich ab und zu dem Türheim was gebracht habe, wenn Not am Mann war.»

«Aber du warst ziemlich oft beim Türheim», mischt sich Bultmeier, der Vereinsvorsitzende, ein, «dein Auto vor der Türheim-Villa war nicht zu übersehen.» Diese Feststellung wird von mehreren Leuten am Tisch durch Kopfnicken bestätigt.

«Lasst ihr mich endlich mit dem Auto zufrieden?»

«Darum geht es nicht, Herr Beller. Sie sind anscheinend sehr viel häufiger im Hause Türheim gewesen, als Sie uns gegenüber zugegeben haben.»

Beller ist inzwischen rot vor Zorn.

«Sagen Sie doch gleich, dass ich der Mörder vom Türheim bin. Dann kriegen Sie aber eine Verleumdungsklage an den Hals, die sich gewaschen hat. Mein Anwalt wird Ihnen einheizen!»

Bei Lorenz und Thiele klingeln gleichzeitig die Glocken. Wenn Beller so selbstverständlich von ‹seinem› Anwalt spricht, hat er wohl häufiger Kontakt mit ihm. Aber weshalb? Beide nehmen sich vor, im Präsidium schnellstens den Polizeicomputer zu Rate zu ziehen. Vielleicht präsentiert der ja die eine oder andere Vorstrafe.

«Beruhigen Sie sich, Herr Beller. Ich habe nur gefragt, wie die verschiedenen Angaben zusammenpassen, die von Ihnen heute Morgen und die Beobachtung der Ehrenstetter Bürger.» Lorenz lässt wieder einmal nicht locker.

«Dann habe ich mich eben geirrt. Kann ja mal vorkommen. Ach, mir langt's. Ich gehe.»

Damit steht er auf und marschiert mit Riesenschritten in Richtung Hoftor, was bei seiner kleinen, gedrungenen Gestalt etwas lächerlich wirkt.

«Hätten wir aus dem mehr herausquetschen können?», flüstert Thiele seinem Chef zu.

«Glaube ich nicht. Wir haben keinerlei Handhabe. Lassen

Sie uns erst nachsehen, ob er Kunde bei uns ist», antwortet Lorenz so leise, dass es sonst keiner mitbekommt.

Herbert Fehringer ist mit der Zurückhaltung der beiden Freiburger nicht recht einverstanden, hütet sich aber, dies vorzubringen. Er entscheidet sich im Stillen stattdessen dafür, persönlich in Bellers Vergangenheit nachzuforschen. Vielleicht kann er bei dessen Kollegen mehr erfahren. Ihm wird schon etwas einfallen, wie er das anstellen kann.

Von Thieles Forelle ist inzwischen nur das Grätengerippe übrig geblieben. Genüsslich lehnt er sich zurück und erklärt: «Das war richtig gut. So eine frische Forelle kriegt man selten, und dann noch so gut zubereitet. Wer ist denn verantwortlich dafür, dass alles so gut klappt?»

Hermann Bultmeier, dessen bullige Gestalt seinem Name alle Ehre macht, richtet sich auf, bezieht die Anerkennung ungeteilt auf sich und antwortet stolz:

«Ich. Hermann Bultmeier. Ich bin der Vorsitzende vom Angelsportverein und außerdem verantwortlich für die Organisation des ganzen Festes. Sie ahnen gar nicht, wie viel Arbeit und Aufwand das alles ist.»

«Riesenkompliment, Herr Bultmeier.» Thiele verteilt großzügig Lob in der Hoffnung, das Gespräch dadurch in aller Unbefangenheit auf das Umfeld von Türheim lenken zu können.

Sein Chef kennt diese Tour schon. Soll er ruhig den Naivling mimen, das nimmt dem Kleinen jeder ab, der ihn nicht näher kennt, denkt sich Lorenz. Aber gegen die behauptete Alleinverantwortung Bultmeiers erhebt sich sofort Widerspruch.

«Also, Hermann, halt die Luft an», meldet sich ein Ehrenstetter. «Herr Kommissar, Folgendes: Wir ackern alle bis zum Umfallen. Nur rumstehen und kommandieren kann jeder.»

In der lauen Sommerluft ballen sich jetzt atmosphärische

Störungen zusammen, was Lorenz zu der elegischen Betrachtung verleitet, wie eigentlich der Begriff «Dorfgemeinschaft» zustande kommt. Thiele versucht derweil, die Wogen zu glätten.

«Das ist klar, dass jeder mithelfen muss. Das ist sicher Stress pur. Sind Sie auch im Angelsportverein?», will er von dem Mann wissen.

«Nein. Ich liefere den Wein. Fritz Gruber mein Name. Also Folgendes: Ich habe ein Weingut und verkaufe meinen Wein bis hinauf nach Norddeutschland.»

«Meine Güte, dann nehmen Sie alle nebenher ganz schön viele Belastungen mit dem Fest auf sich.»

«Das kann man laut sagen», bestätigt Gruber, und die anderen am Tisch nicken wieder.

«Wenn Sie für solch einen guten Wein bekannt sind, war auch Türheim bestimmt regelmäßig Kunde bei Ihnen», steuert Thiele unbekümmert weiter auf sein Ziel los.

«Nicht nur der, auch viele andere, die oben am Wildenhain wohnen.»

«So viel wohl nicht», klingt es spitz von der anderen Seite des Tisches, was Thiele im Augenblick aber ignoriert.

«Dann sind Sie öfter bei den Türheims gewesen?», will er von Gruber wissen.

«Folgendes: Ich will mal sagen, mal so, mal so», lautet die vage Antwort.

«Wie bitte?»

«Wenn *sie* da war, habe ich die Kisten nur in den Keller getragen. Aber wenn er allein war, hat er mich öfter auf ein Glas eingeladen. Nachdem wir das Geschäftliche geklärt hatten.»

«Hat er die Rechnung immer sofort beglichen?»

«Ja, ich will mal so sagen. Wie es halt so kam. Mal so, mal so.»

Aha, das heißt am Finanzamt vorbei. Mehrmals an diesem Tag schon denken Lorenz und Thiele das Gleiche.

Nur Herbert spricht seine Gedanken, die in die gleiche Richtung gehen, unverblümt aus.

«Da hat unser Finanzminister nicht allzu viel davon gesehen, gell?»

«Also, Folgendes: Ich drehe keine krummen Dinger. Ich zahle genug Steuern. Hast du denn jede Bratwurst angemeldet?»

Das geht entschieden gegen die Ehre der vierzigjährigen Münstermarktpräsenz.

«Mein Lebtag war ich ehrlich. Meine Steuererklärungen waren in Ordnung. Immer. Vierzig Jahre lang.»

Was ist heute nur los, wundert sich Lorenz. Kaum macht einer den Mund auf, schon artet die Unterhaltung in boshafte Sticheleien aus. Selbst Herbert Fehringer, den er als äußerst friedfertigen Menschen kennt, reitet auf dieser Welle mit. Am Wetter kann es nicht liegen. Hat der Mord die Gemüter derart erhitzt? Oder hat jeder ein kleines bisschen was zu verbergen, das er unter keinen Umständen preisgeben will? Das sieht nach einem vielteiligen Puzzle aus, das zusammengefügt werden muss. Thiele startet einen neuen Versuch, die erhöhten Adrenalinspiegel zu senken und das Gespräch in ruhigere Bahnen zu lenken.

«Dann war der Ermordete im Grunde also ein netter Mensch?» Der junge Beamte lauert förmlich auf eine Antwort, denn er hat die Äußerung von Würschtle-Herbert noch im Ohr, dass es zwischen Gruber und Türheim gehörig gekracht haben soll.

«Ich will jetzt mal Folgendes sagen: Er war nicht so eingebildet wie seine Frau. Er hat mit unsereinem schon geredet. Das hat man auch daran gemerkt, wie er mit der Hanna umgegangen ist. Ganz anders als wie sie.»

Lorenz schmunzelt ein wenig, weil er weiß, wie sehr Thiele schlucken muss, um nicht seine Lieblingsbelehrung loszuwerden, dass es bei Vergleichen immer ‹als› heißt. Aber der Hinweis auf Hanna lässt ihn aufhorchen. Er greift in das Gespräch ein.

«Sie kennen die Hausangestellte näher, Herr Gruber?»

«Ja, also, Folgendes: Ich will mal sagen, sie ist öfter im Dorf einkaufen gewesen. Und hat bei mir Wein bestellt. Und wenn ich oben bei den Türheims war, ist sie meistens da gewesen. Man kennt sie halt im Dorf.»

Weder Lorenz noch Thiele entgeht, dass einige der Anwesenden verstohlen grinsen, und sie interpretieren das so, dass etwas mehr hinter dem Redeschwall des Herrn Gruber steckt, als er freiwillig zugeben will.

«Hat Türheim seinen Wein nicht selbst bei Ihnen bestellt?»

«Schon, aber wenn die Hanna eh unterwegs war, ist sie selber vorbeigekommen.» Gruber wirkt nun etwas nervös.

Sollte er mit der Hausangestellten von Türheims angebandelt haben?, überlegt Lorenz. Ich hatte eher Türheim selbst im Verdacht. Oder hatte sie mit beiden …? Türheim war kein Ausbund an Schönheit, hatte aber Geld; Gruber sieht ganz passabel aus und hat als erfolgreicher Weinbauer sicherlich ebenfalls Geld. Vielleicht sollten wir diese Hanna demnächst näher unter die Lupe nehmen, erwägt Lorenz. Wir müssen morgen sowieso zur Türheim'schen, und dem Jünger-Alibi sollten wir auch nachgehen. Aber für heute reicht es mir eigentlich. Außerdem wollte ich noch mit Julia und Ulli reden, was die dazu meinen, wenn ich Brigitte anrufe. Muss aber eigentlich auch nicht gleich heute sein.

Lorenz erhebt sich von der Holzbank und merkt, dass sein Rücken diese unbequeme, lehnenlose Sitzgelegenheit übelgenommen hat.

«Kommen Sie, Herr Thiele, wir müssen noch ins Büro», begründet er seinen Aufbruch.

«Was, jetzt noch? An diesem schönen Abend? Herr Kommissar, Sie können einem wirklich leid tun.» Die bedauernde Äußerung von Würschtle-Herbert ist vollkommen ehrlich gemeint.

«Ja, Herr Fehringer. Wir haben es nicht so gut wie Sie.»

«Machen Sie sich nichts draus. Sie sind ja auch bald im Ruhestand – oder?»

Was als Trost gemeint war, kommt bei Lorenz als unerwünschte Anspielung auf sein Alter an. «Noch lange nicht, Herr Fehringer, noch lange nicht. Ich gehöre noch nicht zum alten Eisen.»

Insgeheim ärgert sich Lorenz im gleichen Augenblick – zum wievielten Mal heute eigentlich schon? – über sich selbst. Jetzt hat er sich doch noch von der üblen Stimmung anstecken lassen. Diese gereizte Antwort wäre nicht nötig gewesen. Schließlich hat er sich erst heute Morgen fest vorgenommen, nicht mehr so viel Bärbeißigkeit zur Schau zu tragen. Egal, der Fehringer wird es verwinden. Das Schlimmste, was passieren kann, ist, dass er ihnen den Fall zur Aufklärung allein überlässt. Diese Aussicht stimmt Lorenz wieder heiterer.

«So, Thiele, auf nach Freiburg in den Feierabend», verkündet Lorenz seinem Assistenten auf dem Rückweg.

«Wieso, Herr Lorenz? Sie haben doch gesagt, dass wir ins Büro fahren?»

«Ja, aber doch nur, um uns einen eleganten Abgang zu sichern. Und damit die nicht meinen, sie wären die Einzigen, die arbeiten.»

«Aber ehrlich gesagt, ich hätte zu gern noch nachgesehen, ob der Beller mal was angestellt hat. Dass da etwas im Busch ist, ist doch sonnenklar.»

«Da bin ich mir auch sicher. Aber wenn er etwas auf dem Kerbholz hat, spuckt unsere kluge Maschine das morgen früh noch genauso aus wie heute Abend. Genießen Sie lieber den Rest dieses herrlichen Tages.»

Eigentlich könnte er mich fragen, ob ich das in seinem Garten tun will, überlegt Thiele sehnsüchtig, aber er traut sich nicht, direkt zu fragen. Das muss er wohl etwas geschickter anstellen.

7.

Und, was hast du heute vor im Mordfall Türheim?» Gundis Frage an ihren Herbert klingt unüberhörbar gelangweilt und ungeachtet seines grandiosen Versprechens dabei ein wenig spöttisch. Er hat ihr gestern so lange und derart ausführlich von den diversen Unterhaltungen und Neuigkeiten berichtet, dass sie der ganzen Sache allmählich überdrüssig wird. Und wie es seine Art ist, hat er sich nicht damit zufriedengegeben, ihr alles nur einmal zu erläutern, sondern gleich mehrmals hintereinander mit immer neuen Ausschmückungen.

«Siehst du, Gundi, dich beschäftigt der Mord nämlich auch», folgert er nun aus der ironisch gemeinten Frage seiner Frau. Herberts Tatendrang ist nicht zu bremsen. Daher interpretiert er ihre Frage ganz in seinem Sinne. «Ich werde mich jetzt bei den Hausmeistern in der Uni umhören. Dieser Beller, dieser eingebildete Fatzke, mit dem stimmt was nicht. Das könnte ich schwören. Aber das kriege ich raus.»

«Herbert, ich sag dir, lass das bleiben. Du weißt genau, dass der Kommissar sauer wird, wenn du ihm ins Handwerk pfuschst. Und mit Recht.»

«Ganz im Gegenteil, Gundi, ganz im Gegenteil. Der muss mir heute noch dankbar sein, wegen der Sache in Badenweiler. Ohne mich hätte der den Mord nie aufgeklärt, das weißt du doch.»

Gundis Geduld wird erneut auf eine harte Probe gestellt. Wie oft hat sie sich dieses Argument schon anhören müssen!

«Ja, ja. Trotzdem. Nochmal passiert das sicher nicht. Also, lass es sein.»

«Ich höre mich nur ein bisschen um.»

Gundi ist in diesem Moment bereit, jeden Eid darauf abzulegen, dass umgehend auch die Bürgerpflicht herhalten muss. Sie hat sich nicht geirrt.

«Ist schließlich meine Bürgerpflicht. Du kannst inzwischen überlegen, in welchen Tanzkurs wir gehen – im Winter.»

«Bilde dir bloß nicht ein, dass ich es bis dahin vergesse oder gar darauf verzichte, Herbert Fehringer.»

«Hätte ich nie angenommen», antwortet Herbert mit einem unterdrückten Seufzer, und das ist die reine Wahrheit, denn er weiß nur zu gut, dass er dieser selbstgewählten Entschädigung nicht entkommt.

«Ich bin bis zum Mittagessen ganz bestimmt zurück», verabschiedet er sich schnell, um weiteren Diskussionen aus dem Weg zu gehen.

Im Kollegiengebäude I, in dem sich der Aufenthaltsraum der Hausmeister befindet, kennt sich Würschtle-Herbert noch aus seinen aktiven Zeiten auf dem Münsterplatz gut aus. Hin und wieder hat er größere Portionen seiner berühmten «Roten» dorthin geliefert, wenn die Uni bei besonderen Anlässen seine Bratwürste als originelle Zwischenmahlzeit bestellt hat. Die größte Begeisterung hatten immer chinesische Besucher an den Tag gelegt.

Heute ist Herberts erstes Ziel der Aufenthaltsraum der Hausmeister. Vier der Universitätsbediensteten sitzen gemütlich am langen Tisch. Es ist Samstagvormittag, und es sind Semesterferien, folglich gibt es nichts zu tun – das meinen wenigstens die vier. Beller, den Herbert gestern in Ehrenstetten getroffen hat, ist heute nicht da. Das ist Würschtle-Herbert auch ganz lieb, denn er hat vor, dessen Kollegen mehr oder weniger unauffällig über ihn auszufragen.

«Guten Morgen, da staunt ihr, was?» Herbert Fehringer betritt strahlend den großen Raum. Mit den Uni-Hausmeistern steht er heute noch auf beinahe freundschaftlichem Fuß, denn sie waren alle Stammkunden bei ihm auf dem Münstermarkt. Und wenn damals eine Bratwurst-Lieferung an die Uni fällig war, hat Herbert ihnen selbstverständlich einen kurzen Besuch abgestattet und nicht selten auch gleich noch ein entsprechendes Frühstück spendiert. Einige neue Kollegen – wie Beller – sind hinzugekommen und zählen folglich nicht zu den alten Bekannten.

«Ja, der Herbert! Ja, gibt's dich noch?»

«Wir haben gedacht, du bist in der Karibik oder auf den Malediven, seit du dich selber in den Ruhestand versetzt hast.»

«Kennst du uns überhaupt noch? Oder bist du was Besseres, seit du es dir leisten kannst, faul an irgendwelchen Stränden herumzuliegen?»

Eine gehörige Portion Neid klingt mit in der Begrüßung.

«Was glaubt ihr denn? Dauernd sind die Gundi und ich auch nicht unterwegs. Ich habe schließlich keinen Goldesel daheim. Ein- oder zweimal im Jahr sind wir fort. Aber sonst lassen wir es uns hier gutgehen.»

«Na, na, Herbert. Deinen Reibach hast du schon gemacht. Davon kann unsereiner nur träumen.»

Herbert liegt auf der Zunge, dass er dafür viele Jahre lang ein weitaus weniger bequemes Leben auf sich genommen hat als die hier Versammelten. Denn jeden Tag, bei Wind und Wetter, und in aller Herrgottsfrühe schon im zugigen Stand in Bratwurstdunstschwaden zu stehen, ist wahrlich kein Zuckerschlecken. Aber weil er sich Informationen erhofft, die die Hausmeister an ihn vielleicht eher weitergeben als an die Polizei, zieht er es vor, die letzte Bemerkung zu überhören und gleich zur Sache zu kommen.

«Stellt euch vor, ich bin in den Mordfall Türheim involviert!»

Trotz der etwas gestelzten Formulierung wirkt dieser Satz elektrisierend auf die vier am Tisch, und Herbert hat sein Ziel erreicht: Alle Augen richten sich neugierig auf ihn. So wie er selbst, erwarten nun die anderen von ihm Details, die sie in der Zeitung heute vermisst haben. Schließlich haben sie alle den Professor persönlich gekannt, und die Hintergründe des Mordes interessieren sie brennend.

«Mensch, Herbert, sag bloß. Wie kommst denn du dazu?»

«Weißt du, wer es war?», will Renz, der gestern von Lorenz und Thiele befragt worden ist, wissen.

«Nein, natürlich nicht. Dafür ist es viel zu früh. Wir müssen erst einmal alle Spuren verfolgen und genau ermitteln.» Das «wir» kommt Herbert völlig selbstverständlich über die Lippen. Keiner nimmt daran Anstoß.

«Erzähl! Wie kommst du dazu? Was hast du damit zu tun?»

Allen steht die Neugier ins Gesicht geschrieben, und Herbert breitet wieder einmal genüsslich seine Erlebnisse in epischer Breite aus. Selbstverständlich wird auch der Mordfall im Frühjahr, der seiner festen Meinung nach – wie er nicht müde wird, zu versichern – ohne ihn heute noch ungeklärt wäre, ausgiebig referiert. Etwas zu ausgiebig, denn die Zuhörer werden ungeduldig. Nicht, weil sie der längst abgelaufenen Pausenzeit Beachtung schenken würden, sondern weil sie erpicht darauf sind, über den Türheim-Mord das zu erfahren, was ihrer Meinung nach der Öffentlichkeit von der Presse vorenthalten wird. Die spärlichen Auskünfte ihres Kollegen Renz, der von der Polizei befragt worden ist, waren höchst unbefriedigend, und noch verschlossener hat sich Beller gezeigt. Auf ihn kommt Herbert jetzt zu sprechen.

«Euer Kollege, der Beller, war gestern beim Dorffest. Ich habe mich eine Weile mit ihm unterhalten. Der ist aber arg von sich eingenommen. Und einen Superschlitten hat der. Angeblich supergünstig erworben. Wisst ihr, wo er das Ding herhat? Ihr könnt euch so eine Karre bestimmt nicht leisten, oder?» Herbert hat den alten vertraulichen Ton angeschlagen, um zu signalisieren, dass er sich solidarisch mit den hier Sitzenden fühlt. Die Strategie ist erfolgreich.

«Das kannst du laut sagen. Bei dem Gehalt, was wir kriegen. Wir machen die ganze Arbeit. Ohne uns liefe nichts, aber auch gar nichts, und die große Kohle stecken die anderen ein», kommt auch umgehend das mürrische und stete Lamento von einem der vier zurück.

«Das ist überall gleich», gibt Herbert gnädig zu, um eine sichere Ausgangsbasis für weitere Fragen zu haben. «Deshalb ist mir ja schleierhaft, weshalb der Beller mit dem Geld so herumschmeißen kann.» Das ist zwar aus der Luft gegriffen, denn das hat der Hausmeister gestern keineswegs getan, aber auch hier heiligt der Zweck die Mittel.

«Wir könnten eine Menge erzählen über den, oder Heinz?»

Dann tu's doch, denkt Herbert und gibt sich alle Mühe, nicht ungeduldig zu wirken. Sollte er sicherheitshalber die Bürgerpflicht bemühen? Er muss nicht weiter darüber nachdenken, denn Bellers Kollegen brennen geradezu darauf, ihr Wissen loszuwerden.

«Ich an deiner Stelle würde der Polizei mal einen Tipp geben, dass die sich abends oder nachts an den bekannten Adressen nach seinem Auto umschauen sollen. Da brauchen sie nicht lange zu suchen. Oder schau dich selber um. Du wirst dich wundern.»

«Wie bitte?» Herbert hat nichts, aber auch gar nichts verstanden.

«Mensch, denk nach. Womit kann man so viel Kohle machen, dass man so aufwendig leben kann wie der Beller?»

«So ganz kann ich jetzt nicht …» Herbert ist ziemlich begriffsstutzig.

«Na, Mädchen hat der laufen. Der ist Zuhälter.»

Herbert glaubt, sich verhört zu haben. Ein biederer Hausmeister als Nebenerwerbs-Zuhälter? Wie passt das zusammen? Seine Miene nimmt einen Ausdruck ungläubigen Staunens an.

«Das, was der Beller beim Staat verdient, braucht er allein fürs Benzin, wenn er wieder mal Richtung Osten fährt und eine neue sogenannte Freundin mitbringt. Das große Geld macht der als sogenannter Beschützer.»

«Seid ihr sicher?» Herbert kann das eben Gehörte kaum glauben.

«Na ja, der Kalle hat vielleicht ein bissel übertrieben. Ein richtiger Zuhälter ist der Beller, glaube ich, nicht, aber dass er entsprechende Kontakte hat, stimmt. Das weiß fast jeder in der Uni», bestätigt der dritte am Tisch Sitzende, der sich bisher nicht an der Unterhaltung beteiligt hat.

«Ach, und weshalb macht der dann immer dort Ferien?» So schnell lässt sich Kalle nicht von seiner Meinung abbringen.

«Im Urlaub ist seine Lebensgefährtin dabei, da kann er schlecht krumme Dinger drehen», wird ihm widersprochen.

«Und du glaubst ihm die Märchen, die er verbreitet?»

Bevor sich die beiden in ernsthaftere Meinungsverschiedenheiten hineinsteigern, greift Herbert ein. Er hat sich wieder gefasst.

«Woher wisst ihr denn das alles?»

«Von ihm selber. Wenn wir hier am Abend stundenlang rumsitzen müssen und warten, bis wir endlich zusperren können, trinkt man schon mal ein Bierchen oder zwei. Und wenn der Beller genügend getankt hat, wird er gesprächig und kommt sich wahnsinnig toll vor.»

Wärst wohl auch gern ein toller Hecht, schätzt Herbert sein Gegenüber im Stillen ein, hütet sich jedoch an diesem Vormittag, nochmals vorschnell seine Meinung zum Besten zu geben. Der Kollege am Kopfende setzt sich kerzengerade hin.

«Sagen wir es ruhig deutlich. Es wissen nicht nur alle davon, sondern der eine oder andere Professor hat von Bellers, sagen wir mal Beziehungen, heftig profitiert. Und unser Kollege hat nur allzu gern vermittelt. Ich möchte nicht wissen, wie viele besondere Wünsche der erfüllt hat. Und wie gut er sich das hat bezahlen lassen.»

Die anderen am Tisch grinsen und nicken, und Herbert staunt. Da hat er vier Jahrzehnte auf dem Münsterplatz zugebracht und so einiges erlebt in dieser Zeit, aber dass sich hinter den dicken Mauern der altehrwürdigen Universität ein Sündenbabel verbirgt, hätte er nicht vermutet.

«War der Türheim da auch dabei?», will er dann wissen.

«Ob er sich öfter eine Tussi hat vermitteln lassen, weiß ich nicht. Aber zwischen ihm und dem Beller ist irgendwas gelaufen», bekommt er zur Antwort.

«Gar so wild wird es nicht gewesen sein», wiegelt Renz ab.

«Was jetzt? Haben der Türheim und Beller etwas miteinander zu tun gehabt oder nicht?» Herbert hätte gern gesichertere Auskünfte, um nachher im Polizeipräsidium nicht nur mit vagen Andeutungen aufwarten zu müssen. Denn dass sein nächster Weg dorthin führen wird, steht fest.

Kalle druckst herum. Offenbar weiß er mehr, ist sich aber nicht sicher, ob er dieses Wissen preisgeben soll. Bestärkt wird er von seinem Kollegen.

«Sag's ihm halt. Ist doch nichts Neues.»

«Was?» Herbert ist ein einziges Fragezeichen.

«Der Türheim –»

«Was ist mit dem Türheim?», hilft Herbert ungeduldig nach.

«Ja, der Türheim hat ein Verhältnis mit einer von denen.»

«Mit wem?» Herbert ist mit so etwas nicht vertraut, deshalb fällt es ihm teilweise schwer, den Andeutungen zu folgen.

«Der Kalle meint, dass der Beller dem Türheim letztes Jahr eine von seinen Miezen vermittelt hat. Und mit der hat er seitdem ein Verhältnis», wird die ominöse Andeutung endlich klargestellt.

«Hatte, Heinz, hatte! Den Türheim gibt es nicht mehr.»

Nach tiefem Bedauern klingt das nicht.

«Woher wisst ihr das mit dem Verhältnis?» Herbert versucht, Schritt für Schritt Licht in die dunkle Angelegenheit zu bringen.

«Ach, die wissen gar nichts genau. Das ist alles nur Gerede.» Renz ist offenbar daran gelegen, die ganze Sache herunterzuspielen.

«Überhaupt nicht. Was ich weiß, weiß ich. Und dass der Türheim sich eine von Bellers Damen ins Haus geholt hat, stimmt.»

Herbert spitzt die Ohren. Sollte sich diese Bemerkung auf Hanna beziehen? Das wäre eventuell etwas Konkretes.

«Kennst du ihren Namen?», fragt er deshalb.

«Na also, ich bitte dich. Woher sollte ich über Bellers Buchführung Bescheid wissen oder über seine Vermittlungs-Methoden?!»

«Ist ja schon gut. Aber wenn ihr von dem Verhältnis wusstet, dann habt ihr doch mindestens eine Ahnung, wer das war.»

Die Fragerei gestaltet sich ziemlich mühsam.

«Ich habe dir gerade eben gesagt, dass ich Bellers Angestellte – wenn ich mal so sagen darf – nicht kenne. Er hat während eines Besäufnisses stolz erzählt, dass der Türheim ihm unheimlich dankbar sein muss, weil er ihm eine Super-Frau vermittelt hat. Ihr wart damals auch alle dabei», wendet er sich jetzt an die anderen.

Den Männern ist nicht ganz wohl bei dem Gedanken, einen Kollegen durch ihre Erzählungen möglicherweise ans Messer zu liefern, aber schließlich sitzt ihnen kein Polizist gegenüber, sondern nur ein Privatmensch, der den Ermordeten zufällig gefunden hat. Dennoch möchte Renz vorsichtshalber geklärt wissen, dass er keine unangenehmen Folgen fürchten muss.

«Du, Herbert. Nicht dass wir uns falsch verstehen. Ich will da in nichts hineingezogen werden. Was wir dir erzählt haben, bleibt unter uns. Das geht die Polizei nichts an. Nachher wird das gegen uns verwendet, und wir kriegen es mit dem Beller zu tun. Wer weiß, zu wem der Beziehungen hat. Nachher haben wir noch die Szene auf dem Hals. Und nachher liegt einer von uns mit durchgeschnittener Kehle irgendwo.»

Herbert schaut ihn nachdenklich an. Solche Äußerungen sind ihm nicht fremd. Welche Angst der vor einem möglichen, aber völlig unwahrscheinlichen «Nachher» hat. Nicht das kleinste bisschen Zivilcourage. Sehr vorsichtig und nur ausweichend antwortet er: «Ich reite euch in nichts hinein. Keine Sorge. Was ich verantworten kann, behalte ich für mich. Ich muss ja nicht genau sagen, woher und von wem ich was erfahren habe.»

Renz ist mit dieser Antwort nicht ganz glücklich. Man sieht es ihm an. Anders Kalle. Der posaunt lauthals: «Die Polizei soll den Beller ruhig in die Zange nehmen. Überarbeiten tut der sich sowieso nicht. Am liebsten schiebt er alles auf uns ab, damit er hier in Ruhe rumsitzen, saufen und telefonieren kann. Wahrscheinlich neue Geschäfte anleiern.»

Würschtle-Herbert hat für den Augenblick genug. Das alles muss er erst einmal verdauen und im Geist sortieren – und zwar auf dem Weg zum Polizeipräsidium. Er verabschiedet sich herzlich mit dem felsenfesten Versprechen, alle – die Kriminalbeamten und seine Gundi – vom Fortgang der Ereignisse umgehend zu informieren. Der Vormittag hat sich seiner Meinung nach für ihn gelohnt.

Thiele ist an diesem Morgen vor seinem Chef im Büro. Das ist sehr selten der Fall, meist kommt er völlig außer Atem in der letzten Minute angehechelt. Aber an diesem Samstagmorgen, wo er noch nicht einmal superpünktlich hätte sein müssen, hat ihn die pure Neugier getrieben. Er möchte zu gern wissen, ob gegen diesen Beller etwas vorliegt, ob er als alter oder neuer «Kunde» in der polizeilichen Datenbank gespeichert ist. Thiele beherrscht die Arbeit am Rechner mit traumwandlerischer Sicherheit, ganz im Gegensatz zu seinem Chef, der noch immer gewaltige Berührungsängste hat. Sämtliche Suchaktionen jedoch, die Thiele in Sachen Beller startet, verlaufen, ungeachtet all seiner Künste, ergebnislos. Der tut ihm nicht den Gefallen, als Vorbestrafter, Flüchtiger oder sonst wie Belasteter aufzutauchen. Dabei hätte Thiele genau wie Lorenz gewettet, dass der Hausmeister keine weiße Weste hat. Aber wenn nichts zu finden ist, heißt das noch lange nicht, dass Beller der Biedermann par excellence wäre. Eher liegt der Verdacht nahe, dass er raffiniert genug ist, sich nicht in einem polizeilichen Netz zu verfangen.

Gelangweilt und enttäuscht spielt Thiele etwas mit dem Programm herum und gibt zum Spaß den Namen Türheim ein. Warum sollte ein ehrbarer Professor nicht auch einmal polizeibekannt sein? Das wäre zur Abwechslung mal was anderes. Und dann glaubt der junge Beamte, nicht richtig zu sehen. Der Name Türheim erweist sich als Treffer! Aber die polizeiliche Forschungstätigkeit bezieht sich nicht auf Helmut Türheim, sondern auf dessen Frau Helga. Das Betrugsdezernat hat sie offenbar im Visier. Das will Thiele genauer wissen. Einige Fakten kann er seinem Computer noch entlocken: private Arbeitsvermittlung, betrügerische Insolvenz sind die Stichworte. Konkretes konnte man ihr aber scheinbar bislang nicht nachweisen. Thiele lässt seinem kriminalistischen Spürsinn freien Lauf. Ob die Türheim'sche wirklich eine private Arbeitsvermittlung betrieben hat? Hat sie nicht etwas von Beratung erzählt? Aber das ging doch eher in Richtung Esoterik? Was hatte sie gesagt, was sollte er kennen? Ach ja, sein Karma. Da weiß ich immer noch nichts drüber und lebe trotzdem ganz gut, denkt Thiele und sucht systematisch weiter.

Schau einer an, da taucht Franz Jünger in der Datei auf, und zwar im selben Zusammenhang. Dann stecken die beiden also unter einer Decke? Doch Thiele wird nicht richtig schlau aus den Informationen, die ihm sein Rechner liefert. Er beschließt, hinunter zu den Kollegen vom Betrugsdezernat zu gehen. So lange sind die Eintragungen noch nicht her: vom Anfang dieses Jahres. Die müssten sich an den Fall erinnern können, zumal sich die Gestalt und das Gehabe einer Frau Professor Türheim problemlos im Gedächtnis verankern.

Thiele schaut auf die Uhr. Kurz vor acht. Da hat heute hoffentlich jemand Dienst, der Bescheid weiß. Er will eben seinem Chef eine Notiz schreiben, als der das Büro betritt.

«Nanu, Thiele. Was ist los? Sind Sie schon lange da?»

«Eine ganze Weile, Herr Lorenz. Und ich kann Ihnen sagen, es hat sich ausgezahlt. Sie werden nicht glauben, was ich herausgefunden habe!» Der Stolz in Thieles Stimme ist unüberhörbar.

«Und? Hat Freund Beller ein ordentliches Vorstrafenregister?» Der Verdacht des Kommissars konzentriert sich selbstverständlich auf den Hausmeister.

«Beller? Nein, der nicht. Unschuldig wie ein neugeborenes Kind. Angeblich. Nirgendwo in den Datenbanken ist was zu finden. Wahrscheinlich ist ihm einfach noch niemand auf die Schliche gekommen. Jetzt raten Sie aber mal, über wen ich was gefunden habe.» Thiele genießt seinen Wissensvorsprung sichtlich.

«Junge, machen Sie es nicht so spannend. Sagen Sie schon.» Lorenz ist neugierig geworden.

«Türheim, Herr Lorenz. Ich sage nur: Türheim.»

«Der Professor? Was hat der denn angestellt?»

«Er? Er nicht. Aber *sie*!»

«Wie bitte? Die Hexe mit dem Raben?», entfährt es Lorenz.

Das wiederum versteht Thiele nicht.

«Welcher Rabe, Chef?»

«Lassen Sie es gut sein, ich erzähle es Ihnen später einmal.» Dass er diese nicht sehr schmeichelhafte Charakterisierung unbeabsichtigt eingebracht hat, ist Lorenz peinlich. Das ist nicht professionell.

«Na gut. Also. Also ich berichte jetzt mal.» Beim zweimaligen «also» runzelt Lorenz die Stirn. Tage, die in dieser Weise beginnen, setzen sich erfahrungsgemäß mit ähnlichen Ärgernissen fort.

«Die Türheim ist in Verbindung mit betrügerischer Insolvenz und privater Arbeitsvermittlung aufgefallen», lässt Thiele endlich die Katze aus dem Sack.

«Wie? Das verstehe ich nicht? Die betreibt eine Arbeitsvermittlung?»

«Genau kann ich es Ihnen auch nicht erklären. Da sind die Kollegen noch dran. Aber wissen Sie, wer in diesem Zusammenhang außerdem genannt wird? Na?»

Thiele kann es nicht lassen, er legt eine schöpferische Pause ein und genießt es, seinen Chef auf die Folter zu spannen. Die gefurchte Stirn seines Gegenübers veranlasst ihn jedoch, mit der Antwort nicht allzu lange hinter dem Berg zu halten.

«Unser Freund Franz Jünger, Chef. Ein Franz Jünger lässt eine Frau Professor Türheim scheint's nicht allein», ahmt er die gezierte Jünger'sche Ausdrucksweise nach.

Die Neugier von Reinhold Lorenz ist geweckt.

«Haben Sie noch mehr herausbekommen, Thiele?», will er wissen.

«Nur Bruchstücke, die ich mir nicht recht zusammenreimen kann. Ich wollte eben nach unten gehen, zu den Kollegen vom Betrug. Kommen Sie mit?»

«Ja, sicher. Das könnte interessant werden. Gut gemacht, Thiele.»

Ein Lob schon am frühen Morgen wirkt auf Matthias Thiele, der in einen solchen Genuss nicht allzu oft kommt, wie Balsam. Fröhlich summend stiefelt er neben Lorenz zum Aufzug, in der Hoffnung, dass man ihnen im Betrugsdezernat weiterhelfen kann.

Und sie werden nicht enttäuscht. Die beiden diensthabenden Beamten sind zufällig jene, die mit diesem Fall betraut sind. Er ist ihnen aus mehreren Gründen nachhaltig im Gedächtnis haften geblieben.

«Weißt du noch, das ist diese eingebildete Zicke, die dauernd darauf bestanden hat, dass man sie Frau Professor nennt», erinnert sich einer der beiden und dreht sich zu seinem Kollegen um, der die entsprechende Akte aus dem großen Regal hinter seinem Schreibtisch fischt.

«Und wie. Die und dieser ominöse Bauhengst. Das sind vielleicht zwei Typen. Aber gerissen sind die. Keinem konnten wir bis jetzt was Konkretes nachweisen.»

«Könnten wir vielleicht erfahren, um was es da geht», unterbricht Lorenz behutsam, aber dennoch ein wenig ungeduldig.

«Wieso? Was habt ihr mit denen zu tun? Hat sie etwa den Bauheini um die Ecke gebracht? Oder er sie? Könnte ich sogar verstehen.» Die beiden Kollegen brechen in dröhnendes Gelächter aus.

«Keins von beiden, sondern der Ehemann von der Türheim ist ermordet worden. Aufgespießt während eines Dorffestes.»

Angesichts dieser Mitteilung schauen die beiden betroffen. Sie haben mit Betrug und Betrügereien zu tun, nie mit Mord und Totschlag.

«Und jetzt wollt ihr von uns die genauen Zusammenhänge erfahren?»

Thieles große Stunde schlägt. Er erzählt von seiner Entdeckung, die er vor nicht einmal einer halben Stunde gemacht hat, über die er sich nun näheren Aufschluss erhofft.

Der Kollege holt daraufhin weit aus: «Die Sache an sich ist etwas kompliziert, aber ich versuche, es so einfach wie möglich zu erklären. Ihr wisst vielleicht, dass es seit einiger Zeit möglich ist, eine private Arbeitsvermittlung zu gründen. Für die erfolgreiche Vermittlung von Langzeitarbeitslosen gibt es von der Bundesagentur für Arbeit – früher das Arbeitsamt und, unter uns, heute so aktiv wie damals – eine Vermittlungsgebühr in Höhe von zweitausend Euro. Die Türheim hat die Arbeitslosen an die Firma von diesem Jünger vermittelt, und der hat sie auf seinen Baustellen schuften lassen, ist ihnen aber den meisten Lohn schuldig geblieben, weil er sie erst vertröstet und dann entlassen hat. Das war todsicher von vornherein eine abgekartete Sache. Die Türheim hat eine GmbH gegründet, aber von Anfang an gewusst, dass sie die armen Schweine mit dem Job beim Jünger hinters Licht führt, weil dieser die Absicht hat, Insolvenz anzumelden. Stellt euch vor: Laut Rechnungshof liegt der Missbrauch der Gutscheine teilweise bei einem Drittel! Und dahinter stecken jedes Mal die Hoffnungen von Leuten, die glauben, endlich auf Dauer Arbeit zu finden. Die schuften und gehen am Ende leer aus und existieren dann von dem bisschen Alg II. Ich könnte in den Tisch beißen vor Wut, wenn ich dran denke.»

«Geht das denn so einfach?», wundert sich Lorenz. «Da steckt doch eindeutig Betrugsabsicht dahinter.»

«So schlau sind wir auch. Nur weisen Sie denen das mal nach. Das ist nicht so einfach. Schon gar nicht, wenn es sich um derart gerissene Gauner handelt. Anfangs waren wir dafür ja auch gar nicht zuständig. Wenn es nur um nicht gezahlte Löhne geht, ist das Sache des Arbeitsgerichts oder des Gerichtsvollziehers. Aber dann hat einer der Arbeiter Anzeige erstattet, weil er den begründeten Verdacht hatte, dass die beiden Geld ins Ausland schaffen. Daraufhin haben wir natürlich Ermittlungen nach allen Seiten angestellt. Aber besonders weit gekommen sind wir nicht. Wir sind an dem Fall immer noch dran, aber die müssen Wind von dem Verdacht bekommen haben und sind entsprechend vorsichtig. Manchmal könnte man heulen. Die einen bereichern sich auf skrupellose Weise und sind nicht zu belangen, und die, die wirklich nichts mehr haben, trifft es dann umso härter.»

Lorenz und Thiele können die Wut der Kollegen durchaus nachvollziehen. Auch sie sind nicht so abgebrüht, dass ihnen solch offensichtliche Missstände nichts ausmachten.

«Aber eins verstehe ich immer noch nicht», wendet Thiele nachdenklich ein. «Die Türheim'sche und der Jünger haben eine gemeinsame GmbH gegründet? Geht das denn? Der Jünger kann schließlich nicht zwei GmbHs haben, oder? Seine Baufirma heißt doch Jünger GmbH.»

«Moment. Ich sehe mal die Einzelheiten nach.»

Der Kollege vom Betrugsdezernat blättert in der Akte.

«Die Arbeitsvermittlungsfirma läuft auf den Namen Türheim. Bei einer GmbH genügt ein Gesellschafter», antwortet er.

«Und die Jünger GmbH gehört ihm?» Thiele kommt die Sache merkwürdig vor.

«Ja, klar. Und der Verdacht liegt nahe, dass er es auf eine betrügerische Insolvenz angelegt hat. Insolvenzverschleppung nach § 64 GmbHG – GmbH-Gesetz», fügt er noch hinzu, als er die fragenden Mienen der Kollegen wahrnimmt.

«Aha.» Lorenz ist die Sache nicht geheuer. Er versteht von all dem nur die Hälfte, außerdem will es ihm nicht in den Kopf, dass es keine Handhabe gibt gegen Menschen, die es wissentlich und systematisch darauf anlegen, andere aufs Kreuz zu legen, und sich dabei selbst schamlos bereichern.

«So schwierig ist das nicht», erklärt der Kollege, der die verständnislosen Blicke richtig deutet. «Wenn jemand die Inso langfristig plant, das Geld rechtzeitig peu à peu ins Ausland schafft oder sonst wie abzieht, sodass die Firma schließlich pleitegeht, liegt zwar der Verdacht einer betrügerischen Insolvenz vor, aber die Beweise, dass es so ist, müssen erst erbracht werden, und blöd ist der Jünger nicht.»

«Können Sie folgen, Thiele?»

«So ungefähr. Die Firma vom Jünger lässt sich Langzeitarbeitslose von der Türheim vermitteln, denn die hat – so wie abgesprochen – eine private Arbeitsvermittlung gegründet. Die Leute kommen zu ihr, wahrscheinlich verkündet sie ihnen noch ihr Karma, und werden zu Jünger geschickt, der stellt sie ein. Dann kassiert sie vom Arbeitsamt für jede erfolgreiche Vermittlung zweitausend Euro. So weit ist es – wenn man so will – noch legal. Aber dann zahlt der Jünger den Leuten keinen Lohn, weil er angeblich kein Geld hat, reitet die Firma absichtlich in die Pleite, bescheißt die Gläubiger und die armen Schweine, die bei ihm geschuftet haben, und hat derweil seine Schäfchen längst im Trockenen.»

«Das ist gemeinster Betrug!»

«So ist es, Chef. Jetzt haben sogar Sie es kapiert. Bravo!»

Das war alles andere als respektvoll, und entsprechend angesäuert schaut Reinhold Lorenz jetzt drein. Er blamiert sich nicht gern vor Kollegen, schon gar nicht, wenn sein Assistent ihm das einbrockt.

«Etwas mehr Höflichkeit würde Ihnen nicht schaden, Thiele», pflaumt er seinen jungen Mitarbeiter deshalb an, als sie sich auf den Weg in das höhergelegene Stockwerk machen.

«Sorry, Chef. War nicht so gemeint. Aber genau so wie Sie habe ich mich wahnsinnig über die Kaltschnäuzigkeit geärgert, mit der die Türheim und der Jünger hilflose Menschen hintergehen. Und wer weiß ...»

Lorenz schaut seinen Assistenten von der Seite an. «Sie könnten sich wirklich vorstellen, dass sie den eigenen Mann ...?»

«Vielleicht nicht selbst, aber ...»

Nach diesen nicht ausformulierten Andeutungen ist der Friede zwischen den beiden wiederhergestellt. Nachdenklich betreten sie ihr Büro.

«Und was machen wir jetzt, Chef?»

Eine Antwort auf Thieles Standardfrage bleibt Lorenz für den Moment schuldig. Im Gegensatz zu sonst hebt sie allerdings seine Laune, weil er sie in der letzten Zeit, als sein Assistent dazu übergegangen ist, brauchbare Vorschläge einzubringen, richtiggehend vermisst hat.

«Was schlagen Sie vor, Thiele?»

«Hm. Ich denke, wir sollten auf jeden Fall nach Ehrenstetten fahren und der Türheim auf den Zahn fühlen und dem Jünger ebenfalls.»

«Genau das werden wir tun. Haben die aus der Pathologie inzwischen das genaue Ergebnis der Obduktion geliefert?»

«Soweit ich weiß, noch nicht. Aber ich kann anrufen.»

«Tun Sie das, Thiele. Wenn es geht, gleich.»

«Ja, ja. Ich gehe schon.»

Kurz darauf kommt Thiele achselzuckend aus seinem winzigen Büro.

«Nichts Neues, Chef. Türheim muss sofort tot gewesen sein. Ein einziger Stoß mit dem Riesenspieß. Ganz gezielt und mit großer Kraft ausgeführt, haben die aus der Pathologie gesagt. Ansonsten nichts Auffälliges. Krankheiten hat er keine gehabt. Nur die Leber sei etwas angegriffen gewesen, wahrscheinlich vom Saufen. Sie kennen doch den blöden Spruch, Chef: Intelligenz säuft, Dummheit frisst.»

Thieles Interpretation des Obduktionsergebnisses ruft postwendend die entschiedene Missbilligung von Reinhold Lorenz hervor.

«Thiele, das ist unter Ihrem Niveau!»

«Ist mir so herausgerutscht. Entschuldigung», beeilt der sich zu sagen und setzt vorsichtshalber gleich eine sachlichere Bemerkung hinzu. «Verdächtige hätten wir wahrlich genug – oder was meinen Sie, Herr Lorenz? Jetzt müssen wir nur noch nach dem Motiv suchen.»

«Und wenn es Ihnen nichts ausmacht, Thiele, auch nach dem Mörder.» Bei aller ständig wachsenden Sympathie für den jungen Kerl, der mit ihm arbeitet, hasst Lorenz nun einmal voreilige Schlüsse und noch mehr dümmliche Zwischenbemerkungen, die er von Thiele nicht mehr gewohnt ist.

Den restlichen Vormittag verbringen die beiden nach diesem kleinen Disput friedlich und wollen sich gegen ein Uhr wieder auf den Weg nach Ehrenstetten machen. Als sie eben das Büro verlassen, sehen sie auf dem langen Flur eine massige Gestalt schnellen Schrittes auf sich zueilen.

«Sagen Sie mir bitte, dass ich mich irre», murmelt Lorenz.

«Sie irren sich selten, Chef, und auch jetzt nicht. Es ist unser Würschtle-Herbert.»

Thiele nimmt es gelassen. «Vielleicht weiß er was Neues.»

«Warum nur ist der ständig da, wo wir sind.» Es ist keine Frage, sondern ein Stoßseufzer. Zu mehr reicht es nicht, denn Herbert Fehringer steht direkt vor ihnen.

Aufgeregt sprudelt er seine Neuigkeiten heraus, etwas ungeordnet, aber inhaltlich so beachtenswert, dass Lorenz ihn ins Büro bittet, wo er und Thiele sich vom Doppelleben eines staatlich Bediensteten unterrichten lassen.

«Meinen Sie nicht, dass sich dank meiner Kontakte eine ganz neue Sicht auf den Fall ergibt?», schließt Herbert Fehringer triumphierend seinen Bericht.

«Zweifellos ist das ein wichtiges Mosaiksteinchen, das Sie uns geliefert haben, aber so weltbewegend nun auch wieder nicht», wiegelt Lorenz ab.

«Ich bitte Sie, Herr Kommissar. Wie hätten Sie sonst so schnell von der Affäre des Professors erfahren? Ihnen hätten die Hausmeister das nie erzählt!» Herbert ist über so viel Nichtachtung seiner ehrenamtlichen Tätigkeit derart entrüstet, dass Thiele es für geraten hält, ihn eilig zu besänftigen.

«Der Herr Lorenz hat es nicht so gemeint. Wir wissen es zu schätzen, dass Sie uns nach Kräften unterstützen.»

Diese Bemühung um Ausgleich bringt ihm einen dankbaren Blick von Fehringer und einen weniger dankbaren von seinem Chef ein, weil der nicht zu Unrecht fürchtet, dass Würschtle-Herbert dies als Ansporn für weitere Taten verstehen könnte. Allerdings bleibt eine entsprechende Ankündigung vorerst aus, denn Herbert hat voller Entsetzen auf der digitalen Schreibtischuhr die Zeitangabe 13:15 entdeckt, die ihm siedend heiß klarmacht, dass Gundi bereits seit einer Dreiviertelstunde mit dem Mittagessen auf ihn wartet und er sich daher mehr als beeilen muss. Es reicht nur noch zu einer knappen Abschiedsfloskel, bevor er davonstürmt.

«Was ist denn jetzt in ihn gefahren? Warum hetzt der auf einmal davon?», wundert sich Lorenz. «Sollte ich ihn so sehr verschreckt haben?»

«Machen Sie sich keine falschen Hoffnungen», grinst Thiele, der das kurze Intermezzo zwischen Würschtle-Herbert und der Uhr mitbekommen hat und ganz richtig deutet.

«Seine Gundi sitzt ihm im Nacken beziehungsweise daheim schon längere Zeit am gedeckten Tisch.»

Beide denken sich ihr Teil, und ihre Vermutung, dass selbst Gundis Herzlichkeit hin und wieder ihre Grenzen hat, trifft durchaus zu.

8.

Der erste Weg in Ehrenstetten, wo das Fest noch immer in vollem Gang ist, führt die beiden Kriminalbeamten zur Türheim'schen Schreckensvilla. Obwohl sie mit dem Anblick inzwischen fast vertraut sind, überzieht sie trotz der Hitze eine leichte Gänsehaut angesichts der hier versammelten Geschmacklosigkeiten. Der Blick, den sie wechseln, signalisiert vollstes Einverständnis. Sie denken das Gleiche, was in der letzten Zeit immer öfter vorkommt.

Am Eingang des Anwesens erwartet sie Hanna. Sie sieht wirklich gar nicht übel aus, konstatiert Thiele für sich. Ein bisschen Ähnlichkeit mit der Julia hat sie. Na ja, die Haarfarbe ist eine Spur dunkler, und natürlich ist Julia viel, viel hübscher. Und zierlicher. Wohl aufgrund der hochsommerlichen Temperaturen darf Hanna heute eine ärmellose Bluse tragen. Für eine Frau hat sie ungewöhnlich muskulöse Oberarme. Ob das vom Fitness-Studio oder bloß von der Gartenarbeit herrührt? Thiele ist sich nicht schlüssig. Nur das Gesamturteil steht fest: Julia ist eindeutig anmutiger. Seine intensiven Vergleiche, die ihn schon die Begrüßungsworte seines Chefs haben überhören lassen, werden jäh unterbrochen von der energisch-lauten und vorwurfsvollen Stimme der Dame des Hauses. Doch was sie den beiden vorhält, steht in merkwürdigem Kontrast zu ihrer Tonlage.

«Was ist denn noch? Können Sie nicht ein Mindestmaß an Rücksicht nehmen? Wir sind schließlich ein Trauerhaus!»

«Es tut uns leid, aber Ihr Gatte ist gewaltsam zu Tode gekommen, und es ist unsere Aufgabe, den Täter zu finden. Liegt es nicht auch in Ihrem Interesse zu wissen, wer dieses Verbrechen begangen hat?»

Da Thiele seinen Chef ganz gut kennt, hört er unschwer an dessen gequälter Stimme, dass er sich nur mühsam zusammenreißt.

«Schön, dann kommen Sie eben rein», gibt die Professorengattin widerstrebend nach und führt die beiden Beamten durch den Flur zum großen Wohnraum.

Thiele trottet etwas langsamer hinterdrein, weil er sich gedanklich sofort wieder zu Julia begeben hat. Ganz in seine Schwärmerei versunken, ist er vor einer der ausladenden Segelyacht-Fotografien stehen geblieben, als ihn das Geräusch einer leise zuklappenden Tür aus seinen Träumen holt. Was, oder besser, wen er sieht, befördert ihn mit einem Schlag in seinen beruflichen Alltag zurück.

«Herr Professor Laufer! Was machen Sie denn hier?»

«Ich? Ja, ich … äh … Ich besuche die Frau meines armen Freundes. Schließlich muss ihr einer beistehen in dieser schweren Zeit.»

Noch einer, denkt Thiele, dafür hat sich doch schon Franz Jünger zuständig erklärt.

«Tja, es ist wirklich heiß heute», entgegnet Thiele mit einem vielsagenden Blick auf Laufers Bekleidung, das heißt Nicht-Bekleidung, denn der Mann hat lediglich ein Handtuch um die Hüften geschlungen.

«Nun, wie Sie sehen, war ich im Pool. Also, äh … Sie haben meine Wohnung direkt unterm Dach ja erlebt. Da hält man es bei dieser Affenhitze nicht aus. Es ist furchtbar stickig dort. Aber man kann ja trotzdem trauern, denn selbst wenn ich auf diese Abkühlung verzichtet hätte, würde das den armen Helmut auch nicht wieder lebendig machen. Deshalb tut mir der arme Helmut ja nicht weniger leid.»

Ein bisschen viel, sehr viel, zu viel Rechtfertigungen, findet Thiele.

In diesem Augenblick erscheint Lorenz auf der Suche nach seinem Assistenten im Flur.

«Thiele, wo sind Sie …» Der Rest der Frage bleibt auf der Strecke. «Ach nee, schau an, was machen Sie denn hier, Herr Professor? Und noch dazu in diesem Aufzug? Sind Sie auch ein Freund des Hauses?» Das klingt sehr ironisch, beinahe anzüglich.

«Wenn Sie nichts dagegen haben, ja. Ich habe es Ihrem Mitarbeiter eben erklärt. Muss ich mich dafür entschuldigen, wenn ich zwei Runden im Pool schwimme?»

«Das nicht, aber vielleicht sind Sie so freundlich und leisten uns ein wenig Gesellschaft, wenn Sie ohnehin schon da sind.»

Laufers Erscheinen im Wohnraum freut Frau Professor augenscheinlich nicht. Sie öffnet den Mund, um etwas zu sagen, unterlässt es dann aber und bedenkt den ‹zweiten Freund des Hauses› nur mit einem wütenden Blick. Obwohl noch kaum Worte gewechselt worden sind, ist die angespannte Stimmung förmlich greifbar. Nur Hanna schaut so unbeteiligt, als ginge sie das alles nichts an.

«Kommen wir endlich zur Sache», beginnt Lorenz die Fragerunde.

«Der Professor ist gegen 14 Uhr umgebracht worden. Ich muss von Ihnen allen wissen, wo Sie zu dieser Zeit waren.»

«Das ist der Gipfel der Unverschämtheit! Ich bin Witwe, und mir unterstellt man den Mord an meinem Mann!», kreischt Helga Türheim hysterisch.

«Ganz ruhig, Frau Türheim, äh, Frau *Professor* Türheim», verbessert sich Lorenz schnell. Er will ihren Zorn nicht noch mehr anheizen. «Niemand unterstellt Ihnen einen Mord, aber es ist unsere Aufgabe, jeden nach seinem Aufenthaltsort zur

Tatzeit zu fragen. Auch Sie. Darf ich um eine sachliche Unterredung bitten.»

Oje, der Chef ist kurz vor dem silbernen Löffel, denkt Thiele, wobei ihm im gleichen Moment einfällt, dass dies ein lang vergessener Ausspruch seiner Großmutter war, wenn das Ende ihres Geduldsfadens erreicht war. Komisch, dass mir das nach so langer Zeit plötzlich wieder in den Kopf kommt, grübelt er vor sich hin.

«Also, wo waren Sie, Frau Professor?»

«Wo soll ich gewesen sein? Hier natürlich. Glauben Sie, dass ich zu solch einem Proleten-Spektakel gehe? Ich weiß nicht, was der Helmut daran gefunden hat.»

Arrogant bist du gar nicht, du blöde Ziege. Thieles respektloser, aber schwerlich von der Hand zu weisender Gedanke findet eine Entsprechung in den Köpfen von Lorenz und Hanna.

«Waren Sie die ganze Zeit hier?»

«Das müssen Sie doch wissen. Sie sind doch hergekommen und haben mich angetroffen. Außerdem war vorher der Franz schon da, wie Sie sich vielleicht ebenfalls erinnern.»

«Können Sie das bestätigen, Hanna?», wendet sich Lorenz an die junge Haushaltshilfe, die augenblicklich rot anläuft und unsicher zu ihrer Arbeitgeberin schielt. «Und? War das so?»

«Ja, ja, ich glaube schon. Ja, es wird so gewesen sein. Ja, anders kann es nicht gewesen sein.»

«Geht es präziser? War Frau Türheim zu Hause oder nicht?»

«Ich kann das nicht sicher sagen. Ich war im Garten. Die ganze Zeit.»

«In der Mittagszeit, bei dieser Gluthitze?»

«Das macht mir nichts aus.» Die bronzebraun gebrannte Haut Hannas spricht für diese Behauptung.

«Das heißt, Sie waren beide auf dem Grundstück, haben sich aber stundenlang nicht gesehen?»

«Denken Sie, dass ich dauernd hinter meinen Angestellten stehe? Ich habe Besseres zu tun.»

Klar, Sie sorgen dafür, dass Leute belogen und betrogen werden. Lorenz reißt sich mit aller Gewalt zusammen.

«Und Sie, Herr Professor Laufer? Auch an Sie die Frage: Wo waren Sie zur Tatzeit? Am Vormittag haben Sie Ihren Freund und Kollegen in der Uni getroffen. Das wissen wir bereits. Und sind Sie mit ihm anschließend nach Ehrenstetten gefahren, zum Fest?»

«Was soll ich da? Nein, ich bin direkt von der Uni nach Hause gegangen.»

«Hat Ihnen Herr Türheim nicht erzählt, dass er zum Lorenzemärt wollte?»

«Darüber haben wir nicht gesprochen.»

Die blasierte Verstocktheit, die Laufer an den Tag legt, kostet ihn die Sympathien, die Lorenz ihm gestern der vergleichbaren familiären Situation wegen entgegengebracht hat.

«Und?»

«Was, und?»

«Wo Sie zur Tatzeit waren, möchten wir wissen.» Thiele hilft jetzt nach, denn selbst ihm, dessen Gelassenheit manchmal schon an Lethargie grenzt, geht diese zähe Unterredung langsam auf die Nerven.

«Wo soll ich schon gewesen sein? Zu Hause.»

«Vorgestern war es genauso heiß wie heute. Warum sind Sie nicht hergekommen, um in den Pool zu springen?»

«Ich hatte zu arbeiten.»

«In den Semesterferien?»

«Ja, in den sogenannten Semesterferien. Das ist die vorlesungsfreie Zeit, aber das sind keine Ferien. Man arbeitet das auf, wozu man während des Semesters nicht kommt. Und das ist eine Menge.»

«Aber heute müssen Sie nicht arbeiten?»

Das Gespräch driftet allmählich ins Absurde. Lorenz wird ungeduldig. In Anbetracht von Würschtle-Herberts vormittäglichen Forschungsergebnissen wendet er sich jetzt an Hanna, um ihr einige Fragen zu stellen, und zwar ganz bewusst ohne Rücksicht darauf, dass sowohl Frau Türheim als auch Laufer anwesend sind.

«Hatten Sie ein Verhältnis mit dem Professor», fragt er die junge Frau unverblümt. «Sie wissen, dass Sie wahrheitsgemäß antworten müssen», setzt er nachdrücklich hinzu.

«Schon, aber …» Ein unsicherer Blick geht zu ihrer Arbeitgeberin, die betont desinteressiert in die andere Richtung blickt. «Was sollte ich machen? Er war meist ganz nett. Und ich habe ihm schließlich viel zu verdanken», gibt sie leise zu.

«So? Was denn?» Thiele mischt sich neugierig ein.

«Das habe ich Ihnen schon erzählt. Er hat alle Formalitäten geregelt, damit ich nicht nach Rumänien zurückmusste.»

Hannas Blick wandert unruhig zwischen den Anwesenden hin und her. Die Fragen sind ihr sichtlich unangenehm, aber für ihre Chefin und den ‹Freund des Hauses› scheint sie Luft zu sein und ihre Aussagen für beide ohne Belang.

«Und Herrn Beller? Treffen Sie den oft?» Dieser Überraschungsangriff ist Thiele gelungen.

«Den Beller? Äh … Nein, den habe ich schon ewig nicht mehr gesehen. Früher mal, ja, aber wie gesagt, schon lange nicht mehr. Nein. Wie auch? Nein, wirklich, schon ganz lange nicht mehr.» Diese hervorgestotterte Auskunft ist den beiden Kriminalbeamten viel zu lang, als dass sie ihr unvoreingenommen Glauben schenken könnten. Außerdem hat Lorenz jede Lust verloren, sich noch mehr solche und ähnliche Ausflüchte anzuhören. Sein Hemd ist durchgeschwitzt, und er will nur noch an die frische Luft, obgleich es draußen wesentlich heißer sein dürfte als im Haus.

«Fürs Erste genügt das. Wir erwarten noch die Ergebnisse der Spurensicherung in Ihren Räumen beziehungsweise im Arbeitszimmer Ihres Mannes», erklärt Lorenz erschöpft.

«Man kommt sich vor wie ein Verbrecher. Dabei bin ich das Opfer!», kommt es eisig von Helga Türheims Lippen.

Den beiden Freiburgern reicht es endgültig, zumal sie sich gleich anschließend auf eine weitere mühsame Vernehmung gefasst machen, denn Franz Jüngers Angabe, wo er zur Tatzeit war, steht noch aus. Sie verabschieden sich eiligst und begeben sich auf den kurzen Weg zu dessen Haus.

«Sollen wir irgendwas andeuten wegen des Betrugsverdachts, Chef?»

«Hm. Habe ich mir auch überlegt, aber wozu soll das gut sein? Wir riskieren höchstens, dass die beiden gewarnt sind und noch vorsichtiger agieren. Lieber nicht. Den Kollegen sollten wir auf gar keinen Fall ins Handwerk pfuschen.»

Auf ihr Klingeln hin öffnet der Bauunternehmer höchstpersönlich, sieht aber keinerlei Notwendigkeit, die Beamten ins Haus zu bitten.

«Wir müssen noch wissen, wo Sie zur Tatzeit waren, Herr Jünger. Können wir kurz reinkommen?»

«Das kann ich Ihnen auch gleich hier sagen», kommt die mürrische, unhöfliche Entgegnung.

«Schön.» Lorenz akzeptiert notgedrungen, dass Jünger sie vor der Haustür stehen lässt.

«Wo waren Sie am Donnerstag gegen 14 Uhr?»

«Hier.»

«Was heißt ‹hier›?»

«Hier. Hier im Haus.»

«Kann das jemand bestätigen?»

«Ein Franz Jünger braucht keine Zeugen, weil er gewöhnt ist, die Wahrheit zu sagen. Meinen Sie etwa, ich persönlich hätte den Helmut auf dem Gewissen? Er war mein Freund. Und ein Mann wie Franz Jünger hat Besseres zu tun, als Freunde umzubringen. Sonst noch Fragen?»

«Nein, augenblicklich genügt uns Ihre Auskunft, die für uns – das dürfte Ihnen klar sein – aber kein ausreichendes Alibi darstellt.»

«Dann eben nicht!» Mit diesen Worten knallt Jünger dem verdutzten Fahnderduo die Tür vor der Nase zu.

«Ein Franz Jünger braucht keine Zeugen», äfft Thiele den Bauunternehmer wütend nach, als sie zum Auto zurückmarschieren. «Chef, die sind eiskalt. Die Türheim und der Jünger, überhaupt die ganze Gesellschaft. Was machen wir jetzt?»

«Wir kommen einfach nicht richtig voran bei unseren Ermittlungen. Alle mauern. Vielleicht sollten wir uns diesen Beller nochmal vornehmen. Nach dem, was Fehringer heute Vormittag von sich gegeben hat, scheint mir da einiges faul zu sein. Aber das gehen wir am Montagmorgen an. Jetzt ist es immerhin fast sechs, und mehr kann an einem Samstag keiner von uns verlangen. Sie wollen ja auch noch was von Ihrem Wochenende haben, Thiele, oder?»

«Ach, Herr Lorenz. Wenn man allein lebt, ist man froh, wenn man nicht zu oft zum Nachdenken kommt», lautet die trübsinnige Antwort. Lorenz schaut seinen Assistenten verdutzt an. Solche Klagelaute sind neu bei Thiele, auch die kummervolle Miene, die sie begleitet. Sollte sich der Kleine tatsächlich einsam fühlen? Verstehen könnte er es, denn bevor seine Kinder wieder bei ihm eingezogen sind, hat er sich nach Brigittes Auszug genauso verlassen gefühlt. Armer Kerl. Wahrscheinlich ist er zu schüchtern, in einer Disco nach einer Freundin zu suchen. Oder fühlt er sich für die Disco schon zu alt? Ob er ihn heute Abend zu sich nach Hause einladen sollte? Dann müsste keiner von ihnen den Samstagabend allein verbringen. Denn wie er Ulli und Julia kennt, sind die bei diesem Wetter längst mit irgendwelchen Freunden am Dreisamufer oder sonst wo unterwegs.

«Äh … Thiele. Hätten Sie vielleicht Lust, bei mir im Garten ein Bier zu trinken? Wir könnten den Hähnchen-Blitz anrufen und uns etwas zu essen bestellen.»

Thieles Gesicht verklärt sich augenblicklich: «Ich will Sie nicht stören, Chef. Aber ich komme ganz furchtbar gern mit.»

Dieser plötzliche Stimmungswandel erstaunt Lorenz im ersten Moment, dann geht ihm ein Licht auf. Na sicher, Thiele hofft, dass er Julia zu Gesicht bekommt. Vorgestern hatte er bei ihrem Anblick wahrlich entrückt gewirkt. Da wirst du leider Pech haben, mein Lieber, ist Lorenz überzeugt. Ich möchte schwören, dass Julia ausgeflogen ist.

Als er das Auto vor dem Reihenhaus in Littenweiler parkt, erkennt Reinhold Lorenz zu seiner größten Verwunderung, dass er seinen Schwur nicht aufrechterhalten kann. Aus dem Garten tönt ihnen laute Musik entgegen, es riecht nach Gegrilltem, und überall stehen oder sitzen junge Leute herum.

«Was ist denn hier los?» Lorenz kommt aus dem Staunen nicht heraus. Hat er was nicht mitbekommen? Keines seiner Kinder hat etwas von einem Fest verlauten lassen.

«Hi, Papa.» Ulli hat seinen Vater und dessen Begleiter entdeckt. «Julia hatte die Idee, dass wir ein paar Leute einladen und grillen. Bei dem tollen Wetter. Und Platz ist genug. Essen und Trinken haben wir besorgt … Ach, hallo, Herr Thiele, klasse, dass Sie auch mitgekommen sind», setzt er schnell hinzu, um möglichen väterlichen Einwänden vorzubeugen.

Dem kann Thiele nur strahlend zustimmen und schaut sich bereits suchend nach Julia um, während Lorenz noch überlegt, was in einer solchen Situation angebracht ist. Da weder Julia noch Ulli über ein nennenswertes Einkommen verfügen, kann er sich ausrechnen, wer diese Überraschungsparty finanziert. Und außerdem – fragen hätten sie ihn zumindest können. Schließlich wohnt er hier.

Ulli deutet das Stirnrunzeln seines Vaters richtig und schiebt vorsorglich ein weiteres Argument nach, um die missbilligende Miene in eine zustimmende oder zumindest mildere zu verwandeln.

«Jeder hat was mitgebracht. Würstchen oder Fleisch, eine Flasche Wein oder einen Kasten Bier. Es kostet dich nichts oder fast nichts. Ihr seid natürlich eingeladen.»

Großzügig, wirklich großzügig. Es wird sich herausstellen, was das ‹fast nichts gekostet› am Ende de facto heißt. Lorenz hat bereits eine entsprechend kritische Bemerkung parat, als er in das strahlende Gesicht Thieles schaut und in diesem Augenblick Julia fröhlich winkend auf sie zugerannt kommt. Will er mit seiner kleinlichen Aufrechnerei den jungen Leuten wirklich den Abend verderben? Früher, als er und Brigitte noch zusammen waren, hatten sie oft Gäste und haben ganze Nächte durchgefeiert. Zweimal haben sich sogar die Nachbarn beschwert. Ein neuzugezogenes älteres Ehepaar hat sogar die Polizei wegen des nächtlichen Lärms gerufen. In Erinnerung daran muss Lorenz schmunzeln, was sein Sohn erleichtert als Zustimmung wertet.

Thiele hat bei Julias Anblick Wolke sieben erklommen und strahlt jetzt wie ein Honigkuchenpferd.

«Hallo, Matthias», wird er freudig begrüßt. «Prima, dass du mitgekommen bist. Könntest du uns gleich beim Grillen helfen? Der Charly ist zu blöd dazu.»

Sie nimmt Thiele kurzerhand beim Arm und zieht ihn mit sich fort, dorthin, wo dicke Rauchschwaden über die Hecke ziehen.

«Hier, Papa, haste ein Bier. Und da drüben ist Timo. Alter Klassenkamerad vom Gymnasium. Der hat mir immer die Hausaufgaben gebracht, wenn ich mal krank war. Erinnerst du dich?»

Natürlich erinnert sich Reinhold Lorenz an Timo, den nach wie vor seine wuschelige blonde Lockenmähne umrahmt. Wie hieß der andere noch gleich? Ulli hatte doch noch einen zweiten guten Freund, der sah so ähnlich aus, nur dass dessen Haarpracht nicht blond, sondern dunkel gewesen war. Ein blondes und ein schwarzes Engelchen hatten er und Brigitte sich insgeheim über das Gespann lustig gemacht. Meine Güte, ist das lange her.

Es wird ein schöner Abend, und Reinhold Lorenz muss sich eingestehen, dass er ihn genießt – so sehr, dass er nach dem Bier und drei Vierteln Rotwein beschwingt reagiert, als zu später Stunde noch sein Diensthandy klingelt. Es ist Würschtle-Herbert, der sich nach dem Stand der Ermittlungen erkundigt. Macht der denn nie Feierabend, denkt Lorenz gequält. Doch trotz aller Vorbehalte findet er ihn auf seine Weise auf einmal irgendwie liebenswert, wie er sich eingestehen muss. Der gestiegene Alkoholpegel tut das Seine, sodass Lorenz ihn und seine Frau kurzerhand zur Grillparty einlädt.

Bei den Fehringers kommt die Einladung wie gerufen. Gundi hat den ganzen Tag über kaum ein Wort mit ihrem Herbert gewechselt. Sie ist beleidigt, weil er so wenig Rücksicht auf sie nimmt. Alle seine Bitten und Vorschläge für gemeinsame Unternehmungen hat sie immer nur mit einem Kopfschütteln beantwortet. Den Abend über saßen beide bisher schweigend auf der großen Terrasse. Bis Herbert sich schließlich davongeschlichen und den Kommissar angerufen hat. Jetzt kehrt er aufgeregt zu ihr zurück.

«Gundi! Gundi, komm, zieh dich um. Wir sind eingeladen. Weißt du, bei wem? Beim Kommissar Lorenz. Er hat ein Gartenfest, und wir sollen kommen.»

Dieses überraschende Ereignis lässt Gundi ihren Ärger und den Vorsatz, Herbert zumindest heute mit Nichtachtung zu strafen, völlig vergessen.

Eine knappe Stunde später stehen beide mit einem Karton des besten Fehringer'schen Lieblingsweines im Garten von Lorenz und werden von dem schon reichlich angeheiterten Kommissar überschwänglich begrüßt.

Thiele glaubt, nicht richtig zu sehen, und gerät vor Verblüffung ins Stottern. Diese kurzfristige Sprachhemmung ist jedoch einzig und allein auf die unerwartete Begegnung zurückzuführen. Ansonsten hat sich Thiele heute Abend getraut, seine schüchterne Zurückhaltung rigoros im Stich zu lassen. Er ist bis über beide Ohren in Julia verliebt! Kurz hat er darüber nachgedacht, wie sich George Clooney in dieser Situation verhalten würde, und dann beschlossen, seinem berühmten Vorbild zu folgen. Noch nicht ganz filmreif, aber nichtsdestotrotz wirkungsvoll hat er Julia nach allen – ihm bekannten – Regeln der Kunst umgarnt und sich mit ihr nach einem ersten heißen Kuss in die dunkelste Ecke des Gartens verzogen. Julia war anfangs ziemlich amüsiert von so viel unvermutetem Temperament und Charme, aber schließlich nur allzu gern bereit, ihrem Romeo auf Wolke sieben zu folgen – auch wenn Romeo in diesem Fall Matthias heißt.

Dass dieses Intermezzo weitgehend unbeobachtet geblieben ist, haben sie unter anderem dem Umstand zu verdanken, dass Reinhold Lorenz in einen wahren Vergnügungstaumel geraten ist. Er fühlt sich heute sauwohl und genießt das erste Mal, seit

Brigitte ihn verlassen hat, einen sorglosen Abend. Würschtle-Herbert trägt seinen Teil zur allgemeinen Erheiterung bei, indem er Anekdoten aus vierzig Jahren Münstermarkt zum Besten gibt. Und auch er trinkt, ganz gegen seine Gewohnheit, heute etwas mehr als sonst – aus lauter Freude darüber, dass sich Gundi wieder mit ihm versöhnt hat.

Das Fest zieht sich bis in die frühen Morgenstunden und wird immer vergnügter. So ausgelassen hat Thiele seinen Chef noch nie erlebt, nicht einmal nach dem gelösten Mordfall in Badenweiler, als sie sich einen schönen Tag im vornehmen Hotel Römerbad gegönnt haben. Nie hätte er geglaubt, dass Reinhold Lorenz eine ganze Gesellschaft unterhalten kann. Leise Zweifel beschleichen Matthias Thiele allerdings, als sein Chef und Herbert Fehringer sich schließlich selig in den Armen liegen und Brüderschaft trinken. Ob Lorenz diese neue innige Gemeinschaft morgen noch genauso schätzen wird?

9.

Reinhold Lorenz hat es schlimm erwischt. Weder ausführliche Wiederbelebungsversuche unter der Dusche noch das dritte Aspirin können seinem ausgewachsenen Kater Herr werden. Aus dem Badezimmerspiegel blickt ihm ein verquollenes Gesicht entgegen und signalisiert überdeutlich, dass er für lange alkoholselige Nächte zu alt ist. Wenn ihn die Kollegen so sehen würden oder gar sein Assistent! Ein Glück, dass Sonntag ist. Bis morgen wird er sich hoffentlich regeneriert haben. Wie war das bloß gestern Abend oder, besser gesagt, heute früh? Lorenz muss sich eingestehen, dass seine Erinnerung einige Lücken aufweist, besonders was das Ende des Festes angeht. Hoffentlich hat er sich nicht allzu sehr danebenbenommen, sodass er bei den Freunden seiner Kinder künftig als Lachnummer rangiert. Nicht auszudenken! Wie ist er eigentlich ins Bett gekommen? Das ist schon ewig her, seit ihm dergleichen passiert ist. O du meine Güte!

Vom Garten herauf tönen laute, fröhliche Stimmen. Feiern die etwa immer noch? Vorsichtig schiebt er den Vorhang zur Seite und schaut aus dem Fenster. Erleichtert stellt er fest, dass es nur Julia und Ulli sind, die die Überreste der Party beseitigen. Na, wenigstens was. Dann kann er sich noch ein Viertelstündchen hinlegen und darauf hoffen, dass das Aspirin endlich wirkt.

So gut es geht, reißt sich Lorenz schließlich zusammen, als er die Treppe hinunter und in den Garten schlurft, der inzwischen von den gröbsten Spuren des gestrigen Abends befreit ist. Er lässt sich am Tisch nieder, auf dem eine große Thermoskanne mit Kaffee weitere Linderung seiner Leiden in Aussicht stellt. Julia und Ulli grinsen ihn unverhohlen an.

«Ich bin wohl ein bisschen sehr fröhlich gewesen, gestern Abend», beginnt er, sich vorsichtig vorzutasten.

«Das kann man wohl sagen, Papa. Je oller, je doller. Du hast einen Mordsdrive draufgehabt. Irgendwann hast du mit Gundi Fehringer Rock'n'Roll getanzt und den Herbert mit großen Gesten zum Hilfssheriff ernannt», klärt Ulli seinen Vater auf. «Und ganz zum Schluss hast du ihm sogar seinen Spitznamen verraten: Würschtle-Herbert!»

Sein Sohn kichert vor sich hin.

«Sag, dass das nicht wahr ist», stöhnt Lorenz, um im gleichen Moment eine weitere Schrecksekunde zu erleben. Mit hochrotem Kopf taucht plötzlich Thiele im Garten auf. Was macht der denn hier? Um diese Zeit?

«Thiele? Wo kommen Sie so früh schon her?»

«Papa, erstens ist es halb zwölf Uhr mittags, und zweitens hat der Matthias heute bei mir übernachtet», antwortet an seiner Stelle Julia, so, als sei dies das Selbstverständlichste auf dieser Welt.

«Was? Was ist los?»

«Jetzt stell dich nicht so an. Der Matthias und ich, wir sind ..., na ja, du weißt schon.» Mehr braucht Julia auch nicht zu sagen, denn selbst in seinem leicht benebelten Zustand hat Reinhold Lorenz verstanden. Sicherheitshalber setzt seine Tochter noch etwas nach, das zwar nicht ganz der Wahrheit entspricht, aber in der nunmehr leicht angespannten Situation sehr dienlich scheint.

«Gestern Abend hast du nix dagegen gehabt. Weißt du das nicht mehr?»

Was soll er wissen? Nichts weiß er. Was ist ihm noch alles entgangen? Dass sein Assistent bei seiner Tochter oder, besser gesagt, mit seiner Tochter schläft, geht ihm absolut gegen den Strich. Das hat ihm noch gefehlt! Ein Assistent mit Familienanschluss.

«Äh … Entschuldigen Sie, Herr Lorenz. Also, also ich habe ja auch gemeint, dass es vielleicht besser ist …», meldet sich Thiele schüchtern zu Wort, kommt aber nicht weit, weil Julia ihn unterbricht. «Ach, lass gut sein, Matthias. Papa meint das nicht so. Wir sollten lieber alle zusammen darüber nachdenken, was uns der Herbert erzählt hat von diesem Hausmeister.»

Auch das noch! Der Ehrenstetter Mord war offenbar allgemeines nächtliches Gesprächs- und Diskussionsthema.

«Haben das etwa alle mitgekriegt?», will Lorenz wissen.

«Nö, nur wir und die Fehringers.»

«Der Herbert hat uns erzählt, wie er den toten Prof gefunden hat und was er über den Beller, diesen Hausmeister, erfahren hat», informiert Julia sachlich. «Mord und Totschlag in der Uni, ein wahrer Sündenpfuhl. Prostitution und Korruption. Dramen spielen sich da ab. Dramen! Hinter Uni-Mauern verbirgt sich mehr Übles, als man glaubt. Das ist sicher überall gleich. Und da wunderst du dich, dass ich mein Studium aufgegeben habe! Ein wahrer Segen war diese Entscheidung.»

Das ist etwas zu heftig. Selbst einem leidenden und noch nicht ganz in die Realität zurückgekehrten Vater geht auf, dass Julia gerade ziemlich schamlos versucht, die Situation für sich zu nutzen.

«Darüber reden wir noch. Da ist das letzte Wort noch lange nicht gesprochen», entgegnet Lorenz mit einem kläglichen Rest väterlicher Autorität.

«Beruhige dich, Papa. Wenn sich meine kleine Schwester was in ihren Kopf gesetzt hat, dann kannst du dich auf den deinen stellen, und sie wird nicht davon abgehen. Das müsstest du von früher wissen», schlägt sich Ulli gemütvoll auf Julias Seite.

«Wir sollten endlich über den Mordfall reden. Wenn ihr morgen ins Präsidium geht, müsst ihr wissen, womit ihr anfangen werdet», versucht Julia abzulenken.

«Bisher haben wir unsere Fälle problemlos ohne deine Unterstützung bearbeitet», giftet Reinhold Lorenz.

«Schon. Aber ab jetzt können wir alle zusammen helfen.» Julia denkt gar nicht daran, nachzugeben, und beschwört damit bei ihrem Vater eine weitere Schreckensvision herauf. Sitzt ihm in Zukunft neben Würschtle-Herbert mit seiner Bürgerpflicht auch noch seine eigene Brut im Nacken? Alles, nur das nicht.

«Schluss jetzt. Kein Wort mehr über den Fall, und über alles andere reden wir später», beschließt Lorenz die mittägliche Unterhaltung und erhebt sich. Den letzten Rest an Respekt, von dem er hofft, dass er ihm geblieben ist, will er nicht aufgeben. Hocherhobenen Hauptes geht er hinauf in sein Schlafzimmer, wo er ebendieses Haupt endlich dorthin legen kann, wo es heute hingehört: nämlich auf das Kopfkissen in seinem Bett.

Herber Fehringer, der neuernannte «Hilfssheriff», hat sich mit seiner Frau unterdessen noch einmal auf den Weg nach Ehrenstetten gemacht. Ihm geht es weitaus besser als Reinhold Lorenz. Die einzige Folgeerscheinung, die der Abend bei ihm hinterlassen hat, ist der Appetit auf eine ausgiebige, wohlschmeckende Mahlzeit, und weil er seiner Gundi etwas Gutes tun will, hat er ihr vorgeschlagen, den Sonntag auf dem Fest zu genießen.

«Weißt du, Gundi, dann brauchst du auch nicht zu kochen. Und zum Essen kannst du dir aussuchen, was du willst.»

Gundi misstraut zwar mit einigem Recht dem von Herbert vorgeschobenen Grund, noch einmal zum Dorffest zu fahren, aber sie gibt nach. Zum einen hat sie tatsächlich keine Lust zu kochen, zum anderen ist sie milde gestimmt von der fröhlichen Gartenparty gestern Abend. Und außerdem musste der heilige

Laurentius auf dem glühenden Rost weit mehr Martern ertragen, als vier Tage hintereinander auf dem gleichen Fest zuzubringen, das ohnehin heute endet.

In der Laube des Angelsportvereins sind die beiden inzwischen gerngesehene Gäste. Alle Ehrenstetter Bekannten treffen sie dort wieder beim Mittagessen: Hermann Bultmeier, der Vorsitzende des Vereins, sitzt mit seiner Frau heute ausnahmsweise friedlich neben den Grubers, die den Wein geliefert haben und wohlwollend beobachten, dass die anhaltende Hitze diesen durch viele Kehlen etwas schneller fließen lässt. Gruber hat vorhin zufrieden nachgerechnet, dass der kalkulierte Vorrat bereits am Nachmittag zur Neige gehen dürfte, und deshalb zu Hause bereits den Nachschub vorbereitet. Trotz des günstigen Preises, den er hat einräumen müssen, springt für ihn dieses Jahr einiges heraus.

Gundi und Herbert lassen sich eben die Forelle Müllerin Art schmecken, als Bultmeier eine grandiose Idee hat: «Herbert, wie wär's im nächsten Jahr? Hättest du nicht Lust, an einem Stand deine berühmte ‹Rote› anzubieten? Aus Nostalgiegründen, gewissermaßen?»

Gundi bleibt der letzte Bissen fast im Hals stecken. Hat sie richtig gehört? Sie schaut Herbert entsetzt an, aber der ist wie elektrisiert.

«Ha, das ist eine Idee! Zwei, drei Tage im Jahr an der Wurstpfanne stehen ... Gundi, wie früher! Nur jetzt könnten wir es so richtig genießen, weil danach wieder 360 Tage Ferien sind.»

Gundis Miene verheißt nichts Gutes. Leise, aber entschieden – Herbert ahnt, dass sie bei diesem Thema nicht mit sich wird reden lassen –, entgegnet sie: «Nein. Unter gar keinen Umständen. Nicht mit mir. Das kannst du allein machen. Ich rühre keinen Finger. Und dass du es gleich weißt: Wenn du wieder nach Zwiebeln und Fett stinkst, kannst du ins Hotel ziehen.»

Herbert hält es für geraten, auf den Vorschlag zunächst lieber vorsichtig zu reagieren. Zu Bultmeier gewandt, meint er deshalb ausweichend: «Wir überlegen es uns. Es könnte sein, dass wir in der Zeit gar nicht im Land sind, sondern auf Urlaub. Ich sage rechtzeitig Bescheid.»

«Folgendes», mischt sich jetzt Gruber ein. «Denk daran, dass der Hermann eh versuchen würde, dich über den Tisch zu ziehen.» Es ist nicht ganz klar, ob er nur einen schlechten Scherz machen will oder ob er wirklich meint, was er sagt.

«Was soll das denn heißen?», braust Hermann Bultmeier auf. «Habe ich dich jemals über den Tisch gezogen?»

«Ein ganz reines Gewissen dürftest du nicht haben. Ich möchte nicht wissen, wie oft du den Wein, den ich dir verkauft habe, woanders mit einem satten Gewinn weiterverscherbelt hast.»

«Das ist ja wohl das Letzte! Kein Wort ist wahr», brüllt Bultmeier. «An deiner Stelle wäre ich ganz still. Wenn hier einer Dreck am Stecken hat, dann bist du das.»

«Wie bitte?», brüllt nun seinerseits Fritz Gruber.

«Wie du mit deinen Eltern umgehst ... Die zwei Alten dürfen für dich schuften, und du sackst den Gewinn ein und wartest auf das Erbe.»

«Das geht dich gar nichts an. Meine Eltern sind froh, wenn sie noch was zu tun haben. Und was das Erben angeht, da solltest du dein Maul halten. Wer hat seinen Wohlstand denn allein dem Tod der Verwandtschaft zu verdanken? Das bist doch du!»

«Da ist kein wahres Wort dran. In meiner Familie sind wir wenigstens ehrlich miteinander. Schließlich habe ich kein Verhältnis mit einer gewissen Dame», krakeelt Bultmeier, wobei die Betonung der ‹Dame› deutlich macht, was er von ihr hält.

«Was meint er damit?», mischt sich aufgeregt Grubers Frau Lisbeth ein.

«Was weiß denn ich, was der sich ausdenkt, wenn er nichts zu tun hat und angelt.»

«Nichts zu tun? Wer drückt sich immer vor der Arbeit, wenn es ans Fest geht? Das bist doch du. Und außerdem hast du sehr wohl was mit dieser Hanna von den Türheims. Das habe ich selber gesehen. Wahrscheinlich war euch der Alte im Weg, und ihr habt ihn beseitigt.»

Das ist starker Tobak, denkt Herbert. Der Bultmeier beschuldigt den Weinbauern Fritz Gruber vor allen Leuten des Mordes.

«Bist du besoffen? Hast du sie noch alle? Dich kriege ich dran wegen Verleumdung!» Gruber ist aufgesprungen und um den Tisch gerannt in der Absicht, Bultmeier seine Erwiderung mit der Faust ins Gesicht zu rammen.

«Herbert, tu was!» Diesmal hat Gundi als Erste die Fassung wiedergewonnen und erwartet, dass ihr Mann den beiden Kampfhähnen Einhalt gebietet.

Obwohl Herbert Fehringer von Größe und Statur her eine beeindruckende Gestalt ist, gelingt es ihm nicht, die beiden zu trennen. Er muss erst zwei andere Ehrenstetter auffordern, die ihm nach kurzem Zögern helfen. Mühsam halten sie die schwitzenden Kontrahenten in Schach.

«Fritz! Los, wir gehen heim», kommandiert Lisbeth Gruber. «Wie du dich aufführst … Was denken denn die Leute von uns. Und die Sache mit diesem Weib will ich genau wissen.»

Ihr geht es offenbar weniger darum, dass ihr Mann des Mordes beschuldigt worden ist, sondern eher um das angebliche Techtelmechtel. Sie schiebt ihn entschlossen vor sich her, hinaus durch das Hoftor. Herbert schaut ihnen bedrückt nach. Sollte an dem Vorwurf was dran sein?

«Jetzt haut er ab. Jetzt hat er Angst gekriegt», tönt derweil Bultmeier und stellt sich in Siegerpose.

«Sie sollten etwas vorsichtiger sein mit Ihren Äußerungen, Herr Bultmeier. Man hängt schließlich nicht jemandem einfach einen Mord an», versetzt Gundi aufgebracht dem Vereinsvorsitzenden.

«Das meine ich allerdings auch», stimmt Herbert ihr zu. «Hast du Beweise für deine Behauptung?» Die Bürgerpflicht meldet sich zu Wort.

«Was heißt hier Beweise! Ein Verhältnis hat er. Das weiß nicht nur ich. Diese Hanna geht bei dem ein und aus.»

«Aber deshalb muss er den Türheim doch nicht umgebracht haben.»

«So? Meinst du, dass die beiden sich wirklich so gut verstanden haben, wie der Gruber neulich erklärt hat? Erst kürzlich hätte es zwischen denen fast eine Schlägerei gegeben. Das hat mir die Hanna selber erzählt.» Diese Begründung ist Hermann Bultmeier allzu schnell herausgerutscht. Man sieht ihm an, dass er sie am liebsten ungesagt machen würde.

«Die Hanna?» Herbert ist irritiert, fragt aber nur beiläufig: «Kennst du die auch gut?»

«Im Dorf kennt man sich», lautet die ausweichende Antwort, mit der sich Herbert Fehringer und alle neugierig Umherstehenden zufriedengeben müssen, denn auch Bultmeier verlässt nun zusammen mit seiner peinlich berührten Frau schnellstens den Hof – grußlos.

«Sag mal, was war das denn?» Gundi ist empört. «Hat hier jeder was auf dem Kerbholz?»

«Das meine ich aber auch», stimmt Herbert ihr zu. «Ich muss das alles unbedingt dem Reinhold berichten. Das muss er wissen.»

Ausnahmsweise ist Gundi einer Meinung mit ihrem Mann und damit einverstanden, dass sie sich sofort auf den Rückweg nach Freiburg machen. Zwar sind es nur vage Hinweise, aber dennoch scheinen sie alle einen Funken Wahrheit zu enthalten, sonst wäre es nicht zu dieser unfreundlichen Handgreiflichkeit gekommen. Außerdem ist den Fehringers die Lust am Feiern gründlich vergangen. Beide sind ziemlich niedergeschlagen.

«Sollten wir gleich zum Reinhold fahren?», überlegt Herbert auf der Rückfahrt.

«Ach lass. Der wird heute beschäftigt sein mit Aufräumen. Das hat bis morgen Zeit. Geh halt gleich am Vormittag hin oder ruf ihn an. Hier läuft schon keiner weg.» Gundis Begründung ist allerdings nicht ganz ehrlich, denn sie geniert sich erstens, den Kommissar am Sonntag zu belästigen, und zweitens, weil sie die halbe Nacht so ausgelassen mit ihm getanzt hat. Das ist gar nicht ihre Art. Hoffentlich erinnert er sich nicht mehr so genau.

«Ob was dran ist an dem Mordverdacht?» Herbert kann seine Gedanken nicht vom Ehrenstetter Tatort lösen.

«Das ist bestimmt nur Geschwätz», meint Gundi. «Bultmeier will sich wichtig machen. Welches Motiv sollte der Gruber haben? Wenn er wirklich ein Verhältnis mit dieser Hanna hat, dann muss er den Professor nicht umbringen, nicht mal dann, wenn der auch was mit dem Mädchen gehabt hat.»

«Unterschätz nicht das Eifersuchtsmotiv, Gundi», wendet Herbert belehrend ein.

«Ich bitte dich. Eifersucht. Das ist lächerlich. Schließlich ist der Gruber glücklich mit seiner Lisbeth verheiratet, und welchen Vorteil hätte er von dem toten Professor?»

«Hm. Vielleicht steckt viel mehr dahinter, als wir ahnen.»

«Das ist möglich. Aber dann, mein Lieber, wirst du gefälligst die Finger davon lassen. Der Lorenz macht das schon. Und der Thiele ist auch ein aufgeweckter Kerl. Wo war der eigentlich den ganzen Abend gestern? Ich habe ihn nur am Anfang und am Ende gesehen», versucht Gundi abzulenken.

Herbert grinst. «Hast du nicht gemerkt, dass er in die Tochter vom Reinhold verschossen ist? Die werden Besseres zu tun gehabt haben, als neben uns alten Säcken zu sitzen. Aber nochmal zu dem Mord, Gundi: Der Bultmeier ist mir suspekt.» Es hat alles keinen Zweck, Herberts Neugier und sein neuentfachter Spürsinn sind nicht zu bremsen. «Ich denke dauernd darüber nach, was einen Menschen dazu treiben kann, einem Menschen einen Spieß in den Rücken zu jagen. Da muss sich bei jemandem der Hass ins Unermessliche gesteigert haben. Mord im Affekt?»

«Sehr richtig, Herbert. Ich kann es nachfühlen. Wenn du nämlich jetzt nicht gleich aufhörst mit deinen Hirngespinsten, geschieht noch ein Mord. Tatort: auf der B3, kurz vor St. Georgen. Tatzeit: … Wie viel Uhr ist es eigentlich, Herbert?»

10.

Dem Beginn der neuen Arbeitswoche sieht Reinhold Lorenz mehr als skeptisch entgegen. Im Haus herrscht an diesem Montagmorgen zwar absolute Stille, sodass er davon ausgeht, dass sein Assistent zumindest nicht noch eine weitere Nacht unter seinem Dach verbracht hat. Aber wie soll er sich im Büro verhalten? Er kann schließlich nicht sang- und klanglos ignorieren, dass seine Tochter und Thiele neuerdings ein Liebespaar sind. Sieht der in ihm womöglich schon den künftigen Schwiegervater? Lorenz stöhnt laut. Als ob das nicht genügen würde, muss er außerdem mehr denn je eigenmächtige Ermittlungen seines neuen Duz-Freundes Herbert Fehringer fürchten. Wenn nur dieser Samstagabend nicht gewesen wäre! Wenn er nur Thiele nicht eingeladen hätte, wenn er nur nicht so viel getrunken hätte. Wenn … Hätte … Welcher Teufel hat ihn bloß geritten! Im Grunde ist sowieso Brigitte für all das verantwortlich. Wenn sie ihn nicht allein gelassen hätte, dann wäre das alles nicht geschehen. Dann hätten sie den Abend gemütlich zusammen verbracht, und es wäre nie so weit gekommen. Hätte … Wäre … Jetzt ist es nicht mehr zu ändern. Im tiefsten Innern weiß Reinhold Lorenz natürlich, dass er selbst schuld ist, dennoch hält er trotzig an seiner Brigitte-Theorie fest.

Im Büro sitzt Matthias Thiele betont ernsthaft und konzentriert über irgendwelchen Akten.

«Guten Morgen, Chef», begrüßt er ihn wie gewohnt, jedoch ohne den Kopf zu heben.

«Morgen», knurrt es zurück.

Eine Weile herrscht angespannte Stille zwischen ihnen, dann gibt sich Thiele sichtlich einen Ruck und ergreift die Initiative:

«Chef, wir sollten als Erstes nochmal alle Verdächtigen nach möglichen Motiven abchecken. Vielleicht kommen wir im Spießer-Mord auf diese Weise weiter.»

Thiele geht überhaupt nicht auf die Ereignisse des Wochenendes ein. Soll er etwas sagen? Aber was? Da Lorenz beharrlich schweigt, nimmt Thiele ihm die Entscheidung schließlich ab.

«Chef. Noch was. Ich bin ja jetzt mit Ihrer Julia zusammen. Aber das ist privat. In der Dienstzeit tun wir am besten so, als ob nichts wäre. Sind Sie einverstanden?»

Was heißt, er ist mit *meiner* Julia zusammen, regt sich Lorenz innerlich auf. So weit sind wir noch lange nicht. Andererseits wäre Thieles Vorschlag vielleicht wirklich die beste Lösung. Aus Erfahrung weiß er, dass Julias Liebschaften, Beziehungen, Verhältnisse oder wie immer man das nennen will, nie von Dauer sind. Aber was kommt danach? Dann hat er einen liebeskranken Assistenten an seiner Seite. O Himmel, bloß das nicht!

«Okay. Versuchen wir es, Thiele. Vielleicht wäre es aber möglich, dass Sie nicht unbedingt bei mir einziehen», setzt er anzüglich hinzu.

«Keine Sorge. Das haben wir geregelt. Julia kommt immer zu mir.»

Das war nun auch nicht das, was Lorenz hören wollte. Überhaupt: Seine Tochter ist viel zu jung. Anfang zwanzig. Und keinerlei berufliche Perspektiven. Er muss unbedingt mit ihr reden. Wenn nur Brigitte … Mit Gewalt unterdrückt er jede Äußerung. Sie müssen sich zunächst einmal auf die Aufklärung des Mordfalles konzentrieren. Da hat Thiele absolut recht.

«Also los. An die Arbeit.»

«Ja, also … Also die Julia und ich, wir haben uns, äh, ich

meine, ich habe mir überlegt, dass alle im Türheim-Umfeld ein gewisses Interesse am Tod des Professors gehabt haben.»

«Dass eines glasklar ist, Thiele, unsere dienstlichen Belange besprechen Sie bitte nicht mit meiner Tochter. Sie haben einen Eid geleistet, wenn ich Sie daran erinnern darf. Da war unter anderem die Rede davon, dass Sie Ihr Maul halten. Klar?»

«Schon gut … Ja, ist ja gut.» Es klingt ein wenig bockig, so als würde Thiele in Gedanken hinzusetzen, ‹aber ich tue trotzdem, was ich will›.

Lorenz beschließt, diesen Unterton zu überhören. Irgendwie muss er in diesem familiären Mehr-Fronten-Kampf bestehen.

«Also –» Verflucht, dass er selbst sich diesen sprachlichen Auftakt nun auch noch angewöhnt hat! «Welchen Personenkreis müssen wir einbeziehen? Zunächst die Ehefrau des Opfers. Sie profitiert vermutlich am meisten, denn sie wird alles erben. Oder gibt es Kinder? Haben Sie das eruiert, Thiele?»

«Ja. Nein, gibt es nicht. Das weiß ich von Würschtle-Herbert. Der hat das in Ehrenstetten in Erfahrung gebracht.»

«Und das nehmen Sie einfach hin? Die Dörfler wissen auch nicht alles, und schon gar nicht der Fehringer.»

Entgegen aller guten Vorsätze reagiert Reinhold Lorenz verdrießlich.

«Nein, tue ich nicht. Bin ja nicht blöd. Ich habe vorhin beim Hauptamt angerufen – seit der Gemeindereform sind die in Kirchhofen zuständig –, um mich zu erkundigen, wo man einen Erbschein beantragen muss, wenn man in einem der zusammengelegten Dörfer wohnt. Denn den Erbschein braucht die Türheim, wenn sie an die Konten will. Und siehe da. Die Frau Professor hat sich als Alleinerbin geoutet und bereits genau das Gleiche gefragt wie ich. Und zwar noch am Donnerstag. Dem Tag, an dem ihr werter Gatte ermordet wurde. Das hat mir der Angestellte dort brühwarm erzählt.»

«Schau an. Gut, Thiele.» Die Kommissars-Laune hebt sich etwas.

«Weiter. Der Jünger. Ein konkretes Motiv kann ich nicht erkennen. Es sei denn, es gäbe etwas, womit Türheim den Freund des Hauses in der Hand gehabt hätte. Aber was könnte das sein?»

«Vielleicht gibt es einen Zusammenhang mit der obskuren Insolvenz des Baumeisters beziehungsweise deren Verschleierung oder wie auch immer. Oder der Türheim hat ihn falsch beraten. Der Jünger hat uns doch erzählt, dass er sich beim Professor hin und wieder Rat geholt hat. Erinnern Sie sich?»

«Ja. Möglich wäre es. Vielleicht stoßen wir auf etwas, wo wir einhaken können. Hanna, als Nächste. Sie verdankt Türheim zwar die problemlose Aufenthalts- und Arbeitserlaubnis und hat mit ihm zweifellos auch ein Verhältnis gehabt, aber vielleicht nur aus purer Berechnung. Dass sie ihm den Spieß in den Körper gerammt hat, dagegen spricht, dass sie wohl kaum zu einem solchen körperlichen Kraftakt fähig wäre.»

«Täuschen Sie sich nicht, Chef. Haben Sie nicht gesehen, welch muskulöse Oberarme die hat? Die ist durchtrainiert. Also klein und zierlich ist sie nicht gerade.»

Lorenz ist von der Beobachtungsgabe seines Assistenten beeindruckt. Darauf hat er nicht geachtet.

«Weiter. Gehen wir in den Uni-Bereich. Dass Beller nicht das Unschuldslamm ist, das er vorgibt zu sein, ist klar. Wenn es stimmt, was seine Kollegen dem Fehringer über ihn erzählt haben, tun sich hier einige Motive auf: angefangen von Erpressung bis hin zu illegaler Prostitution. Wir müssen versuchen, ihn in die Enge zu treiben.»

«Die gute Frau Hein können wir wohl ausschließen, ebenso die anderen Hausmeister. Das wäre denen sicher viel zu viel Aufwand, jemanden umzubringen, zumal außerhalb der Dienstzeit. Aber wie steht es mit Freund Laufer?»

«Ein Motiv gäbe es, nämlich Geld. Falls er der Liebhaber von Helga Türheim ist, was auf der Hand liegt, könnte er bereits den Umzug von seiner Billig-Chaos-Wohnung in die Schreckensvilla planen. Wenn die Türheim es schlau anstellt, quartiert sie Professor Nummer zwei in die verwaiste Wohnung von Professor Nummer eins ein, verlangt pro forma eine horrende Miete, und er muss nicht mehr so viel Unterhalt an seine Ex-Frau zahlen. Oder er beschäftigt sie als seine Privatsekretärin und spart bei der Einkommenssteuer.»

«Thiele, Thiele. Sie haben eine blühende Phantasie. Aber so einfach geht das alles, glaube ich, nicht.»

«Okay, aber denkbar wäre es – oder?»

«Tja, möglich. Wen haben wir noch? Aus Ehrenstetten kommt sonst wohl kaum einer in Frage, die hätten alle viel zu viel Angst vor dem Dorfklatsch.»

«Ich weiß nicht, ob man da so sicher sein kann. Da wird vieles versteckt und vertuscht, und im Notfall halten die zusammen wie Pech und Schwefel. Aber ein konkretes Motiv sehe ich derzeit auch bei keinem.»

«Bleibt nur noch unser Würschtle-Herbert, der theoretisch den Professor erstochen haben könnte, aber natürlich über jeden Verdacht erhaben ist. Nach vierzig Jahren auf dem Münstermarkt macht man sich nicht die Mühe, einen Professor zu erstechen. Außerdem würde das die Gundi sicher nicht gutheißen.» Lorenz ist auf dem besten Weg zu einer guten Laune, obgleich die systematischen Denkübungen sie keinen Deut weiterbringen. «Wenn ich es mir recht überlege, Thiele, waten wir in einem ziemlich tiefen Sumpf. Und zwar orientierungslos. Um uns herum gibt es lauter Verdächtige, Motive, Mutmaßungen, und bei all dem nichts Handfestes. Haben Sie nicht eine glorreiche Idee?»

Das hat noch gefehlt, jetzt stellst du deinem Assistenten die Frage, die sonst von ihm kommt, wird sich Lorenz im gleichen Augenblick bewusst.

«Nichts Konkretes. Das Einzige, was uns bleibt, ist die Ochsentour: Informationsgewinnung auf breiter Basis. Wie man es halt in der Theorie lernt. Die medizinischen Fakten kennen wir, da ist nichts Neues zu erwarten. Die Untersuchung des Tatortes durch die Spurensicherung hat auch nichts ergeben. Sämtliche Fingerabdrücke auf dem Ochsenspieß waren total unbrauchbar. Da haben die im Labor kapituliert. Was uns fehlt, sind weitere Infos über alle die, die wir eben durchgegangen sind. Lebenslauf, Umfeld, Persönlichkeitsmerkmale. Das wird eine zähe Angelegenheit, Chef.»

«Das fürchte ich auch. Deshalb hatte ich ja gehofft, dass Ihnen was Besseres einfällt.»

«Leider nein», bedauert Thiele aufrichtig. «Wir müssen eine Beweiskette aufbauen. Der Aufbau einer Beweiskette ist die Domäne der messerscharfen Logik», doziert er inbrünstig.

Lorenz mustert ihn sprachlos. Entweder ist dem Knaben die Hitze zu Kopf gestiegen oder sein Verhältnis mit Julia.

«Das ist eine der Grundregeln, die wir in der Ausbildung lernen mussten. Darauf wurde stets und ständig rumgeritten», erklärt Thiele seine Anwandlung.

«Schön und gut, aber ist Ihnen aufgefallen, dass wir noch nicht einmal einen Hauptverdächtigen haben, dem wir Ihre Beweiskette zuordnen könnten? Das einzig Messerscharfe war der Spieß, durch den der Professor zu Tode gekommen ist. Fangen wir mit dem Mordopfer an: Frau Türheim hat uns erzählt, dass ihr Mann mehr Geld nebenher als in seinem Job an der Uni verdient hat. Statten wir also der guten Frau Hein einen weiteren Besuch ab und schauen uns im Büro genauer um. Vielleicht werden wir dort fündig.»

«Ach, ich verstehe, Sie vertrauen auf Kommissar Zufall.»

Noch eine solch dämliche Bemerkung, und du kriegst was auf die Nase, schwört sich Lorenz insgeheim, muss jedoch ehrlicherweise zugeben, dass der Spruch in diesem Fall eine gewisse Berechtigung hat. Nur muss das ein Assistent nicht unbedingt laut hinausposaunen.

Die beiden brüten weiter an ihren Schreibtischen vor sich hin, als plötzlich die Tür mit Schwung aufgerissen wird und Würschtle-Herbert mit einem lauten, fröhlichen «Guten Morgen, ihr zwei» das Büro betritt.

Thiele schielt seinen Chef von seinem Schreibtisch her an. Er ist gespannt. Wie wird Lorenz sich verhalten? Schließlich hat er mit Fehringer am Samstag die symbolische Friedenspfeife geraucht.

Ohne Umschweife startet Herbert seinen Bericht von den gestrigen Erlebnissen auf dem Lorenzemärt.

«Reinhold, ich sage dir, zwischen dem Bultmeier und dem Gruber ist was faul. Da müsst ihr ansetzen. Ich glaube, dass der Gruber ziemlich sicher ein Verhältnis mit der Hanna hat, und die wiederum ganz sicher mit dem Türheim, und fast sicher bin ich, dass der Bultmeier schlicht und einfach eifersüchtig ist. Weshalb sollte der den Gruber gestern sonst so sehr provoziert haben? Vielleicht hat der den Professor auf dem Gewissen.»

Diese vielen Sicherheiten kann Lorenz nicht teilen. «Langsam, langsam. Das sind alles nur vage Vermutungen. So eindeutig ist das alles nicht.»

Lorenz gibt sich alle Mühe, die direkte Anrede zu vermeiden. Er kann sich weder für das reservierte ‹Sie› noch für das unvertraute ‹Du› entscheiden. «Wir werden das alles selbstverständlich im Hinterkopf behalten, aber jetzt folgen wir erst einmal unserer eigenen Strategie.»

«Und die wäre?», will Herbert wissen.

«Wir wollen uns nochmal in der Uni umsehen. Vielleicht finden wir im Arbeitszimmer Hinweise», antwortet Thiele vorschnell und setzt, als er den strengen Blick seines Chefs bemerkt, hastig hinzu: «Ihren Hinweisen gehen wir gleich im Anschluss nach. Ganz bestimmt. Wenn wir noch mehr wissen wollen, rufen wir Sie an.»

«Ach, ich komme gleich mit. Ich habe heute Vormittag eh nichts Besonderes vor.»

«Danke, das ist nett, geht aber nicht. Wir dürfen dich nicht an den Ermittlungen beteiligen.» Lorenz hat sich zum ‹Du› durchgerungen und gleichzeitig dazu, ab sofort eine strikte Trennung zwischen Arbeit und Privatleben zu propagieren. Dem guten Herbert will er damit eindeutig klarmachen, dass er künftig nicht mehr als freiberuflicher Ermittler geduldet wird. «Du musst das verstehen. Wir kommen in Teufels Küche, wenn herauskommt, dass wir dich einbeziehen. Das wäre nicht nur fahrlässig, sondern könnte uns im Extremfall unseren Job kosten. Sowohl Thieles als auch den meinen. Das kannst du doch nicht wollen, oder?»

Lorenz fährt alles an Argumenten auf, was ihm momentan einfällt. Er macht sich auch schon gefasst auf die Bürgerpflicht und den Einwand, dass man ohne Herbert Fehringer den Mord in Badenweiler nicht so schnell aufgeklärt hätte. Nur damit, was er jetzt lapidar zu hören bekommt, hat er nicht gerechnet:

«Anarchie ist machbar!»

«Wie bitte?» Zwei Augenpaare starren Würschtle-Herbert entgeistert an.

«Wer nicht wagt, der nicht gewinnt! Ihr braucht ja nicht überall aufzutischen, dass ich euch ein bisschen unter die Arme greife. Gebt es ruhig zu: Weder bei den Hausmeistern in der Uni noch bei den Dörflern hättet ihr als Polizisten das herausbekommen, was die mir erzählt haben. Keine Sorge, ich bringe euch nicht in Schwierigkeiten. Sobald ich mehr weiß, melde ich mich. Bis dann, macht's gut.»

Völlig ungerührt ob der eindringlichen Ermahnungen von Reinhold Lorenz verlässt Fehringer das Büro, ohne den geringsten Hinweis darauf zu geben, was er als Nächstes plant. Zurück bleibt ein Fahnderduo mit sehr gemischten Gefühlen, die sich zwischen fassungslosem Staunen, Verblüffung und nicht von der Hand zu weisenden Befürchtungen bewegen. Sie selbst bewegen sich zum Dienstpassat, dessen Klimaanlage auf der kurzen Strecke zwischen Polizeipräsidium und Universität keine Chance hat, die herrschende Hitze erträglicher zu machen.

Wie erwartet, treffen sie im Vorzimmer des Türheim-Büros Frau Hein an, die sie mit hochgezogenen Augenbrauen mustert.

«Was wollen Sie noch? Mehr als am Freitag kann ich Ihnen auch heute nicht sagen. Der arme Herr Professor ist tot, und hier werden Sie seinen Mörder kaum finden.»

Die missgelaunte Sekretärin lässt die beiden überdeutlich spüren, dass sie den Besuch als pietätlose Störung empfindet.

«Es tut uns leid, dass wir Sie belästigen, aber Sie erwarten schließlich auch, dass wir den Mörder finden – oder?» Die nicht besonders ausgeprägte Sanftmut von Kommissar Lorenz wird erneut auf eine harte Probe gestellt. «Wir würden uns gern das Büro Ihres Chefs ansehen.»

«Und was gedenken Sie dort zu finden?», klingt es spitz zurück. «Meinen Sie, der Mörder hat sich hinter einem Bücherregal versteckt?»

«Frau Hein, Sie wissen, wie Sie Ihre Arbeit zu machen haben, und wir wissen, was unsere Aufgabe ist. Ja?»

Das klingt so bestimmt, dass Frau Hein achselzuckend vorangeht und das Zimmer des Verblichenen aufschließt.

«Wurde der Raum immer abgeschlossen?»

«Er ist dann abgeschlossen, wenn niemand drin ist. Hier kann nicht jeder rein und raus, wie es ihm passt.»

Wie ein Zerberus bleibt Frau Hein unbeweglich im Türrahmen stehen. Erst die nicht misszuverstehende, weil deutlich akzentuierte Bemerkung «Danke, wir kommen allein zurecht» lässt sie zögerlich den Rückzug antreten.

In dem großen Raum, dessen Fenster den Blick auf die Dächer der Freiburger Altstadt freigeben, sehen sich Lorenz und Thiele eingehend um. Die Wände sind bis zur Decke mit Regalen zugestellt, vollgestopft mit Büchern, Mappen und Aktendeckeln. Eine bestimmte Ordnung ist auf den ersten Blick nicht erkennbar. Der massive dunkle Holzschreibtisch und der dazu passende Stuhl mit gedrechselten Armlehnen und Beinen stammen offensichtlich nicht aus dem Fundus der Universität, sondern vermutlich aus dem Privatbesitz des Toten – anders als die billigen Stühle, die um einen einfachen, bereits etwas abgenutzten Kunststofftisch herum gruppiert sind.

«Wie sollen wir hier was finden? Wonach suchen wir überhaupt?», wendet sich Thiele ratlos an seinen Chef.

«Überprüfen wir erst einmal die Aktenordner. Vielleicht stoßen wir auf Unterlagen, die für uns interessant sein könnten.»

«Och, wie süß, schauen Sie mal, Herr Lorenz.» Thiele hält eine kleine smaragdgrüne Figur in der Hand, auf deren Rücken einige Symbole eingraviert sind. «Was die wohl darstellt?»

«Das ist die Nachbildung eines Nilpferdes. Die hat man im alten Ägypten als Grabbeigaben verwendet», lautet die überraschende Erklärung von Reinhold Lorenz.

«Ehrlich, Chef? Woher wissen Sie das?»

«Es gab eine Zeit, da hat sich Julia brennend für alles interessiert, was mit ägyptischen Ausgrabungen zusammenhing. Sie hat jede Menge Bildbände angeschleppt. Und zum Geburtstag und zu Weihnachten hat sie sich immer solche Nachbildungen gewünscht. Das war alles andere als billig, aber meine Frau konnte ja nie nein sagen. Das Schlimmste war, dass uns Julia permanent mit ihrem angelesenen Wissen traktiert hat. Wir konnten es irgendwann nicht mehr hören.»

«Weshalb hat sie dann nichts in dieser Richtung studiert», will Thiele wissen, denn für alles, was mit Julia zusammenhängt, ist er naturgemäß überaus aufgeschlossen.

«Ganz einfach, Thiele, ganz einfach.» Lorenz grinst seinen Assistenten hinterhältig an. «Der Wissensdurst war an einen Ägyptologie-Studenten gekoppelt. Als die Sache ausgestanden war, ließ das Interesse an den antiken Schätzen schlagartig nach, und der ganze Kram landete in Schachteln auf dem Speicher. Soweit ich mich erinnere, folgte der antiken die soziologische Phase. Raten Sie mal, weswegen. Tagein, tagaus wurde die Kritische Theorie von Adorno und Horkheimer bemüht, wobei ich mir allerdings nie sicher war, ob und was Julia davon tatsächlich verstanden hat. Aber der Knabe, mit dem sie damals um die Häuser zog, hat seine Arbeit darüber geschrieben.»

Reinhold Lorenz breitet diese ausführliche Darlegung der diversen Flirts seiner Tochter genüsslich aus. Es geht ihm offensichtlich darum, Thiele wissen zu lassen, dass er nur einer unter vielen sein wird, was dieser allerdings geflissentlich überhört. Was gehen ihn die alten Geschichten an. Jetzt ist Julia mit ihm zusammen, und das ist schließlich etwas ganz anderes.

«Schauen Sie her, Chef, hier stehen noch mehr solcher Sachen. Das war wahrscheinlich Türheims Hobby.»

Halb verdeckt zwischen Bücherstapeln hat Thiele eine Sammlung ähnlicher Figuren entdeckt.

«Stellen Sie's wieder hin, Thiele. Das bringt uns nicht weiter. Wissen Sie, was ich vermisse? Türheims Frau hat uns doch erzählt, dass er das große Geld mit Gutachten gemacht hat. Da müssten Kopien existieren. Aber wie soll man in diesem Wust etwas finden?»

«Vielleicht hat er sie nur abgespeichert und nicht ausgedruckt», wendet Thiele ein.

«Möglich. Kommen Sie an den Computer ran?»

Thiele hat den Rechner auf dem Schreibtisch bereits eingeschaltet. Sein Ehrgeiz ist geweckt, wird aber abgebremst durch die Hürde des ihm unbekannten Passwortes. Dabei wäre es so einfach, das Passwort bei der EDV-Abteilung der Uni zu erfragen. Doch bei den entsprechenden Nummern meldet sich entweder nur der Anrufbeantworter mit der freundlichen Ansage, dass sich der Sachbearbeiter derzeit im Urlaub befinde, oder es nimmt überhaupt niemand ab.

«Der Vorzimmerdrachen müsste hier weiterhelfen können. Ich frage sie mal.» Thiele geht nach nebenan, und Lorenz hört durch die halb geöffnete Tür die schnippische Antwort der Sekretärin: «Woher soll ich das wissen? Glauben Sie, dass ich am Computer vom Professor was zu suchen habe? Das geht mich nichts an. Und Sie noch viel weniger!»

Frau Hein verweigert jegliche Hilfe, und Thiele kehrt mit hängenden Schultern zurück ins Büro.

«Die war auch schon mal freundlicher.» Mit Hilfe einiger Tricks versucht er, den Rechner zu überlisten, doch der zeigt sich so störrisch wie die Sekretärin.

«Am besten nehmen wir den Laptop mit, Chef, und ich setze mich in aller Ruhe dran. Auf die Schnelle ist nichts auszurichten. Bei solch einem großen Netzwerk wie dem der Uni gibt es Systemadministratoren. Irgendwann muss ja jemand zu erreichen sein.»

«Okay, Thiele. Machen Sie das.» Immer noch hat Reinhold Lorenz die größte Hochachtung vor den ausgefeilten Computerkenntnissen seines Mitarbeiters. Er hat sich zwar notgedrungen an die Existenz eines solchen Fremdkörpers auf seinem Schreibtisch gewöhnt, ist aber nach wie vor froh, wenn er entsprechende Aufgaben an seinen Assistenten delegieren kann.

Thiele packt inzwischen alle herumliegenden Disketten und CD-ROMs in eine der Plastiktüten, die aus der untersten Schreibtischschublade quellen.

«Unser Professor hatte wohl noch eine andere Sammelleidenschaft: Plastiktüten aus aller Herren Länder, sogar eine uralte Gottlieb-Tüte ist dabei. Ich fasse es nicht. So was hebt der auf.»

«Nur in den Ordnern findet sich nichts Brauchbares», entgegnet Lorenz dumpf.

«Dort drüben steht eine ganze Reihe mit der Aufschrift ‹Gutachten›.»

«Das habe ich gesehen. Aber es handelt sich lediglich um solche für wissenschaftliche Arbeiten von Studenten. So wie es aussieht, hat er die am Fließband produziert. Belassen wir's fürs Erste dabei. Packen Sie den ganzen Kram zusammen. Wir gehen», beschließt Lorenz.

Als sie mit ihren Schätzen, von denen sie nicht wissen, ob es sich überhaupt um solche handelt, an der Sekretärin vorbeiwollen, springt diese erregt auf.

«Was nehmen Sie da mit? Das ist Privateigentum. Das geht Sie nichts an.»

«Meine liebe Frau Hein, das ist keineswegs Privateigentum, schon gar nicht das Ihre. Ich habe Ihnen bereits mehrmals erklärt, dass wir den Mord an Ihrem Chef aufzuklären haben, und wie wir das machen, ist unsere Sache. Im Übrigen gibt es einen Durchsuchungsbeschluss.» Auch Lorenz ist jetzt aufgebracht, was Frau Hein aber nicht von dem Versuch abhält, den Türheim'schen Laptop, den sich Thiele unter den Arm geklemmt hat, an sich zu reißen. Doch sie scheitert an dessen schneller Reaktionsfähigkeit.

«Was soll das, Frau Hein? Haben Sie Angst, dass wir etwas entdecken, was Sie uns verschwiegen haben?» Das Misstrauen gegen die langjährige Vertraute des Ermordeten ist geweckt.

«Ich habe nichts verschwiegen. Aber die Sachen, die dem Professor gehören, gehen Sie nichts an», kreischt sie außer sich.

Lorenz gibt Thiele mit einer Kopfbewegung zu verstehen, dass er sich nicht weiter auf die Proteste einlassen soll, und öffnet die Tür zum Flur, was mit einer letzten Drohung von Frau Hein einhergeht: «Ich werde mich an Ihre Vorgesetzten wenden. Das ist eine Unverschämtheit, wie Sie vorgehen.»

Sie schimpft hinter ihnen her, was die beiden Polizeibeamten jedoch nicht weiter beeindruckt.

«Die hat sich vielleicht merkwürdig benommen. Ob da was dahintersteckt, Chef? Oder hat sie nur Angst, dass wir Gegenstände entweihen, die ihr geliebter Professor in der Hand gehabt hat?»

«Keine Ahnung. Aber seltsam war ihr Verhalten zweifellos. Versuchen Sie, was über sie rauszukriegen, Thiele.»

«Ja, und wie soll ich das machen? In unseren Datenbanken ist die sicher nicht zu finden. Wann haben Sie übrigens diesen Durchsuchungsbeschluss beantragt? Davon wusste ich ja gar nichts.»

«Habe ich gesagt, wofür der ist? Ich habe nur verlauten lassen, dass es einen gibt. Nichts weiter. Und wegen der Auskünfte über die Hein: Es gibt noch andere Möglichkeiten als den Computer. Früher mussten wir auch ohne das Ding auskommen. Nachbarn befragen beispielsweise, oder hier in der Uni die Kollegen.»

«Könnte das nicht unser Würschtle-Herbert machen?», schlägt Thiele vor.

«Das meinen Sie nicht im Ernst», protestiert Lorenz.

«Warum nicht? Der hat einen guten Draht zu den Hausmeistern. Und wenn jemand was weiß, sind es die Hausmeister! Außerdem kommt unser Freund dann nicht auf andere Ideen, und wir haben ihn unter Kontrolle. Und außerdem beschreiten wir hin und wieder ja auch unsere eigenen unkonventionellen Wege – oder?»

Hm. So dumm ist der Vorschlag vielleicht gar nicht, überlegt Lorenz. Aber das ist mit keiner einzigen Dienstvorschrift auch nur im Entferntesten vereinbar. Andererseits mussten sie diese in der Vergangenheit schon einige Male etwas großzügiger interpretieren. Warum also nicht auch diesmal?

«Ich überleg's mir. Aber als Erstes versuchen Sie, dieser Maschine einige Geheimnisse zu entlocken. Klar?»

«Klar, Chef. Und was machen wir dann?»

11.

Während Lorenz und Thiele dem Parkplatz zustreben, denkt Ersterer darüber nach, weshalb Frau Hein ihnen gegenüber eine derart feindselige Haltung an den Tag legt. Was steckt dahinter? Ist es lediglich die Verehrung für ihren toten Chef, die sich jetzt auf dessen Hinterlassenschaften konzentriert? Oder fürchtet sie, dass die Polizei Vorgänge aufdeckt, die ihn nachträglich in Misskredit bringen könnten? Dass sie selbst etwas zu verbergen hat, schließt Lorenz aus. Er ist überzeugt, dass sie viel zu sehr auf ihren guten Ruf bedacht ist, viel zu bieder und sicher auch viel zu ängstlich, um die allerkleinste krumme Tour zu wagen. Aber was, wenn es dabei um ihren verehrten Professor ginge? Für den hätte sie sich vermutlich vierteilen lassen.

Thiele zerbricht sich derweil den Kopf über ganz andere Dinge. Er analysiert bereits intensiv, welche Tricks in Frage kommen, um das Passwort zu knacken und an die Dateien auf der Festplatte des Laptops heranzukommen, wenn er über die EDV-Abteilung der Uni nicht weiterkommt. Er wird es zuerst mittels Hilfstools probieren, die er sich aus dem Internet holen kann. An Ideen mangelt es ihm nicht. Solche Herausforderungen machen ihm Spaß, und er ist zuversichtlich, dass er Erfolg haben wird – und wenn er die ganze Nacht an dem Ding verbringen muss. Ach Mist, das geht ja nicht. Nach Dienstschluss ist er mit Julia verabredet. Sie wollen in den Kastanienbiergarten auf dem Schlossberg, um dort den Sommerabend zu genießen. Er kann ihr nicht schon am dritten Tag eine Absage zumuten, außer wenn es heute Abend vielleicht regnet. Dann könnten sie sich zumindest etwas später treffen. Ein prüfender Blick zum gewohnt wolkenlos blauen Himmel macht diese Hoffnung zunichte.

Gedankenverloren ist er stehen geblieben. Erst als sein Chef sich umdreht und ihn ruft, wacht er aus seiner Versunkenheit auf und schaut sich verwirrt um.

«Thiele, wo bleiben Sie denn? Und weshalb starren Sie Löcher in die Luft? Warten Sie auf eine Erleuchtung, die Ihnen –», Lorenz stockt. «Was hat *die* hier zu suchen?»

«Wer? Wo? Was meinen Sie?»

«Wenn ich mich nicht irre, ist eben das Hausmädchen der Türheims in das Uni-Gebäude gegangen.»

«Diese Hanna? Echt? Was will die da?»

«Was fragen Sie mich? Woher soll ich das wissen? Bin ich Hellseher? Los, kommen Sie, wenn wir uns beeilen, kriegen wir vielleicht noch mit, wo sie hingeht.»

Lorenz rennt los. Thiele hinterher. Er überholt ihn sofort, trotz des Gepäcks, das er mitschleppt. Aber es ist zu spät. In der Eingangshalle des Kollegiengebäudes I herrscht gähnende Leere, alles ist still. Nicht einmal ein übereifriger Student lässt sich blicken.

«Was machen wir jetzt, Herr Lorenz?»

Ach, Thiele, denkt Lorenz, zweimal innerhalb so kurzer Zeit brauchen Sie mich nicht mit Ihrer Lieblingsfrage zu beglücken. So sehr habe ich sie dann doch nicht vermisst.

«Sollten wir bei den Hausmeistern fragen? Vielleicht will sie zu Beller. Erinnern Sie sich, was Würschtle-Herbert erzählt hat? Angeblich soll Beller mitgemischt haben bei ihrem – wenn man so sagen will – Umzug von Rumänien nach Ehrenstetten.» Thiele hat sich seine Standardfrage praktischerweise gleich selbst beantwortet.

«Schauen wir nach», stimmt Lorenz zu und lenkt seine

Schritte in Richtung Hausmeisterzimmer. Aber der Raum ist abgeschlossen, nichts zu sehen, kein Laut ertönt.

«Wir können schlecht die ganze Uni nach der guten Hanna absuchen.»

«Das nicht. Aber wo könnte sie sonst noch hinwollen? Was wäre am wahrscheinlichsten? Hanna ist bei den Türheims angestellt, stand ihrem Chef mehr als nahe. Da wäre es am ehesten denkbar, dass sie zu seinem ehemaligen Büro will.»

«Schon, aber was hat sie dort verloren?»

«Wir könnten versuchen, es herauszufinden. Was meinen Sie, Thiele, wäre eine Möglichkeit – oder?»

«Also gut, zurück und nochmal zur Giftspritze Hein. Hoffentlich nicht vergeblich.»

Bereits einige Meter vor dem Büro schallt ihnen ein zorniger Wortwechsel zwischen zwei weiblichen, sich überschlagenden Stimmen entgegen. Im Sekretariat stehen sich Hanna und Frau Hein wie zwei Furien gegenüber. Ihr erregter Streit bricht abrupt ab, als sie verblüfft die beiden eintretenden Polizeibeamten wahrnehmen. Frau Hein fasst sich zuerst.

«Was ist? Was wollen Sie schon wieder?», blafft sie.

«Von Ihnen diesmal nichts, oder besser gesagt, bis eben wollten wir nichts von Ihnen. Darf ich erfahren, worüber Sie zwei sich streiten?», fragt Lorenz mit ausgesuchter und geradezu sanfter Höflichkeit, die in merkwürdigem Kontrast steht zum eben noch lautstark geführten Disput der beiden Frauen.

«Das geht Sie überhaupt nichts an. Das ist Privatsache», maßregelt die verwaiste Sekretärin den Kommissar in bester Vorzimmer-Manier.

«Meine liebe Frau Hein. Ich habe Ihnen vorhin bereits erklärt, dass wir den Mord an Herrn Türheim aufzuklären haben, und da gibt es keine Privatangelegenheiten. Darf ich also bitten!»

«Na schön. Ist sowieso besser, wenn die Polizei informiert ist. Diese Person will sich unrechtmäßig Zugang zum Zimmer meines Professors erschleichen. Schon zu seinen Lebzeiten hat der arme Professor sich ihrer fast nicht erwehren können.»

«Das ist nicht wahr», verteidigt sich Hanna erregt. «Als Helmut, ich meine, der Professor Türheim noch gelebt hat, hat er sich jedes Mal gefreut, wenn ich gekommen bin.»

«Was hatten Sie im Büro von Herrn Türheim zu suchen?»

«Ich habe öfter seine Post geholt oder ihm was gebracht, wenn er etwas zu Hause vergessen hatte.»

Noch eine Postbotin, stöhnt Lorenz innerlich. Der Mann hätte eine private Versandagentur aufmachen können.

«Stimmt das? Ist das richtig? Davon haben Sie uns nichts erzählt, Frau Hein.»

«Sie haben mich nicht danach gefragt.»

Mit dieser dümmsten aller Begründungen konnte Lorenz noch nie etwas anfangen. Sie bringt ihn vielmehr stets auf die Palme. So auch heute.

«Gute Frau, wir haben uns ausführlich darüber unterhalten, dass Sie selbst mit dem Bus nach Ehrenstetten gefahren sind, um dem Professor die Post zu bringen. Erinnern Sie sich?»

«Ja, und?»

Lorenz lässt es vorläufig dabei bewenden und widmet sich Hanna, bevor er noch ausfallend wird.

«Welchen Grund gibt es heute für Ihren Besuch? Botendienste können es wohl nicht mehr sein.»

«Es gibt einige persönliche Dinge, die mir gehören, und die will ich holen, bevor sie dieser alte Drachen verschwinden lässt.»

«Ha, was sich in diesem Zimmer an persönlichen Dingen befindet, war Eigentum des Professors, und das rührt diese Schlampe nicht an», bellt Frau Hein grimmig.

«Wenn Sie uns sagen, was Sie haben wollen, dann könnten wir gemeinsam klären, ob es sich um Ihr Eigentum handelt oder nicht. Es ist Sache der Polizei, darüber zu entscheiden, ob Sie das überhaupt dürfen», mischt sich Thiele höchst energisch ein.

Hanna zögert einen Moment und sagt dann sehr schnell: «Der Herr Professor hat mir einige kleine Figürchen geschenkt. Die gehören mir.»

«Die kriegt nichts! Sie hat kein Recht, etwas mitzunehmen.» Frau Hein hat Tränen der Wut in den Augen.

Lorenz schenkt Hannas Behauptung keinen rechten Glauben.

«Wenn Herr Türheim Ihnen etwas geschenkt hat, weshalb haben Sie es nicht gleich mit nach Hause genommen, sondern hiergelassen? Das leuchtet mir nicht ein. Aber jetzt bleibt sowieso erst mal alles, wie es ist. Wir schicken unsere Kollegen von der Spurensicherung her, die das Zimmer genau in Augenschein nehmen werden», entscheidet er kurzerhand.

«Gut. Dann gehe ich jetzt», verabschiedet sich Hanna überraschend schnell und widerspruchslos. «Ich bin schon viel zu spät dran.»

Eine nähere Erklärung, wofür sie viel zu spät ist, gibt sie nicht, sondern verlässt beinahe fluchtartig und grußlos den Raum. Auch die beiden Polizeibeamten treten ein zweites Mal den Rückzug an.

«Der Fall wird immer undurchsichtiger», stellt Thiele fest, als sie außer Hörweite von Frau Hein sind.

«Zuerst setzt diese Hanna alles daran, in Türheims Zimmer zu kommen, und dann gibt sie sofort klein bei. Und weshalb hat sich die Hein dermaßen aufgeregt? Will sie einen Devotionalienladen aus dem Büro machen? Oder die Hinterlassenschaften auf ihren Hausaltar stellen?»

«Thiele, Sie sind respektlos. Aber Sie haben recht. Irgendwas stimmt da nicht. Auch zwischen den beiden Frauen. Oder ist die Hein schlicht eifersüchtig? Die kann sich doch nicht im Ernst Hoffnungen auf ihren Professor gemacht haben.»

«Warum nicht? Bedenken Sie, wie viel Jahre sie schon für ihn arbeitet, da entwickelt man Besitzansprüche. Die hat den abgeschottet, so gut sie konnte. Die armen Studenten. Wenn da einer was von seinem Professor wollte, musste er wahrscheinlich erst vor ihr Kotau machen und dann einen Antrag auf Genehmigung stellen.»

«Sie haben heute wirklich ein loses Mundwerk, Thiele. Hat meine Tochter mit ihrer Spottlust auf Sie abgefärbt?»

«Aber nein, Herr Lorenz. So ist die Julia nicht. Die ist total lieb. Die würde nie etwas Gemeines sagen oder tun. Da verkennen Sie Ihre Tochter», verteidigt Thiele seine große Liebe mit Vehemenz.

Lorenz mustert seinen schmachtenden Assistenten, will antworten, verzichtet aber darauf und denkt lediglich: Warte ab, mein Lieber, warte es ab. Du wirst dich noch wundern.

Unterdessen ist Herbert Fehringer damit beschäftigt, in Ehrenstetten beim Abbauen der Lauben und anschließenden Aufräumen zu helfen. Zwar hat er keineswegs Langeweile, und seit er den Stand auf dem Münsterplatz aufgegeben hat, reißt er sich auch nicht um Arbeit. Aber hier geht es um etwas anderes. Er hat das Gefühl, dass sich hinter der harmlosen Fassade der Dorfgemeinschaft mehr verbirgt, als sich auf den ersten und auch zweiten Blick offenbart. Obgleich er nichts von dem ehrenvollen – wenn auch inoffiziellen – Auftrag ahnt, den die beiden Kriminalbeamten ihm zugedacht haben, versucht er unverdrossen, auf eigene Faust den dörflichen Verhältnissen auf die Spur zu kommen. Gerade setzt er alles daran, mit Hermann

Bultmeier, der sich heute merkwürdig einsilbig gibt, ins Gespräch zu kommen.

«Das war gestern aber nicht so gemeint, oder?»

«Was?»

«Dass du den Fritz Gruber ernsthaft verdächtigst, den Türheim umgebracht zu haben.»

«Hm», lautet die nicht sehr aufschlussreiche Antwort.

«Weshalb sollte der einen Mord begangen haben? Nicht nur, dass er einen guten Kunden verliert, er müsste schließlich damit rechnen, dass man ihm auf die Schliche kommt und er in den Knast wandert», bohrt Herbert Fehringer unnachgiebig weiter.

«So direkt habe ich das auch nicht gesagt», verteidigt sich Bultmeier halbherzig.

«Hast du schon. Das war unmissverständlich. Also, so ganz im Vertrauen, unter uns, hat der Gruber wirklich ein Verhältnis mit dieser Hanna?» Herbert denkt nicht daran, aufzugeben.

«Hm.»

«Du bist heute vielleicht gesprächig … Immerhin, die Hanna ist sehr attraktiv. Das muss man zugeben. Hat sie dir auch schöne Augen gemacht?»

«Sei endlich still. Hilf mit und halt dein Maul!» Hermann Bultmeier ist stocksauer. Seit er heute Morgen aufgewacht ist, bereut er die beiden Bemerkungen, die ihm gestern vorschnell und unter Einwirkung etlicher Viertel rotem St. Laurent herausgerutscht sind. Und jetzt rührt dieser Fehringer, den das alles überhaupt nichts angeht, auch noch erbarmungslos in seinem schlechten Gewissen herum.

Die ungnädige Abweisung hat Herbert Fehringer in seinem Verdacht bestätigt, dass er auf eine vielversprechende Fährte gestoßen sein könnte. Deshalb lässt er sich nicht entmutigen.

«Du hast echt eine ziemlich miese Laune. Bei dem herrlichen Wetter. Du kannst außerdem froh sein, dass das Fest so gut gelaufen ist. Nicht einmal der Mord am Professor hat es wirklich beeinträchtigen können. Und so ein kleines Abenteuer mit einer schönen jungen Frau ist schließlich auch keine Todsünde. Jetzt gib's halt zu», fügt er in freundschaftlich-vertraulichem Ton an, fühlt sich dabei allerdings nicht sehr wohl, weil ihm diese Art plumper Männerbündelei gehörig widerstrebt. Außerdem hat er wenig Hoffnung, dass seine Taktik Erfolg hat. Aber er irrt sich.

«Wenn du schwörst, dass du es keinem sagst ... Also gut: Ich hab mal was gehabt mit ihr. Aber nur kurz. Ist außerdem lang vorbei. Der Gruber aber auch. Das weiß ich ziemlich sicher. Und der Türheim sowieso. Wahrscheinlich hat sie gedacht, er reicht ihretwegen die Scheidung ein.»

«Wer jetzt? Der Gruber oder der Türheim?» Bei so viel engen Verhältnissen kennt sich Herbert nicht mehr aus.

«Ja, Mensch, der Türheim natürlich. Denkst du, dass der Gruber sich je trauen würde, seine Lisbeth zu verlassen? Die würde ihm glatt die Augen ausstechen, wenn nicht gar gleich umbringen.»

Herbert starrt sein Gegenüber mit offenem Mund an. Und erst jetzt wird Bultmeier klar, was er da gerade von sich gegeben hat.

«Äh, so habe ich es natürlich nicht gemeint. Die Lisbeth hat den Türheim bestimmt nicht auf dem Gewissen, obwohl – man weiß nicht, wozu eifersüchtige Ehefrauen alles fähig sind. Aber sie bestimmt nicht, das kann ich mir nicht vorstellen, und der Gruber genauso wenig. Der ist zwar mit allen Wassern gewaschen, und ich traue ihm einiges zu, aber jemanden umbringen? Das nicht. Ich hatte gestern halt eine Mordswut auf ihn», gesteht Bultmeier.

Mit dieser Aussage hat er, ohne es zu wollen, Herberts Interesse erheblich gesteigert. Bevor der Vorsitzende des Festausschusses Zeit zum Überlegen hat, fragt sein Gegenüber sofort nach: «Warum denn? Habt ihr vorher Streit gehabt?»

«Nein, nicht direkt, aber das mit dem Wein hätte der Gruber nicht ausposaunen müssen. Es muss schließlich jeder schauen, wo er bleibt. Und außerdem drückt der sich wirklich vor der Arbeit. Der ist zu nix zu gebrauchen, aber das mit Fleiß.»

Letzteres ist wohl eher als Ausweichmanöver zu werten. Dennoch lässt Herbert nicht locker. Er hat eine unbestimmte Ahnung, dass weit mehr hinter Bultmeiers Abneigung gegen Gruber steckt.

«Ist der Gruber eigentlich ein richtiger Winzer, oder hat er nur nebenbei einen oder zwei Weinberge?», tastet er sich vorsichtig weiter und hat mit seiner eher unverbindlichen Frage ins Schwarze getroffen.

«Der?», bricht es aus Bultmeier heraus. «Der und ein oder zwei Weinberge? Nein, nein, der weiß, wie man es macht. Der hat sich von seinen Eltern schon zu Lebzeiten das meiste überschreiben lassen. Dafür dürfen die beiden Alten mitschuften, bis sie umfallen. Und er sackt den Gewinn ein. Die Lisbeth überarbeitet sich auch nicht. Die geht lieber zum Friseur als in den Weinberg. Das Haus, in dem sie wohnen, gehört zwar noch den Eltern, aber ich möchte schwören, dass die nichts davon haben. Miete zahlt der Gruber garantiert nicht, dafür hat er die Hütte aus- und umgebaut, dass man meinen könnte, er wolle eine Luxusherberge draus machen. Der zieht die Leute über den Tisch, wo er nur kann. Und wenn es die eigenen Eltern sind …»

Bultmeier hat sich regelrecht in Rage geredet.

«Und das lassen sich die Eltern gefallen?», zweifelt Herbert.

«Was sollen sie machen? Etwas anderes als arbeiten kennen sie nicht, und der Fritz war halt von jeher ihr Lieblingssohn. Der hat es schlau angestellt, auch, als es darum ging, seinen Bruder auszubooten.»

«Ach, der Gruber hat noch einen Bruder? Wohnt der auch hier?»

«Nein, der ist Installateur und hat ein Geschäft in Freiburg. Vor Jahren hat ihn der Fritz ausbezahlt – wie er das genannt hat. Mit der Begründung, dass die Rebstöcke in sämtlichen Weinbergen zu alt seien und man sie neu anlegen müsse, hat er seinen Bruder vor die Wahl gestellt: entweder der übernimmt die Hälfte der Kosten, oder er verkauft seinen Anteil an den Fritz. Und der Trottel ist tatsächlich darauf eingegangen – zu einem Verwandtschaftspreis natürlich. Verstehst du jetzt, weshalb ich den Gruber für einen krummen Hund halte?»

Herbert versteht, kann jedoch nicht beurteilen, ob das eben Gehörte in vollem Umfang der Wahrheit entspricht oder wie sehr Neid und Missgunst das Gerede im Dorf beeinflusst haben. Ob er zu Fritz Gruber gehen sollte, um alles zu überprüfen? Nur – wie kann er mit Anstand von seinem derzeitigen Arbeitsplatz wegkommen, wo er so großzügig seine Hilfe beim Abbau angeboten hat? Wenn Herbert Fehringer etwas versprochen hat, dann hält er es auch. Folglich muss er noch eine Weile ausharren, obgleich Hermann Bultmeier keine Anstalten macht, ihn in weitere Details der Gruber'schen Familiengeschichte einzuweihen. Und ob es überhaupt einen Zusammenhang gibt zwischen dem Türheim-Mord und Franz Grubers Rücksichtslosigkeit scheint ihm trotz allem sehr fraglich. Aber vielleicht könnte er die neue Vertrauensposition nutzen, um mehr über die Türheims zu erfahren. Das ist eine Idee. Herbert versucht, eine passende Überleitung mittels eines neutralen Themas hinzubekommen:

«Bei euch hört halt die Arbeit nie auf.»

Pause. Keine Reaktion.

«Die vielen Jahre auf dem Münsterplatz waren bei uns aber auch nicht ohne. Eine ziemliche Schufterei. So ähnlich wie bei euch wahrscheinlich. Und was hat man am Schluss davon? Einen Bandscheibenschaden. Da haben es die Herren Professoren leichter. Und erst recht ihre Frau Gemahlinnen. Wenn ich bedenke, was die Gundi in ihrem Leben hat arbeiten müssen. Der ist es nicht so gutgegangen wie der Türheim da oben.»

Nach diesem schon ausführlichen Schlenker erhofft sich Würschtle-Herbert eine entsprechende Resonanz, die auch prompt erfolgt.

«Das ist wohl wahr. Wenn es eine Frau gut hat, dann die Türheim. Hanna hat mir erzählt, was die für ein schönes Leben führt. Die Arbeit schiebt sie ab auf andere und gibt lieber das Geld aus, was ihr Mann verdient. Dabei hat sie, scheint's, selber noch ein Büro, wo sie Leute berät. Davon hat sie der Hanna öfter großspurig berichtet. Sie kommt dann jedes Mal fix und fertig heim und muss sich vom Stress erholen. Jetzt frag ich dich, von welchem Stress?»

Herbert ist hellhörig geworden. Da er von der privaten Arbeitsvermittlung und den krummen Touren mit Franz Jünger nichts weiß, kann er sich auch keinen Reim auf die aushäusigen Aktivitäten der Professorengattin machen. Ihm fällt nur die Bemerkung mit dem Karma ein, die sie bei der ersten Befragung Thiele gegenüber hat fallenlassen.

«Weißt du, wen und was sie berät?», will er deshalb von Bultmeier wissen.

«Keine Ahnung. Die Hanna hat nur gesagt, dass der Jünger sie öfter abholt oder heimbringt. Aber dass die zwei was miteinander haben, ist allgemein bekannt. Vielleicht ist das sogenannte Büro auch nur ein getarntes Liebesnest. Die Hanna kennt, glaube ich, nicht einmal die Adresse.»

Diese Auskunft ist wieder dürftig. So bleibt Herbert nur die Ungewissheit, wer im Dorf mit wem eigentlich nichts «hatte» und ob das überall so ist. Allmählich beschleicht ihn der Verdacht, dass er und Gundi in dieser Hinsicht auf dem Mond leben. Egal, aber was könnte er noch fragen, das ihn in seinen Nachforschungen weiterbrächte? Dann hat er eine Erleuchtung.

«Kennst du eigentlich den Beller näher, den Hausmeister aus der Uni? Der war doch neulich hier und saß mit uns am Tisch. Erinnerst du dich?»

«Der aufgeblasene kleine Mops mit seinem Sportflitzer? Ja, klar kenne ich den. Als der Kommissar ihm ein bisschen auf den Zahn gefühlt hat, ist er gleich ausgerastet. Das geschieht ihm recht.»

«Wem? Dem Beller oder dem Kommissar?»

«Dem Beller natürlich.»

«Und warum?»

«Da fragst du noch? Der verdient seine Kohle genauso wenig mit seiner Hände Arbeit wie der Gruber.»

«Sondern?» Die rätselhaften Andeutungen Bultmeiers wecken erneut Herberts ganze Neugier. Bekommt er hier die Bestätigung dessen, was die Hausmeisterkollegen ihm erzählt haben? Oder weiß Bultmeier gar noch mehr?

«Sondern? Der schleust Mädchen aus dem Osten nach Deutschland. Er nutzt die Notlage dieser jungen Dinger und ihre Hoffnung auf den goldenen Westen aus. Verspricht ihnen großartige Jobs, verfrachtet sie nach Deutschland und verscherbelt sie dann weiter. Wie Vieh. Ekelhaft. Die Hanna hat noch Glück gehabt, dass sie zufällig an den Türheim geraten ist und der sich in sie verknallt hat.»

«Langsam, langsam. Der Beller hat die Hanna an den Türheim verkuppelt?»

«Ja, Mann. Du hast heute vielleicht eine lange Leitung. Was denkst du denn, wie sie sonst von Rumänien hergekommen ist?»

«Ich habe gedacht, dass sie den Professor auf einer Tagung oder so kennengelernt und er ihr dann die Stellung angeboten hat.»

«Quatsch. Du bist ganz schön naiv. Der Beller hat sie und noch ein paar andere hergebracht oder herbringen lassen. Was weiß ich. Einen Teil seiner Stammkundschaft hat er in der Uni. Nur dass der Türheim sich die Kleine eben ins Haus geholt hat. Als ‹Konkubine› sozusagen.»

«Und das weißt du ganz sicher? Hundertprozentig?»

«Was heißt hundertprozentig. Natürlich war ich nicht dabei, aber man hört halt allerhand.»

«Aha. Hat es die Türheim denn nicht gestört, dass ihr Mann vor ihren Augen fremdgegangen ist?»

«Warum sollte es? Da hat sie ihre Ruhe und kann sich ebenfalls Liebhaber halten.»

«Den Jünger.»

«Den und noch einen anderen. Der zweite war, glaube ich, ein Kollege vom Türheim.»

So viel ungeahnte Neuigkeiten muss Herbert Fehringer erst einmal verdauen.

«Das hat dir alles die Hanna erzählt?», vergewissert er sich sicherheitshalber.

«Ja, woher wüsste ich es sonst! Das heißt, einiges kann ich mir natürlich selber an den fünf Fingern abzählen. Aber ich glaube, die Hanna hat auch jemanden zum Reden gesucht. Deshalb war ja auch so schnell Schluss mit uns. Probleme habe ich nämlich daheim genug, dafür brauche ich nicht noch eine Freundin.»

In diesem Moment empfindet Würschtle-Herbert aufrichtiges Mitleid mit Hanna und wirft all seine Vorbehalte, die er gegen sie seit der Begegnung im Türheim'schen Haus hatte, über Bord. Armes Geschöpf! Wird von allen Seiten ausgenutzt, ist weit weg von ihrer Familie und sucht ein wenig Anschluss bei vermeintlich ehrbaren Männern – nur um erneut ausgenutzt zu werden. Sex ja, aber Zuwendung oder gar Unterstützung: nein, danke. Die sind nicht einmal bereit, ihr ein bisschen zuzuhören. Herberts weiches Herz fließt über vor Mitleid. Ob er die Hanna mal mit der Gundi zusammenbringen sollte? Die würde sich ganz bestimmt um sie kümmern. Außerdem wäre es möglich, mit ihrer Hilfe dem Beller ins schmutzige Handwerk zu pfuschen. Dann könnte er dem Kommissar vielleicht eine ganze Schleuserbande auf dem Silbertablett servieren. Das wäre ein Triumph! Herbert meint es wirklich nur gut mit Hanna. Er hegt nur hehre Absichten und verfolgt keineswegs derart eigennützige Ziele.

«Was ist? Hat es dir die Sprache verschlagen?», unterbricht Bultmeier die Fehringer'sche Denkarbeit. «Hast du gemeint, dass bei den besseren Leuten so was nicht vorkommt? Die führen alle ein Doppelleben.»

«So allgemein kannst du das nicht sagen. Es gibt bestimmt auch andere», entgegnet Herbert, dem noch etwas eingefallen ist. «Warum ist der Beller eigentlich so stinkwütend geworden, als du gesagt hast, dass du sein Auto oft vor der Türheim-Villa gesehen hast?»

«Woher soll ich das wissen?»

«Ich habe gedacht, die Hanna hätte dir vielleicht erzählt, was es mit diesen Besuchen auf sich hat.»

«Du, weißt du was? Allmählich langt es mir mit dem ganzen Sermon. Genauso hat die sich das auch vorgestellt, nur reden, reden, reden. Nein, ich weiß nicht, was der Beller dort so oft gemacht hat. Hat mich auch nicht interessiert. Nur dass halt der Schlitten vor dem Tor stand. Das hat aber vor allem die Lisbeth rumgetratscht, und die weiß es von der Margrit, und die wieder, ach, keine Ahnung. Dorfklatsch halt.»

Schade, denkt sich Herbert. Das wäre ein wichtiges Mosaiksteinchen gewesen. Er muss die Hanna dazu befragen. Und schon hat Herbert Fehringer den Bultmeier-Gruber-Pfad eingeschlagen – lediglich mit einem anderen Ziel.

12.

Frau Hein bleibt nach dem ihr äußerst unangenehmen und ungebetenen Besuch nicht lange allein. Ihre Kollegin, Frau Geier, die im Büro schräg gegenüber residiert, hat das Intermezzo mitbekommen und will selbstverständlich umgehend wissen, was das alles zu bedeuten hat. Frau Hein hat ihr bereits detailliert berichtet, wie Professor Türheim ums Leben gekommen ist – überreich garniert mit Wehklagen. Beide sind zwar nicht die innigsten Freundinnen, denn sie haben eine nicht sehr hohe Meinung voneinander.

Die Geier hat sich ständig – auch den Kolleginnen gegenüber – lustig gemacht über die kritiklose Verehrung, die Frau Hein ihrem Chef ehedem entgegengebracht hat. Der stets überkorrekt in viereckige Schneiderkostüme gekleideten, dauergewellten Frau Hein wiederum widerstrebt sowohl das laute Auftreten als auch die auf sie mehr als befremdlich wirkende Aufmachung ihrer Flurnachbarin. Die liebt nämlich, obwohl sie altersmäßig nicht allzu weit von Frau Hein entfernt ist und folglich bald die Pensionsgrenze erreicht haben dürfte, kurze, enge Röcke sowie noch enger anliegende Oberteile, beides vorzugsweise im Leoparden-Look. Durch das regelmäßige Sonnenbad im Solarium – mindestens viermal pro Woche – ist ihr Teint tiefbraun gebrannt und weist in seiner Konsistenz eine leichte Ähnlichkeit mit Leder auf. Was die Größe ihrer obligaten Ohrgehänge anbelangt, kann sie es mit Frau Türheim spielend aufnehmen. Frau Hein hat ihrer Kollegin, in Anbetracht ihrer Vorliebe für Leopardenmuster, insgeheim, wenn auch nicht ganz der Logik folgend, den Spitznamen Tigerlily verpasst. Diese wiederum revanchiert sich gedanklich mit der Bezeichnung ‹Xanthippe› – der herrischen Art wegen, die Frau Hein Studenten und den ihr «sozial Untergebenen» – wie sie das einmal formuliert hat – gegenüber an den Tag legt.

«Frau Hein, sagen Sie nur, was war denn los bei Ihnen? Ich habe einen solchen Schreck bekommen, als es laut wurde.» Tigerlily kleidet ihre Neugier in sanfte Fürsorglichkeit und geheuchelte Besorgnis.

Frau Hein ist zwar nicht eben erfreut über den Besuch ihrer Kollegin, aber wenigstens ist jemand zur Stelle, bei der sie ihren Frust abladen kann.

«Ich kann Ihnen sagen, hier ist der Teufel los. Zweimal waren die von der Kriminalpolizei bei mir. Und dann auch noch dieses Flittchen. Sie wissen schon, die den Herrn Professor immer umgarnt hat. Der Arme konnte sich ihrer ja fast nicht erwehren.»

«Ich weiß, ich habe sie oft genug kommen sehen. Ein fürchterliches Weib. Was wollte die eigentlich? Der Professor ist doch tot.»

«Eben! Ist das nicht furchtbar? Ich kann es immer noch nicht fassen.» Frau Hein schluchzt laut auf.

Bevor sie sich weiter in ihre Trauer vertieft, hält es die Geier für geraten, sie schnell zurück auf das Thema Hanna zu bringen, denn eine abermals in Tränen zerfließende Frau Hein hat zwar durchaus Unterhaltungswert, liefert aber keine neuen Informationen. Schließlich verfügt Tigerlily über etwas mehr Denkvermögen, als ihr Äußeres vermuten lässt. Sie will ergründen, wie das alles zusammenpasst, was sie in den letzten Monaten beobachtet hat. Allerdings hütet sie sich, ihre Kollegin allzu sehr ins Vertrauen zu ziehen. Deshalb begnügt sie sich mit eher allgemeinen Floskeln.

«Ja, wirklich schlimm, schlimm, Frau Hein. Aber das Leben

geht weiter. Dem Weibsbild traue ich alles zu. Eine richtige Nitribitt.»

Was sie zu dem Vergleich mit der Frankfurter Edelprostituierten aus der deutschen Wirtschaftswunderphase bewegt, ist unerfindlich. Die strikte Abneigung gegenüber Hanna aber resultiert bei Frau Geier vornehmlich aus einer gehörigen Portion Neid auf die attraktive junge Frau, die von der Natur geradezu verschwenderisch mit weiblichen Vorteilen ausgestattet worden ist. Sie kann sie daher ebenso wenig leiden wie Frau Hein – wenn auch aus anderen Gründen. Außerdem ist ihr eigener Berufsalltag, und nicht nur der, mehr als eintönig, denn ihr Chef ist grundsolide, langweilig und in ihren Augen der Inbegriff eines Spießers, der immer nur von seiner Forschung redet und sich krankhaft um seine Studenten sorgt. Nichts läge ihm ferner, als sich eine Geliebte zu suchen, denn er hat Mädi, seine seit fünfunddreißig Jahren ihm angetraute Gattin. Alles andere wäre ihm viel zu anstrengend und unbequem – was Frau Geier sehr bedauert. Da muss sie sich eben anderweitig ergötzen.

«Was hat das Flittchen denn hier gewollt, und warum haben Sie sich mit ihr so heftig gestritten?»

Der Krach war im Zimmer gegenüber nicht zu überhören, insbesondere deshalb, weil Frau Geier vorsorglich die Tür immer einen Spalt offen lässt, um ihrem Interesse an der Umwelt gerecht zu werden.

«Ach je. Wenn ich jetzt für jemand anderen arbeiten muss … Ich bin den Herrn Professor gewöhnt, und wer weiß, selten kommt was Besseres nach.»

Die von Selbstmitleid getragenen Wehklagen ihrer nunmehr vereinsamten Kollegin nehmen kein Ende. Neue Erkenntnisse sind diesem Gejammer leider nicht zu entnehmen, weshalb sich Frau Geier zu einer neuen Taktik entschließt. Sie tröstet, so gut es geht, und bemüht sich nach allen Regeln der Kunst, Anzeichen von Solidarität vom Stapel zu lassen.

«Ach, Sie Arme. So schnell geht das nicht. Und Frau Hein, wir – Sie und ich –, wir sollten darüber nachdenken, ob wir dem armen Herrn Professor nicht noch einen letzten Dienst erweisen können. Lassen Sie uns alle Details, gleich, ob Sie sie für wichtig halten oder nicht, durchsprechen. Vielleicht haben Sie etwas beobachtet oder gehört, was Sie noch niemandem gesagt haben und was wichtig sein könnte. Besonders hinsichtlich dieser, dieser …, dieser Schlampe.»

Das letzte von ihr vorgebrachte Argument zieht endlich. Frau Hein putzt sich energisch die Nase und begibt sich zur Kaffeemaschine.

«Das ist ein guter Gedanke, Frau Geier. Ich mache uns erst einmal einen starken Kaffee, den können wir beide brauchen, und dann überlegen wir gemeinsam.» Nichts schweißt so schnell zusammen wie eine gemeinsame Feindin.

«Stellen Sie sich vor, die Polizisten haben das Zimmer vom Professor durchsucht. Was die finden wollten, ist mir ein Rätsel. Und sie haben noch mehr Schnüffler und Spurentechniker oder so ähnlich angekündigt. Wofür, frage ich Sie, wofür?»

«Haben Sie keine Vermutung? Hat der Professor sich womöglich auf unsaubere, illegale Geschäfte eingelassen? Wegen dieses Callgirls?» Tigerlilys unterbeschäftigte Phantasie gerät in Wallung, was bei Frau Hein wütenden Protest hervorruft.

«Wo denken Sie hin, Frau Geier! Nie hätte der Herr Professor etwas Unrechtes getan. Er war eine Seele von Mensch. Dass er halt in einer Hinsicht schwach war, muss man ihm verzeihen, er konnte nichts dafür. Dieses Biest ist so raffiniert und hat seine Gutmütigkeit weidlich ausgenutzt.» Da lässt Frau Hein nichts, aber auch rein gar nichts auf ihren tragisch aus dem Leben geschiedenen Chef kommen.

So viel Naivität bringt Frau Geier innerlich in Harnisch, nach außen darf sie sich das jedoch nicht anmerken lassen, denn sonst riskiert sie, dass der mühsam in Gang gebrachte Redestrom versiegt. Deshalb trägt sie ihren Einwand nur sehr vorsichtig vor.

«Frau Hein, bei aller Liebe. Aber wenn er nicht gewollt hätte ...» Sie zieht es vor, den Satz nicht zu beenden, denn schon diese leise Andeutung von Kritik produziert bei der überempfindlichen Kollegin ein argwöhnisches Stirnrunzeln. Frau Geier ist auf der Hut, sie wechselt lieber zwischendurch das Thema.

«Der Renz hat mir erzählt, dass der junge Polizist neulich auch noch zu Professor Laufer wollte. Er hat gesehen, wie er an seiner Tür geklopft hat. Aber der Professor war wohl nicht da. Wissen Sie, ob der auch mit der Sache zu tun hat?»

Das Ablenkungsmanöver gelingt.

«Mit welcher Sache? Nein. Keine Ahnung. Als die Polizisten das erste Mal bei mir waren, wollten sie wissen, wer an dem betreffenden Vormittag, als der Herr Professor ... ach Gott, ich fasse es nicht, ja, als der Herr Professor noch am Leben war, bei ihm gewesen ist. Der Professor Laufer war da gewesen, und das habe ich ihnen gesagt und denen auch seine Privatadresse gegeben. Meinen Sie wirklich, dass der etwas auf dem Kerbholz hat?»

«Das weiß ich doch nicht. Das habe ich Sie gerade gefragt.» Frau Geier wird langsam ungeduldig. Sie ist der Meinung, dass ihre Kollegin, von deren Auffassungsgabe sie ohnehin nicht viel hält, heute ausnehmend begriffsstutzig ist.

«Hm. Tja. Ein so vornehmer Mensch wie der Herr Professor ist der jedenfalls nicht. So recht leiden konnte ich ihn noch nie. Und gegrüßt hat er mich auch kaum. Könnte sein, dass er etwas zu verbergen hat», erwidert Frau Hein nachdenklich.

«Schön und gut. Aber was?»

«Ich glaube, die Polizisten wollten einfach wissen, was er an dem betreffenden Vormittag hier wollte.»

«Wissen Sie das nicht?»

«Woher denn? Glauben Sie, dass der Herr Professor alle seine Angelegenheiten mit mir besprochen hat? Wir haben unsere Grenzen gegenseitig gekannt, gewahrt und geachtet», kommt postwendend die empörte Antwort.

Meine Güte, die ist heute noch störrischer und zartbesaiteter als sonst. Frau Geier muss all ihr diplomatisches Geschick auffahren, um vielleicht doch noch etwas in Erfahrung zu bringen. Eine Zeitlang waren Türheim und seine Freundin Mittelpunkt des Universitätstratsches, den Tigerlily beharrlich und eifrig verfolgt hat. Ihr ist nicht entgangen, dass Hausmeister Beller bei der Vermittlung seine Hände im Spiel gehabt haben soll. Nur ihr eigener Chef ist zu lethargisch oder zu blöd, als dass er sich gelegentlich ein Vergnügen außerhalb seiner biederen Ehe gönnen würde – und damit auch dem eintönigen Sekretärinnen-Dasein von Frau Geier.

«Was hat diese, diese …», eine entsprechende Bezeichnung fällt Frau Geier gerade nicht ein. «War diese …, na halt, Sie wissen schon, was hat sie gewollt, wenn sie hergekommen ist?»

«Ich habe keine Ahnung. Sie ist immer sofort in seinem Zimmer verschwunden. Manchmal hat sie ihm was gebracht, ein Paket oder so. Was drin war, weiß ich natürlich nicht. Und dann ist sie immer noch eine ganze Weile geblieben.»

Frau Geier spitzt die Ohren. Das ist neu. Ein Schäferstündchen während der Dienstzeit? Oder eher ein geheimes Komplott? Was in den Paketen gewesen sein könnte, hat sie sich auch immer gefragt, wenn sie durch den Türspalt das Kommen und Gehen der jungen Frau beobachtet hat.

«Haben Sie das der Polizei mitgeteilt, Frau Hein? Und weiß sie, dass die immer so lange geblieben ist?»

«Natürlich nicht. Denken Sie, dass ich den armen Herrn Professor nach seinem Tod diskreditiere? Niemals!»

Entrüstet schiebt Frau Hein die Kaffeetasse von sich und mustert Tigerlily indigniert. Grundgütiger, denkt ihre Kollegin entgeistert, die würde nicht einmal unter Androhung von Folter etwas zugeben, was im Nachhinein ein schlechtes Licht auf ihren angebeteten Professor werfen könnte. Lügt sie? Weiß sie mehr, als sie zugibt? Vorsichtig tastet sich die Geier weiter.

«Was wäre, wenn dieses Weibsstück Ihren Chef in etwas hineingezogen hat, aus dem er nicht mehr herausgekommen ist? Vielleicht in Milieukreise?»

Das Geier'sche Vorstellungsvermögen ist durch den regelmäßigen Konsum von Vorabendkrimis bestens geschult. An welche ‹Milieukreise› sie denkt, lässt sie indes offen. Aber sie hat erreicht, dass Frau Hein ins Grübeln kommt.

«Meinen Sie wirklich, Frau Geier? Theoretisch könnte da was dran sein, allerdings … ich weiß nicht. Ich möchte mich nicht in etwas hineinmischen. Nachher rächen die sich vielleicht an mir.»

Diese wenig begründete Furcht vor einer diffusen Gefahr für Leib und Leben teilt Frau Hein, ohne es zu wissen, mit Hausmeister Renz. Bei ihrer Kollegin trifft sie hingegen auf taube Ohren.

«Keine Spur, Frau Hein. Ihnen kann niemand etwas wollen. Sie sind viel zu …», viel zu ‹einfältig› hatte sie sagen wollen, verschluckt das Wort aber im letzten Moment, denn sie kann sich ausrechnen, dass eine derartige Charakterisierung eine sehr unwillige Reaktion hervorriefe.

«Ja, viel zu, äh … zu, zu … integer», fällt ihr gerade noch ein.

Das wiederum schmeichelt Frau Hein, sodass sie etwas nachgiebiger wird.

«Wenn tatsächlich irgendetwas in dieser Art vorgekommen sein sollte, dann trifft Professor Türheim bestimmt keine Schuld. Falls die von der Polizei nochmal kommen, kann ich ja eine Andeutung machen», bietet sie an.

«Es wäre besser, wenn Sie dort anrufen und es denen direkt mitteilen. Sonst geraten Sie in Verdacht, Dinge absichtlich verschwiegen zu haben, und Sie machen sich strafbar.» Tigerlily zieht alle Register ihrer Überredungskunst. Sie will unbedingt wissen, was sich hier abgespielt hat. Ein Mal, ein einziges Mal, geschieht etwas Spektakuläres, und dann mauert diese blöde Zicke Hein, nur weil sie die Gloriole, die sie um ihren ehemaligen Chef gewunden hat, nicht opfern will. Dabei dürfte dem das inzwischen herzlich egal sein.

«Ich werde darüber nachdenken. Man sollte nichts überstürzen», gibt Frau Hein nach kurzem Nachdenken ihrer Kollegin kund. «Ich muss jetzt wieder arbeiten, es ist schon genug liegen geblieben.»

Das ist eine mehr als deutliche Aufforderung an Frau Geier, sich ebenfalls gefälligst wieder an ihren Schreibtisch zu begeben. Ziemlich widerstrebend erhebt sich Tigerlily aus ihrem Sessel und geht betont langsam zur Tür. Eine dringliche Ermahnung kann sie sich zum Schluss jedoch nicht verkneifen: «Denken Sie daran: Solch eine geheimgehaltene Information kann Sie in größte Schwierigkeiten bringen.» Damit lässt sie eine von Zweifeln zerfressene Frau Hein zurück.

Zweifel zerfressen auch Kommissar Lorenz. Er sitzt an diesem herrlichen Sommertag in seinem Büro und starrt aus dem Fenster, ohne wirklich etwas zu sehen. Nebenan drischt Thiele konzentriert auf die Tastatur des Laptops von Helmut Türheim ein, um in der Zeit, die ihm bis zum Treffen mit Julia bleibt, dem Rechner etwas zu entlocken, was sie weiterbringen könnte. Sein

Chef grübelt derweil, ob und was sie übersehen haben. Nach wie vor beherrscht ihn das Gefühl, dass sie auf der Stelle treten und sich mit jeder Befragung zunehmend mehr Verdächtige einhandeln. In letzter Zeit läuft alles schief. Im Grunde schon von dem Zeitpunkt an, als Brigitte ihn zu Beginn des Jahres verlassen hat. Dass er sie schlecht dafür verantwortlich machen kann, im Mordfall Türheim nicht vorwärtszukommen, leuchtet ihm halbwegs ein. Oder vielleicht doch nicht. Zumindest einen kleinen Anteil Schuld schiebt er ihr zu, denn früher konnte ihn so schnell nichts aus dem Gleichgewicht bringen. Er hatte trotz des anstrengenden Berufs ein gutgeregeltes Leben, das ihm eine weitgehend unerschütterliche Gelassenheit erlaubte, durch die er seine Arbeit zielgerichtet und mit klarem Kopf bewältigen konnte. Und jetzt? Alles ist in Unordnung geraten. Er ist unsicher und hat keinen festen Plan, wie er weiter vorgehen soll, sodass ihn die E-Mail des Polizeipräsidenten, die er bei der Rückkehr vorgefunden hat, über die Maßen beunruhigt. Unmissverständlich setzt sie Lorenz davon in Kenntnis, dass sein Vorgesetzter erwägt, eine größere Sonderkommission beziehungsweise Ermittlungsgruppe zu bilden, welche die Aufklärung des Falles vorantreiben soll. In der Öffentlichkeit mache sich angeblich allmählich Unmut breit, man werfe der Polizei Untätigkeit vor, argumentiert der oberste Feldherr.

Lorenz empfindet die angedrohte Maßnahme als vollkommen überzogen. Knapp vier Tage nach dem Mord! Wo hat es das schon mal gegeben! Was wohl dahintersteckt? Er hasst diese erzwungene Zusammenarbeit – ein bisschen, weil er sich selbst und seine Vorgehensweise dadurch abqualifiziert sieht, weit mehr aber, weil er die vielen gemeinsamen Besprechungen fürchtet, die Psychospielchen, die einige der Kollegen so gern betreiben, sowie die Pflege der diversen Profilneurosen, die unnötig Zeit und Energie kosten. Das alles führt seiner

Meinung und Erfahrung nach meist nur zu einer unübersichtlichen Ansammlung von Protokollen und überflüssigen Berichten, die in ihm den Verdacht wecken, primär Mitglied einer aktenproduzierenden Dienststelle zu sein. Er kämpft sich auch ohne diese zusätzliche Belastung bereits Tag für Tag durch ein bürokratisches Dickicht.

Folglich muss er schnellstens einen plausiblen Plan entwickeln, wie sein Assistent und er, mit Hilfe der Kollegen von der Spurensicherung, vorgehen können, damit die Suche nach dem Mörder von Helmut Türheim möglichst bald erfolgreich abgeschlossen werden kann. Welche kriminalistische Schulweisheit hatte Thiele da neulich zum Besten gegeben? Richtig: Informationsgewinnung auf breiter Basis. Hm. Das haben sie versucht und lauter kleine Puzzleteilchen gesammelt, die nicht zusammenpassen und von denen sie nicht einmal wissen, ob alle zum gleichen Bild gehören.

Der nächste Punkt: eine Beweiskette aufbauen. Schön und gut. Das klingt in der Theorie ebenfalls großartig. Aber wie soll man das praktisch umsetzen? Verwertbare Spuren, die vielversprechend wären, gibt es nicht. Motive, den Professor umzubringen, hingegen mehr als genug. Jeder in dessen Umfeld könnte ein Interesse an seinem Tod gehabt haben. Aber aus welchem Grund? Hass, Neid, Eifersucht, Rache? Lorenz ist sich nur sicher, dass der Mord im Affekt geschehen ist und mit großer Wahrscheinlichkeit nicht geplant war. Jemand, der die Absicht hat, einen anderen brutal ins Jenseits zu befördern, wartet nicht auf ein Dorffest, um sich bei dieser Gelegenheit einen Ochsenspieß zu schnappen, mit dem er dann dem Opfer den tödlichen Stoß versetzt. Logischerweise muss sich demnach zur Tatzeit die Situation derart zugespitzt haben, dass der Täter in einer Art Kurzschlusshandlung den Mord begangen hat.

Wem war Türheim am Donnerstag begegnet? Zu Hause war

es Hanna gewesen, wie sie ausgesagt hat. Die gnädige Frau hingegen hatte angegeben, ihren Mann an diesem Tag nicht gesehen zu haben. Aber kann man ihr glauben? Die beiden wohnen schließlich in einem Haus, und sie hat ihren Mann nicht einmal kurz zu Gesicht bekommen? Aus der Universität waren es Frau Hein und Türheims Kollege Laufer gewesen, außerdem Hausmeister Beller. Was wollte der eigentlich am Donnerstagvormittag von Türheim? Diese Frage haben sie dem Hausmeister bei der Vernehmung nicht gestellt! Mist, das ist ihnen entgangen, das müssen sie unbedingt nachholen.

Weiter: Als er zurück in Ehrenstetten war, ist Türheim dem ehrenwerten Franz Jünger begegnet. Aber auch nur kurz, wie dieser angibt. Anschließend könnte das Mordopfer auch noch einen weiteren Dorfbewohner getroffen haben. Wie hießen gleich die Bekannten von Türheim? Ach ja, Gruber und Bultmeier. Ob Herbert Fehringer mit seiner leutseligen Tour aus denen etwas hat herauskitzeln können? Wahrscheinlich nicht, denn wichtige Neuigkeiten hätte er sofort gemeldet. Hier irrt Lorenz, aber er kann schließlich nicht wissen, dass sein neuer Duz-Freund am heutigen Vormittag seine Zeit zum Aufräumen auf dem Fest geopfert hat, einzig zu dem Zweck, Insider-Informationen zu sammeln, und es nur noch nicht geschafft hat, ins Polizeipräsidium zu kommen oder auch nur anzurufen, weil Gundi unnachgiebig verlangt hat, dass er vorher gemeinsam mit ihr den wöchentlichen Großeinkauf erledigt. Aber selbst ohne die Forschungsergebnisse des Hilfssheriffs reicht der Kreis der Verdächtigen weit genug.

Definitiv ausschließen kann ich also keinen, konstatiert Lorenz für sich. Also, was folgt daraus? Verdammt, jetzt denke ich schon wieder in diesen blöden Also-Kategorien, wütet er innerlich. Seine harsche Selbstkritik unterbricht der nachdenklich aus dem kleinen Nebenzimmerchen tretende Thiele, der einige Ausdrucke in der Hand hält, die er beim Hereinkommen sortiert.

«Chef, ich habe etwas gefunden, von dem ich aber nicht weiß, ob ich tatsächlich etwas gefunden habe.»

Bisweilen ist Thieles Ausdrucksweise etwas sehr umständlich, was Lorenz diesmal kommentarlos hinnimmt, in der Hoffnung, dass sich eventuell ein kleiner Lichtstreif am Aufklärungshorizont abzeichnet.

«Was haben Sie denn? Zeigen Sie her.»

Thiele übergibt ihm drei Bogen Papier, auf denen sich endlose Zahlenkolonnen aneinanderreihen.

«Können Sie sich einen Reim darauf machen?», fragt Thiele ratlos.

«Merkwürdig. Drei Zahlenreihen ohne Punkt und Komma», stellt Lorenz, ebenfalls verständnislos, fest. «Die Zwischenabstände sind unregelmäßig, und hier, auf dem zweiten Blatt, sind ein paar Zahlen fett gedruckt.»

«Das habe ich auch gesehen, aber ein System kann ich nicht entdecken. Sie?»

«Zumindest auf den ersten Blick nicht», murmelt Lorenz, fürchtet allerdings, dass auch ein zweiter und dritter Blick nicht mehr Aufschluss geben werden.

«Vielleicht hat er doch was mit Mädchenhandel zu tun gehabt oder mit Rauschgiftlieferungen. Gewerbliche Prostitution. Rotlichtmilieu. Terminwohnungen … Dann könnten das Einnahmen oder die Anzahl der eingeschleusten Frauen sein.»

«Thiele, lassen Sie mich bloß in Ruhe mit Ihren fixen Ideen. Schauen Sie sich die Zahlen an, teilweise stehen sieben oder acht nebeneinander. Hier sogar noch mehr, mit drei Nullen am Anfang. Das würde, folgt man Ihrer Vermutung, auf eine zweite Völkerwanderung hindeuten», dämpft Lorenz die grenzenlose Vorstellungskraft seines Assistenten.

«Ja, dann weiß ich es auch nicht! Außerdem muss ich jetzt gehen», erklärt sein Assistent kurz und bündig.

Lorenz schaut erstaunt auf. Das ist neu. Thiele ist zwar morgens nicht der Pünktlichste, dafür nimmt er es mit dem Dienstschluss nie genau, ohne darüber jemals ein Wort zu verlieren, nicht einmal, wenn der um mehrere Stunden überschritten ist. Dann geht Reinhold Lorenz ein Licht auf: Julia.

«Sind Sie verabredet?»

«Ja, Julia und ich wollen uns im Kastaniengarten treffen.»

«Hm. Das ist gar nicht so dumm. Ein solch schöner Tag, und wir sitzen im Büro. Vielleicht sollte ich mitkommen», überlegt Lorenz laut.

Die bis eben fröhliche Miene seines treuen Assistenten verdüstert sich augenblicklich. Die Aussicht, den Abend mit Julia in Gesellschaft ihres Vaters zuzubringen, ist ziemlich unerquicklich. Wie kommt er aus dieser Situation bloß heraus? Ein kompromissloses ‹Nein› traut er sich nicht zu sagen. Und wenn er in den sauren Apfel beißt, sich breitschlagen lässt und in trautem Verein mit Reinhold Lorenz auf dem Schlossberg auftaucht, wird Julia vermutlich alles andere als begeistert sein. Sie nimmt schließlich nie ein Blatt vor den Mund, da wäre es durchaus wahrscheinlich, dass sie ihrem Vater klar und deutlich zu verstehen gibt, dass sie sich den Abend gut ohne ihn vorstellen kann.

Hilfe naht von unerwarteter Seite, denn in dieses gedankliche Für und Wider hinein schnarrt das Telefon auf Lorenz' Schreibtisch. Am anderen Ende der Leitung meldet sich aufgeregt Herbert Fehringer. Nach dem erledigten Großeinkauf kann er endlich all das referieren, was er in Ehrenstetten in Erfahrung gebracht hat.

«Ach, Herbert, du bist das.» Lorenz reagiert auf den wie immer gutgelaunt hervorgebrachten Gruß von Würschtle-

Herbert etwas gequält. Obgleich er sich vorhin noch Neuigkeiten aus dieser Quelle erhofft hatte, lässt er nun die rechte Begeisterung vermissen.

Thiele erkennt seine Chance und ergreift die Flucht. Er klappt in Windeseile den Laptop zu, winkt Lorenz kurz zum Abschied und verschwindet so schnell er kann. Sein Chef schaut ihm grimmig nach und widmet sich dann seufzend den ausführlichen Erklärungen seines Quasi-Assistenten. Im Zentrum stehen Hanna, die Vermutungen über die Umstände ihrer Übersiedlung nach Ehrenstetten und ihre realen oder auch nur vorgeblichen intimen Annäherungen. Lorenz hört sich alles geduldig an, ohne Fehringer zu unterbrechen, bis dieser am Ende seines Berichtes nachfragt:

«Du sagst ja gar nichts. Hast du alles mitbekommen? Habe ich zu schnell erzählt?»

«O nein. Ganz bestimmt nicht. Du warst sehr präzise. Aber was wolltest du mir eigentlich mit all dem sagen? Auf eine neue Spur bringt uns das nicht.»

«Das würde ich nicht behaupten. Ich meine, dass sich der Beller ganz schön verdächtig verhält. Gelogen hat er schließlich auch. Ganz abgesehen von Gruber und Bultmeier. Woher willst du wissen, ob die nicht von Türheim erpresst worden sind? Vielleicht liegt da das Mordmotiv.»

«Nun gehst du wirklich zu weit, Herbert. Türheim hatte genug Geld. Er war sicher nicht darauf angewiesen, alteingesessene Ehrenstetter Bürger wegen einer Liebschaft zu erpressen.»

«Ja, und was ist mit der Eifersucht? Unzählige Morde geschehen aus Eifersucht. Das ist überall das Gleiche, ob in Timbuktu oder Ehrenstetten.»

«Hast du nicht gesagt, dass die Sache zwischen Hanna, Gruber und Bultmeier längst vorbei gewesen ist? Deine Theorie hinkt hinten und vorn.» Der Kommissar kann es nicht fassen. Sag mal, Reinhold Lorenz, bist du jetzt total bescheuert, du diskutierst gerade mit einem Außenstehenden die Aufklärung eines Mordfalles, schießt es ihm in diesem Augenblick durch den Kopf. Und wenn er hundertmal ein wichtiger Zeuge ist. So geht das nicht!

«Was denkst du denn, wer es war?», setzt Fehringer unbeirrt die ins Stocken geratene Unterhaltung fort.

«Wenn ich das wüsste, wäre mir wohler. Ich werde den gesamten Sachverhalt nochmal systematisch analysieren. Und dafür brauche ich meine Ruhe.»

Mit diesen Worten will Lorenz das Gespräch beenden, als ihm einfällt, dass Thiele und er sich heute Morgen überlegt haben, Würschtle-Herbert mit seinem Tatendrang gezielt in der Universität einzusetzen. Soll er das tatsächlich riskieren? Es verstößt gegen jede Vorschrift, und wenn etwas herauskommt, kann er sich ausrechnen, dass er in seiner Dienststelle gewaltige Probleme bekommen wird. Andererseits wäre es denkbar, dass sich neue Perspektiven ergäben, denn Herbert hat zugegebenermaßen gesunden Menschenverstand und eine gehörige Portion Menschenkenntnis. Und wenn er ihn auf absolute Verschwiegenheit einschwören würde …? Er bräuchte ihm zudem nicht direkt auf die Nase zu binden, dass er ihn als Schnüffler ausschickt. Ja, so könnte es möglicherweise gehen.

«Hör mal, Herbert», beginnt er zögernd.

«Ja?»

«Du kommst doch ganz gut mit den Hausmeistern aus.»

«Ja, und? Das, was die mir erzählt haben, wisst ihr schon.»

«Ja, sicher. Aber das war alles im Zusammenhang mit Beller. Wir haben heute Morgen mit der Sekretärin von Türheim gesprochen, einer Frau Hein. Und Thiele und ich haben den Verdacht, dass die aus lauter Ehrfurcht vor ihrem toten Chef mauert. Sie will einfach nicht mit der Polizei kooperieren. Verstehst du, was ich sagen will?»

«Klar.»

«Und?»

«Ich frage sachte nach. Und wenn ich da nicht weiterkomme, finde ich einen anderen Weg. Kannst dich auf mich verlassen. Das hast du doch gemeint – oder?» Die kaum zu bremsende Unternehmungslust ist Herbert Fehringer überdeutlich anzumerken.

«Ja, das heißt, nein. So direkt nicht.» Reinhold Lorenz kommt sich vor wie eine Katze, die nicht weiß, ob sie die Maus fressen oder laufenlassen soll.

«Ich habe es kapiert. Es darf keiner wissen, dass ich in eurem Auftrag unterwegs bin.»

«In unserem Auftrag ist zu viel gesagt. Ich kann dich … äh, ich darf dich gar nicht beauftragen. Aber es wäre schön …»

«Lass es gut sein, Reinhold. Ich bin schließlich nicht blöd. Ich weiß schon Bescheid. Morgen früh gehe ich sofort hin. Kannst dich hundertprozentig auf mich verlassen. Und einen schönen Gruß noch an den Kleinen und deine Julia. Die sind wirklich ein nettes Paar.»

Das Letzte hättest du dir sparen können, denkt Lorenz, als er auflegt. Von wegen nettes Paar. Wenn ich das schon höre! Wahrscheinlich knutschen die in aller Öffentlichkeit im Biergarten herum. Meine Tochter ausgerechnet mit meinem treuherzigen Assistenten, der auf den ersten seelenvollen Augenaufschlag hereinfällt. So geht das nicht!

Dass er seiner redegewandten Tochter auch einen konkreten Grund präsentieren müsste, weshalb es so nicht geht, übersieht der von Eifersucht geplagte Vater leider. Er übersieht ebenfalls, dass er inzwischen, ohne dass es ihm bewusst wäre, für Matthias Thiele vaterähnliche Sympathien empfindet. Künftig werden wohl zwei Seelen in seiner Brust kämpfen. Darauf muss er sich gefasst machen. Aber diese Erkenntnis ist zum Glück nur bis zum Über-Ich von Reinhold Lorenz durchgedrungen.

13.

Im Biergarten auf dem Schlossberg, von wo aus man einen herrlichen Blick auf die in verschiedenen Rot- und Terrakottatönen schimmernden Dächer der Altstadt hat und weit hinaus in die Rheinebene bis hin zum Kaiserstuhl und zu den Vogesen auf der anderen Rheinseite sitzt Matthias Thiele schon seit einer geraumen Weile in sich gekehrt an einem der langen Holztische. Der verabredete Zeitpunkt, an dem er sich mit Julia treffen wollte, ist bereits seit mehr als einer halben Stunde verstrichen. Er hat sich so sehr beeilt, sich vermutlich den Ärger seines Chefs eingehandelt – der morgen hoffentlich verraucht sein wird –, und nun ist weit und breit keine Julia in Sicht. Zweimal hat er bereits vergeblich das ganze Areal inspiziert, in der Hoffnung, er hätte sie übersehen. Ob sie es vergessen hat? Dass sie ihn einfach ohne Nachricht sitzenlässt, hält Thiele nach den beiden vorangegangenen liebevollen Nächten für ausgeschlossen. Oder vielleicht doch? Was hat ihr Vater heute Vormittag durchblicken lassen? Es hat sich beinahe so angehört, als hätten sich ihre diversen Liebhaber die Klinke in die Hand gegeben. Aber das kann doch nicht sein, das ist bestimmt lange her. Zwischen ihnen beiden ist es schließlich ganz etwas anderes. Wenn er bloß daran gedacht hätte, ihre Telefonnummer zu notieren.

Zum x-ten Mal konsultiert Thiele sein vor ihm liegendes Handy, ob er nicht vielleicht doch eine SMS oder einen Anruf von Julia übersehen beziehungsweise überhört hat. Aber kein Eintrag in der Rufliste, kein Briefsymbol auf dem Display. Das Ding lässt sich nicht erweichen, es bleibt auch in der nächsten

Viertelstunde stumm. Ob es überhaupt funktioniert? Thiele wählt sicherheitshalber die Nummer seines eigenen heimischen Anschlusses, woraufhin ihm der Anrufbeantworter nach dem zweiten Klingeln brav mitteilt, dass er nicht zu Hause ist.

Die junge Studentin, deren Job es ist, heute Abend die langen Tische abzuräumen und sauber zu wischen, schaut ihn mitleidig an, wie er vor seinem noch fast vollen, aber längst schal gewordenen Weizenbier sitzt. Er traut sich nicht, mehr als einen kleinen Schluck zu nehmen, schließlich will er Julia nicht mit einer Bierfahne begrüßen. Nach, wie er es empfindet, mindestens einer weiteren Stunde kontrolliert er erneut die Zeitangabe auf dem Handy. Gerade mal fünf Minuten sind seit dem letzten Mal vergangen. Soll er gehen? Er könnte versuchen, sie zu Hause anzurufen, mit dem Risiko, dass sein Chef schon daheim ist und abnimmt, was ihm unsäglich peinlich wäre – insbesondere nach den heutigen Bemerkungen über Julias abwechslungsreiches Liebesleben. Eine süffisante Bemerkung würde er sich bestimmt einhandeln. Er könnte aber Glück haben und Ulli erwischen. Der wüsste eventuell, wo seine Schwester ist.

Fünf Minuten gibt er sich und ihr noch, dann wird er gehen. Nach weiteren zehn Minuten fällt er erneut den gleichen Entschluss, als er Julia – nicht übermäßig eilig – auf der Treppe, die zum Biergarten führt, heraufkommen sieht. Endlich! Über den Schlossberg poltert ein ganzer Steinbruch von seinem Herzen, so sehr erleichtert ist Thiele.

«Hi, Matthias. Wartest du schon lange?», erkundigt sich Julia fröhlich, dafür aber eher rhetorisch, umarmt ihn dann derart herzlich, dass er nur noch milde und undeutlich «Ein bisschen schon» murmelt.

«Ich habe eine Freundin getroffen, von früher, und da haben wir uns wohl verquatscht. Aber arg viel zu spät bin ich nicht – oder?»

«Hm. Jetzt bist du ja da», entgegnet Matthias Thiele, und es fällt ihm nur ein ganz klein wenig schwer, nicht darauf hinzuweisen, dass sie den vereinbarten Termin für ihr Treffen um mehr als eine Stunde überzogen hat. Julia geht nicht weiter darauf ein, sondern bekundet stattdessen ihre lebhafte Abneigung gegen den Schluck Bier, den sie eben aus seinem Glas genommen hat.

«Iiih. Das schmeckt ja eklig und total warm. Sei lieb und hole uns zwei neue. Für mich ein Radler. Aber sauer, bitte.»

Thiele trabt los und reiht sich geduldig in die lange Schlange ein, die sich am Selbstbedienungs-Büfett gebildet hat, denn der Kastaniengarten ist inzwischen fast komplett besetzt, und die meisten Besucher haben bei dieser Hitze Bierdurst. Aus der Entfernung sieht er, dass Julia auch hier Freunde getroffen zu haben scheint, denn an ihrem Tisch sitzen jetzt noch mehrere Leute. Auch das noch! Er hatte gehofft, sie für sich allein zu haben. Na, wenigstens ist sie gekommen.

Es stellt sich heraus, dass die Tischnachbarn zwar keine Bekannten sind, Julia in ihrer offenen und temperamentvollen Art jedoch sofort eine Unterhaltung mit ihnen begonnen hat. Thiele tut sich in dieser Hinsicht sehr viel schwerer. Er braucht für so etwas immer eine ziemlich lange Anlaufzeit.

«Sag mal, Matthias, seid ihr eigentlich weitergekommen mit eurem Mord?», wendet sich Julia nun an ihn, ohne ihre Stimme zu dämpfen, sodass die anderen am Tisch sie neugierig anstarren.

«Nun ja», weicht Thiele aus, entdeckt aber im gleichen Moment, dass soeben ein kleiner Tisch frei geworden ist, an dem nur zwei Personen Platz finden können. Er nimmt die beiden Gläser in die eine Hand und zieht Julia mit der anderen schnellstens hinter sich her zu dem lauschigen Plätzchen unter einer mächtigen Kastanie. Und er hat Glück! Sie erreichen den

Tisch ganz knapp vor einem jungen Paar, das ihn ebenfalls als Ziel auserkoren hatte.

«Habt ihr Geheimhaltungsstufe eins?», macht sich Julia lustig.

«Das nicht. Aber von der Sache muss nicht unbedingt halb Freiburg wissen.»

«Du lieber Himmel. Stand schließlich groß in der Zeitung. Aber mein Vater hat scheint's ziemlich auf dich abgefärbt. Fang bloß nicht so an wie er.»

Die Stimmung zwischen den beiden ist plötzlich leicht angespannt.

«Nein. Äh … Ja. Du musst verstehen, dass ich nicht in aller Öffentlichkeit berichten darf. Dir kann ich schon ein bisschen was erzählen, wenn es dich interessiert und du nichts weiterplauderst.» Thiele verleiht dieser Ankündigung einen zärtlichen Unterton und legt gleichzeitig seinen Arm um Julias Schultern.

«Natürlich interessiert es mich. Wisst ihr inzwischen, wer den Prof aufgespießt hat?»

«So weit sind wir noch nicht. Wir haben uns heute erst einmal das Büro in der Uni und die Sekretärin vorgenommen.»

Thiele verfolgt mit seinen Ausführungen eine Absicht, die mit der Aufklärung des Mordes herzlich wenig zu tun hat. Er möchte unbedingt herausfinden, wie ernst Julias frühere Eskapaden waren, die ihr Vater vor ihm ausgebreitet hat. Von Adorno und Habermas und der Kritischen Theorie weiß Thiele zu wenig, so muss eben das Nilpferdchen herhalten. Von Ägyptologie versteht er zwar ebenso wenig, aber der Anknüpfungspunkt ist plausibler.

«Erzähl!»

«Ja, das wird dich interessieren, der Türheim hat eine kleine Sammlung ägyptischer Figürchen. Das hübscheste war ein kleines grünes Nilpferd.»

«Aha. Und weshalb soll mich das interessieren?»

«Dein Vater hat gemeint, dass du dich vor einiger Zeit intensiv mit dem Altertum beschäftigt hast.»

Julia bricht in lautes Lachen aus.

«Mensch, Matthias. Daher weht der Wind. Sag doch gleich, wenn du was über meine früheren Freunde wissen willst. Ich kann mir lebhaft vorstellen, dass mein Vater jede Gelegenheit nutzt, dir das unter die Nase zu reiben. Wenn er könnte, würde er mich unter einen Glassturz stellen und den Deckel nur aufmachen, wenn er es für richtig hält. Lass dich nur nicht ins Bockshorn jagen.»

Dass Julia seine verkappte Anspielung sofort durchschaut hat, ist Thiele unangenehm. Er versucht daher, die Ägyptologie etwas sachlicher in den Vordergrund zu schieben.

«So habe ich es nicht gemeint. Wirklich. Wenn du dich da auskennst, weißt du bestimmt noch, was die Figur zu bedeuten hat. Vielleicht ist das ein Hinweis.»

«Matthias, gib dir keine Mühe. Außerdem ist das schon eine kleine Ewigkeit her, und ich weiß nicht einmal mehr genau, wie der Ägypten-Knilch hieß. Warte mal. Sven oder Jan. Nee. Jan war ja der mit Gitarre. Es war so ein altertümlicher Name, hat zu dem antiken Kram gepasst, mit dem er sich beschäftigt hat. Jetzt hab ich's, Ekkehard. Genau, Ekkehard hieß der.»

Von diesen Informationen hat Matthias Thiele überhaupt nichts. Ganz im Gegenteil. Genau genommen ist es nämlich geradezu niederschmetternd. Da ist plötzlich noch ein Ex-Freund mit einer Gitarre dazugekommen. Die Riege der Ehemaligen scheint endlos. Und Julia kann sich noch nicht einmal mehr an alle Vornamen erinnern! Thiele schluckt.

«Du solltest deine Verflossenen in einer Excel-Datei auflisten, damit du den Überblick behältst.» Diese spitze Bemerkung kann er sich nicht verkneifen.

«So viele waren es nun auch wieder nicht. Bist du eifersüchtig? Brauchst du nicht. Im Moment gibt es für mich nur dich.»

Diese treuherzige Versicherung ist für den besagten Moment zwar tröstlich, aber was geschieht, wenn der vorüber ist?

«Eigentlich könnten wir zu dir gehen. Auf Bier habe ich sowieso keine Lust mehr. Hast du noch eine Flasche Wein zu Hause? Die trinken wir auf deinem Balkon. Und wenn es zu spät wird, bleibe ich wieder bei dir.»

Während er mit Julia händchenhaltend und selig lächelnd den Schlossberg hinuntersteigt, verbringt sein Chef einen weniger betörenden Abend. Zwar sitzt auch Reinhold Lorenz bei einem Bier im Garten, aber seine Gedanken lassen sich einfach in kein übersichtliches Schema ordnen. Und über allem schwebt die Frage: Warum nur finde ich in diesem Fall keine Schwachstelle, an der ich einhaken könnte? Außerdem beschäftigt ihn die in Aussicht gestellte Sonderkommission. Weshalb hat es der oberste Boss damit so eilig? Natürlich haben die lokalen Zeitungen über den Mord berichtet, aber Türheim war schließlich kein Promi, sodass die sogenannte Öffentlichkeit ein außergewöhnliches Interesse an dem Fall hätte. Da muss etwas anderes dahinterstecken. Aber was?

Lorenz nimmt sich vor, morgen früh pünktlich um acht Uhr zur Stelle zu sein, wenn die Spurensicherung in Türheims Büro in der Universität einfällt. Dann könnte er anschließend diesen obskuren Beller noch einmal in die Mangel nehmen. Hoffentlich kreuzt nicht gleichzeitig Herbert Fehringer auf. Da hat er sich etwas eingebrockt. Hätte er nur nicht auf Thiele gehört. Einen Außenstehenden, der keine Ahnung von Gesprächstechnik und Vernehmungspsychologie hat, zur Mithilfe bei der Aufklärung eines Mordes zu animieren – ist er denn von allen guten Geistern verlassen! Aber jetzt ist es zu spät. Selbst wenn er versuchen würde, Würschtle-Herbert zurückzupfeifen, würde der den Rückzugsbefehl schlicht ignorieren. So gut kennt er ihn inzwischen. Da bleibt nur noch, ihn wenigstens anzuweisen, nicht schon morgen am Vormittag in der Universität aufzutauchen. Seufzend erhebt sich Lorenz aus seinem bequemen Gartenstuhl, um erstens Herbert Fehringer entsprechend zu instruieren und zweitens seinen Assistenten davon in Kenntnis zu setzen, dass er sich gefälligst um acht Uhr früh am Ort der Spurensuche einzufinden hat. Bei beiden gewünschten Gesprächspartnern muss sich Reinhold Lorenz jedoch mit dem Anrufbeantworter begnügen. Fehringers sind bei Nachbarn eingeladen, wo Herbert selbstredend die Gelegenheit wahrnimmt, sich in rätselhaften Andeutungen über seine von der Bürgerpflicht auferlegte Beteiligung an der Mördersuche zu ergehen. Und Matthias Thiele ist meilenweit davon entfernt, sich aus seinem gegenwärtigen Zustand der freudigen Entrückung zurück auf die Erde und dort zu seinem Telefon zu begeben.

Würschtle-Herbert hat sich noch am Abend des blinkenden Anrufbeantworters erbarmt und schweren Herzens dazu durchgerungen, der dringenden Ermahnung seines Freundes Reinhold Lorenz zu folgen und mit dem Besuch in der Universität so lange abzuwarten, bis der kriminalistische Einsatz der Profis beendet ist. Ganz anders hingegen Matthias Thiele. Den hat im siebenten Himmel weder Telefon noch Wecker erreicht. Letzterer vor allem deshalb nicht, weil er vergessen hat, ihn einzuschalten.

So kommt es, dass Reinhold Lorenz pünktlich um acht Uhr morgens mit den Kollegen der Spurensicherung im ehemaligen Türheim-Zimmer der Universität steht, während sein Assistent noch friedlich schlafend in Julias Armen liegt. Lorenz wird derweil immer ungeduldiger und wütender. Mehrmals schon hat er bei seinen Anrufversuchen die freundliche Auskunft erhalten, dass Matthias Thiele derzeit nicht zu Hause sei. Das Handy ist abgeschaltet, er hat also keine Möglichkeit, ihn zu erreichen. Seine Wut wird zu einem guten Teil auch dadurch genährt, dass Julia in der letzten Nacht offenbar ein anderes Bett dem eigenen vorgezogen hat. Gerade als Reinhold Lorenz einen hoffnungslosen letzten Versuch starten will, Thiele zu erreichen, fällt ihm ein, dass er es auf Julias Handy versuchen könnte. Sie lässt ihr Gerät meistens eingeschaltet, um nur ja keinen Anruf zu verpassen. Es klappt! Nach längerem Warten meldet sich eine offenbar aus tiefstem Schlaf gerissene Julia.

«Jaaa?»

«Julia, bist du das?»

«Jaaa, uaaah, was ist denn?»

«Hier ist dein Vater», klingt es drohend.

«Ja, und?»

«Weck bitte augenblicklich deinen Liebhaber und sag ihm, dass er sich stehenden Fußes in die Uni begeben soll, in Türheims Büro. Im Moment und sofort. Kapiert? Ich bin stinksauer!»

«Warum?», kommt die verständnislose Antwort zurück.

«Weil manche Menschen, unter anderem dein Matthias, so ganz nebenbei noch einen Beruf haben, in dem sie hin und wieder auch mal arbeiten müssen.» Eine Antwort wartet Reinhold Lorenz nicht ab, sondern beendet abrupt das Gespräch.

Dass mit ihrem Vater augenblicklich nicht gut Kirschen essen ist, hat selbst Julia begriffen, die ansonsten gegen alle Anfeindungen von außen völlig immun zu sein scheint. Sie rüttelt ihren immer noch tief schlafenden Freund.

«Du, Matthias, wach mal auf. Du sollst zum Dienst kommen. Mein Vater ist stinksauer.»

«Was? Was ist los? Wie viel Uhr ist denn?»

«Wart mal, fünf nach halb neun. O Gott, noch so früh.»

«Bist du wahnsinnig? Mein Dienst hat längst angefangen. Verdammter Mist! Da kann ich mich auf was gefasst machen.»

Die letzten Worte kriegt Julia nur undeutlich mit, weil Matthias schon fast im Bad ist.

«Halt. Warte», ruft sie ihm hinterher. «Du sollst irgendwo hinkommen. Wo war das jetzt gleich? Hab ich nicht richtig verstanden. Aber irgendwo in die Uni. Keine Ahnung. Frühstücken wir noch zusammen?»

Thiele, der eben mit der Zahnbürste im Mund aus dem Bad kommt, schaut sie entgeistert an.

«Bisch gu wahnschinnig?», wiederholt er sich – diesmal, der Zahnbürste wegen, etwas undeutlicher, dafür um einiges hektischer. Er hat sich eben sogar überlegt, dass er auf die Dusche verzichten wird – obwohl es schon wieder ein hochsommerlich heißer Tag zu werden verspricht. Und da will Julia allen Ernstes von ihm wissen, ob sie sich noch in aller Ruhe zum gemeinsamen Frühstück niederlassen.

«Na, dann eben nicht. Ich mache es mir aber noch ein bisschen gemütlich. Kannst du die Zeitung aus dem Briefkasten holen, bevor du gehst?»

Thiele verzichtet auf die Antwort, ruft noch ein eiliges ‹Tschüs› in Richtung Schlafzimmer und schlägt die Wohnungstür hinter sich zu. Glücklicherweise hat er es von seiner Wohnung nicht allzu weit bis zur Universität. Trotz – oder gerade wegen – der Eile zieht er das Fahrrad heute seinem alten Golf vor, weil er damit in der für Autos – und im Übrigen auch Fahrräder – gesperrten Innenstadt von Freiburg schneller vorankommt. Er schafft es in knapp sieben Minuten zum Kollegiengebäude I. Seine Verspätung kann er am Gesichtsausdruck seines Vorgesetzten ablesen.

Reinhold Lorenz steht als lebendiger Vorwurf im Türheim-

Büro. Um ihn herum arbeiten sich die Kollegen ruhig und konzentriert durch Regale, Schubladen und Aktenordner. Frau Hein sitzt mit abgewandtem Gesicht, als ob sie das alles überhaupt nichts anginge, an ihrem Schreibtisch und blättert geistesabwesend im Bestellverzeichnis für Büromaterial.

«Entschuldigung, Chef, es tut mir leid, ich habe verschlafen, entschuldigen Sie bitte.»

«Darauf wäre ich nie gekommen», giftet Lorenz. «Wie schön, dass Sie doch noch hergefunden haben», setzt er ironisch hinzu. «Die Kollegen untersuchen das Zimmer seit acht Uhr, sind aber noch nicht auf eine nennenswerte Spur gestoßen», unterrichtet er seinen Assistenten so sachlich es irgend geht. Der verzichtet wohlweislich auf die Entgegnung, dass er dann ja nichts versäumt habe.

«Herr Kommissar, was sagten Sie, was für ein Professor das gewesen ist?», wendet sich nun einer der Kriminaltechniker mit einem dicken Leitzordner in der Hand an Lorenz.

«Er war Jurist. Weshalb?»

«Dann hatte er vermutlich ein ausgefallenes Hobby. Schauen Sie mal her. Ein kompletter Ordner mit Zeitungsausschnitten, in denen es ausschließlich um Kunstraub, Antiquitätenschmuggel und illegalen Kunsthandel geht. Die Stichworte sind in allen Artikeln mit Textmarker hervorgehoben.»

«Das Nilpferdchen ...», entfährt es Thiele.

«Was ist los?»

«Chef, das Nilpferdchen hier und die anderen antiken Figürchen. Ob die echt sind? Geklaut? Oder illegal beschafft?»

«Das können wir nicht beurteilen. Das muss ein Experte machen. Fragen Sie mal beim Drachen nebenan, ob es hier an der Uni zufällig jemanden gibt, der das wissen könnte.»

Thiele wendet sich an die Sekretärin und erhält nur eine knappe, abweisende Antwort auf seine Frage.

«Woher soll ich das wissen!» Frau Hein baut ostentativ eine Mauer aus mehreren Ordnern auf ihrem Schreibtisch auf, hinter der sie sich verschanzt und gleichzeitig signalisiert, dass sie mit den Beamten nebenan nichts, aber auch gar nichts zu tun hat.

«*Ich* kann Ihnen weiterhelfen», tönt es da von der Tür her. Tigerlily, deren Arbeitszeit erst um neun Uhr beginnt, hat sofort nach ihrem Eintreffen – wie immer zwanzig Minuten nach neun Uhr – den Auftrieb der Kriminalpolizei im Zimmer gegenüber mitbekommen. Sie hat sich nicht einmal die Zeit genommen, ihre Umhängetasche mit Leopardenmuster-Verzierung abzulegen.

«Bitte, wer sind Sie?», will Thiele wissen.

«Ich bin die Frau Geier. Ich bin Sekretärin, mein Büro ist gegenüber, und ich kannte den Professor natürlich gut. Der arme Mann …», setzt sie noch hinzu, als sie den unwilligen Blick von Frau Hein wahrnimmt.

«Schön. Sie meinen, Sie könnten uns weiterhelfen?»

«Ja, sicher, im Kunstgeschichtlichen Institut gibt es einen Dozenten, der sich mit so etwas auskennt. Ich weiß das von einer Kollegin.»

«Könnten Sie die anrufen und nachfragen, wie der Dozent heißt?»

Frau Geier schaut auf ihre Armbanduhr.

«Hoffentlich ist sie schon da. Ich versuche es.»

«Und wenn Sie sie erreichen, fragen Sie bitte auch gleich, ob dieser Experte zufällig heute an der Uni ist und kurz heraufkommen könnte. Bitte.»

Frau Geier nickt und zieht eilig ab. Thiele schaut ihr einen Augenblick nach. Hm, der Name passt zu ihr. Die stürzt sich bestimmt wie ein Geier auf Neuigkeiten, denkt er. Dann berichtet er seinem Chef von der Aussicht, möglicherweise umgehend einen Sachkundigen hinzuziehen zu können. Lorenz ist pessimistisch.

«Es sind Semesterferien. Das wäre ein arger Zufall, wenn dieser Mensch erstens was davon verstünde und zweitens auch noch hier wäre.»

«Vielleicht haben wir Glück. Das Glück gebührt dem Tüchtigen.»

«Vor allem, wenn der morgens bis in die Puppen schläft», merkt Lorenz spitzzüngig an.

«‹Dem Glück bezahlt' ich meine Schuld›», kommt es postwendend zurück.

«Wie bitte?» Lorenz glaubt, seinen Ohren nicht trauen zu dürfen.

«Schiller. Ring des Polykrates.»

«Oh, Mann, Thiele. Verschonen Sie mich mit Ihrer literarischen Bildung.»

«‹Doch warn' ich dich, dem Glück zu trauen›», tönt es von einem der Spezialisten, der sich gerade an einem der Regale zu schaffen macht.

Thiele grinst. «Mussten Sie das Gedicht auch auswendig lernen?», fragt er den Kollegen.

«Nicht nur das. Die Bürgschaft habe ich auch noch drauf. Und die Kraniche des Ibykus. Nur die Glocke kann ich nicht mehr ganz.»

Lorenz schaut irritiert von einem zum anderen.

«Mir war bis eben nicht klar, dass ich mich in einem literarischen Zirkel befinde. Ich dachte immer, ich arbeite bei der Kriminalpolizei.» Seine Laune hat sich durch dieses Geplänkel nicht gebessert.

Thiele und sein zitierfreudiger Kollege von der Spurensicherung drehen sich jeder in eine andere Richtung, um nicht in lautes Lachen auszubrechen und damit den Unmut des Kommissars noch zu steigern. Aber den beiden mit Schillers Balladen so wohlvertrauten Fahndern widerfährt eine kleine Genugtuung, denn wenige Minuten später betritt ein schlaksiger junger Mann in verwaschenem T-Shirt und ausgebeulten Jeans das Zimmer.

«Sie haben ein fachliches Problem?», fragt er unvermittelt und ohne sich vorzustellen, als er in das von Kriminalbeamten bevölkerte Zimmer tritt.

«Darf ich fragen, wer Sie sind und was Sie hier zu suchen haben?», will Kommissar Lorenz von der ziemlich abgerissen wirkenden Gestalt herablassend wissen, stellt sich selbst aber dennoch kurz vor: «Lorenz. Kommissar Lorenz von der Mordkommission, und das ist Herr Thiele, mein Assistent.»

«Ich bin hier an der Universität Professor für Kunstgeschichte, Spezialist für antikes Kulturgut, Nebenfach Archäologie. Mein Name ist Schiller. Und meine Sekretärin hat mir gesagt …» Weiter kommt er nicht mit seiner Vorstellung, denn er wird vom wiehernden Lachen zweier ihm gegenüberstehender Beamten unterbrochen. Verwirrt schaut er von einem zum anderen. «Was ist daran so lustig? Das ist eine eigene Forschungsabteilung.»

«Entschuldigen Sie bitte, Herr Professor», versucht Lorenz, der nie vermutet hätte, dass ein Professor wie ein Student aussehen könnte, die Situation zu klären. «Meine beiden Mitarbeiter fühlten sich eben bemüßigt, die Reste ihrer Schulbildung zu präsentieren. Sie verstehen?»

Schiller versteht zwar nichts, aber es ist ihm egal. Er will möglichst schnell wieder zurück zu den Korrekturen seines Aufsatzes, die heute Abend noch im Verlag sein müssen. Und er ist sowieso schon in zeitlichem Verzug.

«Also. Also, darf ich endlich erfahren, worum es geht?»

Lorenz staunt. Selbst ernstzunehmende Wissenschaftler haben also das ‹Also› drauf. Sei's drum. Er erklärt kurz den Grund für die polizeiliche Durchsuchung des Zimmers, zeigt Professor Schiller auch den Ordner mit den Zeitungsausschnitten und weist dann auf die kleinen Figuren auf dem Regal.

«Es geht darum, dass wir gern wissen möchten, ob diese Gegenstände hier Nachbildungen sind oder womöglich Originale.»

Schiller nimmt das Nilpferdchen, das ihm Thiele entgegenstreckt, in die Hand.

«Kunst und Kultur aus vorchristlicher Zeit, insbesondere die ägyptische Kunst, zeichnen sich aus durch eine unglaubliche schöpferische Vielfalt. Die ägyptische Kultur konnte sich über lange Zeiträume hinweg – Jahrtausende, um genau zu sein – ungehindert entfalten. Der jeweilige Stil ist meist gekennzeichnet von den herrschenden Pharaonen. Allen Kunstwerken, gleich, ob Grabbeigaben, Tempeln oder kleinsten Statuetten, ist jedoch gemeinsam, dass sie Repräsentanten eines Volkes sind, das sich stets mit seiner Kunst identifiziert hat. Bereits in der Frühgeschichte, um 3000 vor Christus, als der Gesamtstaat Ägypten gegründet wurde …»

An dieser Stelle unterbricht Lorenz zwar höflich, aber – zumindest für Thieles geschultes Ohr – unverkennbar ungeduldig den dozierenden Professor. Nach dem literarischen Intermezzo von vorhin scheint seinem Chef jegliche Lust abzugehen, sich auf mehrere tausend Jahre ägyptische Geschichte einzulassen.

«Entschuldigen Sie, Herr Professor, das ist alles sehr interessant. Aber Ihre und unsere Zeit ist begrenzt. Könnten Sie uns einfach nur sagen, ob diese Sachen falsch oder echt sind? Ganz einfach nur das?»

Der Kunstgeschichtler ist über so viel Ignoranz für sein Fach verschnupft.

«Glauben Sie, hier stehen echte antike Objekte herum? Das

sind Nachbildungen, die Sie in jedem besseren Museumsshop erwerben können. Das Vorbild für dieses Nilpferdchen zum Beispiel stammt mit Sicherheit aus dem Mittleren Reich und bezeugt die enorme künstlerische Meisterschaft seines Schöpfers. Es ist eine typische Grabbeigabe, wie sie häufig … Moment mal … Das kann nicht wahr sein … Das gibt es nicht …»

Professor Schiller gerät in höchste Aufregung.

«Zeigen Sie mal die anderen Sachen. Schnell.»

Stück für Stück nimmt er in die Hand, betrachtet jedes eingehend und stellt es wieder zurück auf das Regal. Die Kriminalbeamten haben aufgehört zu arbeiten und schauen dem sichtlich nervöser werdenden jungen Professor staunend zu. Der murmelt vor sich hin, nickt mit dem Kopf oder schüttelt ihn entschlossen. Kommissar Lorenz dauert dieses Gehabe, das er nicht zu deuten weiß, zu lange. Er unterbricht die intensive Begutachtung.

«Ich möchte Sie nicht stören, aber könnten Sie uns vielleicht auch teilhaben lassen an Ihren Erkenntnissen?» Das klingt gereizter, als es gemeint ist.

Schiller mustert sein Gegenüber so, als nähme er in diesem Augenblick erst dessen Gegenwart wahr.

«Was ist? Was wollen Sie? Ach so, ja, sicher. Sämtlicher … äh, Kram, der hier herumsteht, ist absolut wertlos. Kitsch. Staubfänger. Aber bei diesem kleinen Nilpferdchen, da verhält es sich anders. Nach meinem Dafürhalten, selbstverständlich muss ich es noch genauer untersuchen, handelt es sich um ein Original. Wie ich gesagt habe, eine Grabbeigabe aus dem zweiten Jahrtausend vor Christus. So wie ich das sehe, ist es entweder aus einem Museum gestohlen oder bei einer der vielen Raubgrabungen entdeckt worden.»

Weder Lorenz noch Thiele kennen sich in dieser Sparte aus. Das ist ein Bereich, der ihnen gänzlich fremd ist. Zwangsläufig müssen sie daher den Kunstgeschichtler um weitere Informationen bitten, mit dem Risiko, dass er erneut die Erkenntnisse seines Faches seit Anbeginn zum Besten gibt. Doch sie täuschen sich. Klar und unumwunden erklärt ihnen Schiller die Grundzüge des illegalen Kunsthandels.

«Das ist ganz einfach. Es existiert ein weltweiter illegaler Handel mit Kunstgütern. Je nach Herkunftsland gibt es zwar Überprüfungen und jede Menge Beschränkungen, aber trotzdem fungieren manche Länder regelrecht als Verschiebebahnhof. Der Antikenschmuggel wird quasi als Volkssport betrieben. Dort, wo man mit den Kontrollen strenger verfährt, gibt es die Möglichkeit, die Exponate in Zollfreilagern jahrelang zu bunkern, um sie dann zum Beispiel als Familienerbstücke zu deklarieren. Nach einer gewissen Zeit kann das natürlich kein Mensch mehr eindeutig nachweisen. Eine einheitliche Rechtsgrundlage existiert nicht. Deutschland genießt in Insider-Kreisen den zweifelhaften Ruf, ein sogenanntes Hehlerland zu sein, vor allem deshalb, weil es die UNESCO-Konvention zum Schutz des kulturellen archäologischen Erbes nicht ratifiziert hat. Das macht die Strafverfolgung beim Handel mit antikem Kulturgut höchst problematisch. Habe ich mich einigermaßen deutlich ausgedrückt?»

Alle im Raum sind sprachlos. Sie kennen sich zwar mit diesen Dingen überhaupt nicht aus, aber dass kriminelle Delikte derart einfach zu begehen sein sollen, leuchtet ihnen nicht ein.

Lorenz fasst sich als Erster. «Aber wie funktioniert der Transport über die Grenzen?»

«Nichts einfacher als das. Sie engagieren als ‹Boten› einfach jemanden, der entsprechende Wege und Möglichkeiten kennt, und schon haben Sie das eine oder andere aus Museumsbesitz oder einer Raubgrabung von einem Land ins andere verschoben.»

«Und wer kauft das dann?», will Thiele wissen. «Sind das spinnerte Sammler, die das Zeug in ihren Safe stellen und sich jeden Abend um acht Uhr dran berauschen?»

«O nein, das war vielleicht früher einmal so. Inzwischen gibt es ganz offizielle Ankäufe, selbst von Museen, wo man bisweilen gern die Augen verschließt und sich ebendieser nicht geklärten Rechtslage bedient.»

«Falls dieses kleine Nilpferdchen aber ein Original ist und außerdem aus einer dubiosen Quelle stammen sollte, wie Sie sagen, Herr Professor, dann wäre es für Ihren Kollegen Türheim doch ein immenses Risiko gewesen, es so öffentlich herumstehen zu lassen», zweifelt Lorenz die Schiller'sche Vermutung über die Echtheit an.

«Weshalb, Herr Kommissar? Wo versteckt man etwas idealerweise? An der Oberfläche – oder?»

«Klar. Diese Weisheit hat schon Edgar Allan Poe von sich gegeben», vermeldet Thiele grinsend. «Aber die Stelle weiß ich gerade nicht. Keine Sorge, Chef.»

«Es beruhigt mich, dass es auch bei der Kriminalpolizei gebildete Menschen gibt. Sie können stolz sein auf Ihren Mitarbeiter, Herr Lorenz. Es war übrigens in ‹The purloined letter›», klärt Schiller die Umstehenden auf. «Brauchen Sie mich noch?», fährt er dann fort. «Ich würde sonst gehen und – wenn Sie erlauben – dieses kleine Kunstwerk zur näheren Überprüfung mitnehmen. Ich gebe Ihnen sofort Bescheid, wenn ich definitive Ergebnisse erhalte, obwohl ich kaum Zweifel hege! Hier noch meine Visitenkarte. Habe die Ehre, meine Herren.»

Da Lorenz keine Einwände erhebt, hüllt Schiller das kleine Nilpferd sorgsam in mehrere Papiertaschentücher und macht sich auf den Weg. Er lässt eine Reihe von verblüfften Polizeibeamten verschiedenen Dienstranges zurück.

«Chef, wir kommen diesmal ganz schön rum. Vom Ochsenspieß beim Dorffest in Ehrenstetten über illegalen Mädchenhandel, illegale Insolvenzen bis hin zu illegalem Kunsthandel. Hätten Sie sich das träumen lassen?»

Hätte er nicht, aber Lorenz verzichtet trotzdem darauf, die anderen Verdachtsmomente als unbegründet zurückzuweisen.

14.

Die Kollegen der Abteilung Spurensicherung, die ihre Sachen gepackt haben und abgezogen sind, lassen ein sehr nachdenkliches Fahnderduo zurück. Sollte sich diesmal der in der Öffentlichkeit allzu gern auf das Mordopfer projizierte Verdacht bewahrheiten, dass es im Grunde selbst an seinem Tod schuld sei, zumindest wegen dunkler Machenschaften seinen Anteil daran habe? Vom Opfer zum Täter? Dass es in Helmut Türheims Leben Vorgänge gegeben haben muss, die kaum mit der Berufsehre eines Juristen vereinbar sind, scheint auf der Hand zu liegen.

«Chef, mir fällt da gerade etwas ein», unterbricht Thiele ihr Schweigen.

«Und?»

«Erinnern Sie sich an die Liste mit den vielen Nummern, aus der wir nicht schlau geworden sind?»

«Ja, sicher. Warum?»

«Dieses Nilpferdchen ist bestimmt nur die Spitze des Eisbergs. Das hat er sich zum Vergnügen hingestellt. Aber gehandelt hat er wahrscheinlich mit diesem, wie der Schiller das nannte, ‹Kulturgut› im großen Stil.»

«Was hat das mit der Liste zu tun?»

«Die könnte eine Aufstellung sein für das, was er hin und her verschoben hat. So ähnlich wie Bestellnummern.»

«Hm. Der Gedanke ist gar nicht so dumm. Ist aus diesem Computer noch mehr rauszukriegen?»

«Keine Hoffnung, Herr Lorenz. Ich habe alles durchgesucht. Ich hätte aber noch eine Idee.»

«So – und welche?»

«Wir könnten diesem Kunstprofessor die Liste zeigen. Es wäre immerhin möglich, dass er was damit anfangen oder uns zumindest einen Hinweis geben kann.»

«Schaden kann es bestimmt nicht. Und einen Versuch ist es allemal wert. Machen Sie das, Thiele.»

«Okay, Chef, mach ich. Ich schicke ihm die Liste gleich per Mail, wenn wir wieder im Präsidium sind. Dann kann er in aller Ruhe darüber –»

Weiter kommt er nicht, denn in diesem Augenblick betritt Professor Schiller noch einmal das Büro.

«Ich habe recht gehabt. Diese kleine Figur ist vor kurzem aus einem ägyptischen Museum gestohlen worden, zusammen mit vielen anderen, auch größeren Objekten.»

«Und wie haben Sie das so schnell herausbekommen?», wundert sich Lorenz.

«Ganz einfach. Ich konnte mich dunkel erinnern, etwas über einen großangelegten und sehr raffiniert durchgeführten Kunstraub gelesen zu haben. Im Internet bin ich dann fündig geworden. Über die entsprechenden Kanäle bekommt man ganz schnell heraus, was diese Halunken haben mitgehen lassen. Das waren keine Amateure. Die wussten sehr genau, worauf es ankommt und worauf sie aus waren. Ich bin sicher, dass das eine Auftragsarbeit war.»

«Wissen Sie Genaueres?»

«Ja. In der Nacht vom 5. zum 6. März letzten Jahres ist in ein Museum in Kairo eingebrochen worden. Die Wachleute wurden brutal niedergeschlagen. Alles in allem wurden genau 214 Kunstobjekte gestohlen, die bis heute nicht wieder aufgetaucht sind, unter ihnen war das kleine Nilpferd.»

«Verfügt jedes Museum über detaillierte Inventarlisten? Ich meine, mich zu erinnern, dass ich in einer Fernsehsendung mal gesehen habe, dass Hunderte von wertvollen Gegenständen in irgendwelchen Museumskellern verrotten», entgegnet Lorenz höchst interessiert. Diese Information hat ihm nicht der Fernseher geliefert, sondern sie stammt aus der Ägypten-Phase seiner Tochter. Er hatte damals nicht glauben wollen, dass Fachleute antike Schätze einfach verkommen lassen.

«Das stimmt schon. Hier liegt einiges im Argen, aber in diesem speziellen Fall war es so, dass die Exponate bereits fertig in Kisten verpackt bereitstanden, um sie nach Europa zu transportieren, zu einer Ausstellung, als Leihgaben. Die Diebe brauchten sich also nur noch vor Ort zu bedienen und alles zu verladen. Problemloser geht es nicht mehr.»

«Ich habe im Laptop des Ermordeten eine Liste mit ominösen Zahlenkolonnen gefunden. Könnte es sich hier um Inventarnummern handeln?», will Thiele schon mal vorab wissen.

«Das ist möglich, kann ich so aber nicht sagen. Mailen Sie mir diese Liste, dann telefonieren wir.»

«Mache ich. Was geschieht mit dem Nilpferdchen?»

«Ich habe es erst mal sicher im Tresor deponiert, so lange bis ich weiß, wer der rechtmäßige Besitzer ist. Dann muss es natürlich zurückgegeben werden. Leider.»

«Schade», seufzt Thiele.

«Hat es Ihnen gefallen?»

«Ja, sehr. Sie haben doch vorhin gesagt, dass es Nachbildungen gäbe. Wo kann man so etwas denn kaufen?»

«Oh, da kann ich Ihnen einige Adressen von guten Kunsthandlungen geben. Aber billig sind diese Dinge, obwohl es keine Originale sind, nicht.»

Lorenz schaut seinen Assistenten ein wenig mitleidig an. Er kann sich unschwer ausmalen, für wen Thiele diese kleine Figur erwerben will. Ob Julia wirklich Freude daran hätte? Lorenz wagt das zu bezweifeln. Vielleicht sollte er sie vorsichtig fragen, bevor sein Assistent ein halbes Monatsgehalt oder mehr ausgibt. Oder mischt er sich dann allzu sehr in diese neue – seiner festen Meinung nach nur vorübergehende – Liaison ein? Brigitte wüsste sicher, wie er sich verhalten sollte ... Nun denn. Vorerst muss er sich auf die vor ihm liegenden Aufgaben konzentrieren.

«Für solch einen großangelegten Coup braucht es Mittels- und Verbindungsmänner. Einer oder zwei allein können das wohl nicht bewerkstelligen – oder?», will er daher von Schiller wissen.

«Einer oder zwei bestimmt nicht, aber allzu groß darf der Kreis der Mitwisser nicht sein. Je mehr Eingeweihte es gibt, umso größer ist die Gefahr, dass etwas schiefgeht oder gar publik wird.»

«Was wäre denn so das Minimum?» Thiele fragt, als ob es um einen alten Gebrauchtwagen ginge.

«Pauschal kann man das sicher nicht sagen. Aber theoretisch genügt es, wenn jemand – nennen wir ihn vornehm Agent – professionelle Einbrecher mit ausreichenden Ortskenntnissen engagiert, diese gut bezahlt und die Ware auf sorgfältig durchdachten und überprüften Wegen, also sprich mit Hilfe von Bestechungsgeldern, außer Landes schafft. Die Ladung wird dann durch einen weiteren Mittelsmann über eines der Länder weiterverschoben, in denen man es nicht so genau nimmt. Wenn die Höhe der, hm, sagen wir ‹Transportkosten› gedeckt ist, kann dieser Mittelsmann auf ebenfalls ausgeklügelten Pfaden alles dem ursprünglichen Auftraggeber zukommen lassen. Und der hat bereits seine Abnehmer. Das ist alles.»

«Welche Staaten kämen denn als Verschiebestationen in Frage?», erkundigt sich Thiele höchst interessiert.

«Auf Umwegen beispielsweise Polen, aber auch Rumänien oder Bulgarien.»

Die Erwähnung von ‹Rumänien› bringt die beiden Kriminalbeamten in höchsten Aufruhr.

«Sind Sie sicher, dass in Rumänien bei diesem Antikenexport mitgemischt wird?», erkundigt sich Lorenz sofort.

«Mitgemischt? Sie sind gut. Das ist eines der bevorzugten Länder, geradezu eine Drehscheibe, wo solche und ähnliche Geschäfte abgewickelt beziehungsweise solche Gegenstände durchgeschleust werden. Weshalb fragen Sie?»

Lorenz und Thiele schauen sich vielsagend an. Bevor Thiele womöglich in Versuchung gerät, dem Kunsthistoriker die genauen Gründe für diese Frage ausführlich zu erläutern, ergreift Lorenz das Wort.

«Wir haben einen bestimmten Verdacht, aber mehr können wir nicht sagen, solange wir keine schlüssigen Beweise haben. Jedenfalls sind wir Ihnen sehr dankbar. Sie haben uns ganz entscheidend weitergeholfen. Wir melden uns dann nochmal wegen des Nilpferds bei Ihnen.»

«Gern. Bis nächstens dann.»

Nachdem sich Schiller eilig auf den Weg zu seinen wartenden Korrekturen gemacht hat, beraten die beiden Kriminalbeamten das weitere Vorgehen.

«Was machen wir denn jetzt, Chef? Nehmen wir zuerst den Beller auseinander oder diese ominöse Hanna?»

Lorenz konstatiert ein weiteres Mal, dass Thiele seine geliebte Standardfrage immer öfter mit konkreten Vorschlägen kombiniert, was seine Laune an diesem Vormittag ganz entschieden hebt. Er hat sich zwar mächtig geärgert wegen der mehr als einstündigen Verspätung seines Assistenten, aber das war schließlich das erste Mal und diesem selbst unendlich peinlich.

Schade eigentlich, denkt Lorenz, dass die Zeiten, als ich mit meiner alten Clique allen möglichen Unsinn angestellt habe, lange vorbei sind. Ob einen der Frust darüber so kleinlich macht? Wird wohl was dran sein. Also, Lorenz, also, lass deine Torschlusspanik künftig gefälligst nicht mehr an den jungen Leuten aus. Vielleicht hat er damit auch Brigitte genervt. Aber weshalb hat sie nie etwas gesagt? Lorenz, wenn du schon dabei bist, sei ehrlich. So viel eigenes Empfinden für Gerechtigkeit wirst du wohl noch aufbringen. Sie hat es gesagt, mehr als einmal, aber du blöder Trottel wolltest es einfach nicht hören.

Thiele ist die momentane gedankliche Abwesenheit seines Chefs nicht entgangen, allerdings glaubt er, dass der über die nächsten zu unternehmenden Schritte nachdenkt und nicht über Strategien, seiner immer häufiger auftretenden Übellaunigkeit entgegenzuwirken.

«Chef», setzt er vorsichtig an, «dauernd war die Rede von Paketen. Die Hein hat erzählt, dass Hanna welche gebracht hat. Der Beller hat welche transportiert, hat er selber zugegeben. Ob in denen allen geschmuggelte Kunst war?»

«Könnte sein. Türheim hat sein Vermögen jedenfalls nicht mit Gutachten gemacht, der hat einen schwunghaften illegalen Kunsthandel aufgezogen. Aber wie kommen wir an die Mittelsmänner und, noch schwieriger, an die Kunden? An wen hat er das Zeug verschachert? Außerdem ist nicht gesagt, dass das mit dem Mord in Zusammenhang steht. Aber auf jeden Fall müssen wir Türheims Umfeld im Blick auf mögliche Abnehmer neu bewerten.»

Erneut stockt der Kommissar, diesmal aber deshalb, weil ihn ein Gedanke überfällt, dessen Brisanz ihm einen Schauer über den Rücken jagt. Sollte viel mehr dahinterstecken, als er sich träumen lässt? Sollte hier der Grund liegen für die Androhung einer erweiterten Sonderkommission? Gibt es Informationen, die man ihm vorenthält? Soll etwas verschleiert werden?

Thiele wird ein wenig ungeduldig. Sein Chef könnte ruhig laut denken, damit er weiß, was Sache ist.

«Chef», meldet er sich behutsam zu Wort, «Chef, haben Sie einen Verdacht? Oder einen Plan?»

Vielleicht, denkt Lorenz, aber das kann ich dir wirklich nicht sagen, mein Junge, wenigstens jetzt noch nicht, wo ich nicht einmal selber weiß, wie der Hase läuft oder ob mir nicht bloß meine Phantasie einen Streich spielt. Lorenz reißt sich zusammen.

«Ich bin ganz Ihrer Meinung, Thiele, wir sollten zunächst nachsehen, ob dieser Beller Dienst hat. Vielleicht kommen wir ein Stückchen weiter. Ansonsten haben wir immer noch unseren Herbert, der heute Nachmittag hier die Lage sondiert, was wir selbstverständlich nicht ahnen können – oder?»

Der lockere Ton, den Lorenz angeschlagen hat, lässt Thiele erleichtert aufatmen. Seine Verspätung heute Morgen scheint verziehen. Eben wollen sie das Türheim-Refugium verlassen – Frau Hein würdigt sie keines Blickes –, als ihnen Frau Geier entgegenkommt.

«Habe ich Ihnen helfen können?», zwitschert sie beflissen.

«Ja, danke, wir haben mit Herrn Professor Schiller gesprochen.»

«So. Dann ist es ja gut. Er wird bestimmt auch großes Interesse daran haben, dass bald geklärt ist, wer den Türheim umgebracht hat», sagt sie beiläufig, doch ihre Kopfhaltung ist die eines lauernden Raubvogels.

«Natürlich. Schließlich waren er und Professor Türheim Kollegen, wenn auch in verschiedenen Fachbereichen.» Mit diesen Worten will Lorenz die Unterhaltung beenden, um endlich in Richtung Hausmeisterzimmer aufbrechen zu können.

«Das will ich meinen», gurrt Frau Geier mit süffisantem Lächeln, das sich in ihrer Stimme fortzusetzen scheint. «Und nicht nur das!»

«Was wollen Sie damit sagen?»

Drei Augenpaare sind auf die Sekretärin gerichtet, die es sichtlich genießt, mehr zu wissen als ihr Publikum.

«Was ich damit sagen will?» Pause. «Ganz einfach. Sie haben sich schließlich auch diese Rumänin geteilt!»

«Was?» Die Frage kommt aus drei Kehlen gleichzeitig.

Thiele fasst sich als Erster. «Wollen Sie behaupten, dass Hanna nicht nur die Freundin von Herrn Türheim, sondern auch von Herrn Schiller war?»

«Was heißt behaupten? Ich weiß es.»

«Und woher, wenn ich fragen darf?», mischt sich Lorenz ein.

«Meine Kollegin, die für den Schiller arbeitet, hat es mir erzählt. Mehr als einmal hat sie die beiden zusammen in seinem Zimmer verschwinden sehen.»

«Dieses Weib …», tönt es da von Frau Hein. Zutiefst empört und mit Grabesstimme fährt sie fort: «Meinen Professor nicht nur ins Unglück treiben, sondern ihn auch noch betrügen. Das ist das Letzte.»

«Warum? So was kommt in den besten Familien vor, und es ist nicht das erste und sicher auch nicht das letzte Mal an dieser Universität, dass so etwas geschieht», erklärt Tigerlily, als stünde sie souverän über den Dingen.

«Was meinen Sie damit schon wieder?» Lorenz kann derart vage Andeutungen absolut nicht leiden.

«Das ist schließlich nicht der erste Mord in der Universität. Hier hat schon einmal ein Professor seine Geliebte erstochen, im Hörsaal, vor allen Studenten. Das müssten Sie als Kriminalkommissare eigentlich wissen.»

Lorenz gräbt in seinem Gedächtnis. Seit über dreißig Jahren ist er bei der Freiburger Kriminalpolizei, aber daran kann er sich partout nicht erinnern.

«Wann genau war das?», fragt er daher nach.

«Genau? Genau weiß ich das auch nicht. Irgendwann Anfang der zwanziger Jahre.»

«Und woher sollten wir das wissen?», fragt Thiele vorwurfsvoll. «Ist Ihnen nicht aufgefallen, dass weder Kommissar Lorenz noch ich um die vorvorige Jahrhundertwende geboren sind? Und Sie hätte ich auch wesentlich jünger geschätzt, ehrlich gesagt. Aber Kompliment, immer noch im Dienst und dabei ein solches Gedächtnis.»

Lorenz kann seinen jungen Kollegen, der diese Unverschämtheit hinter einem ehrfürchtigen Erstaunen versteckt hat, nur einen Moment lang anstarren, dann muss er schleunigst flüchten, weil er das Lachen nicht mehr unterdrücken kann. Zudem fürchtet er um die gemeinsame körperliche Unversehrtheit, da Tigerlily nun wirklich einem Raubvogel gleicht, der ihnen jeden Moment die Augen auskratzen könnte.

«Thiele, Thiele, Sie haben heute den rustikalen Charme einer Kreissäge. Mit Frau Geier haben Sie es sich wohl verscherzt», erklärt er, als sie in sicherer Entfernung sind.

«Entschuldigung, Herr Lorenz, aber ich habe mich geärgert. Diese Hanna mag durchaus ein bisschen leichtlebig sein, aber ihr auch noch ein Verhältnis mit dem Schiller andichten zu wollen, halte ich für ziemlichen Schwachsinn.»

«Und wenn doch was dran ist?»

«Das glaube ich nicht. Diese Geier ist doch ein Klatschweib. Die hat einfach nicht genug zu tun. So viel Zeit, dass Hanna mit sämtlichen männlichen Personen in ihrer Umgebung ein Verhältnis anfangen könnte, lässt die Türheim ihrer Angestellten bestimmt nicht. Sollte sie wirklich bei Schiller gewesen sein, dann höchstens in Verbindung mit dem Kunstschmuggel. Eventuell hat Schiller als Verbindungsmann dem Türheim die Kaufinteressenten vermittelt.»

«Gar nicht schlecht, Thiele. Den Gedanken sollten wir auf jeden Fall im Hinterkopf behalten. Was den Türheim anbelangt, so müssen wir schnellstens seine Konten überprüfen. In Anbetracht dessen, dass der oberste Boss auf umgehende Aufklärung drängt, müsste die Genehmigung problemlos zu kriegen sein.»

«Okay. Aber wie kommen Sie darauf, dass der große Meister drängt?»

Lorenz fällt ein, dass er noch keine Gelegenheit hatte, seinem Assistenten von der angedrohten Sonderkommission zu berichten. Das holt er jetzt schleunigst nach. Die Mitteilung davon versetzt diesen nicht gerade in Euphorie.

«Das hat uns noch gefehlt. Dann sitzen wir die Hälfte der Zeit herum und hören uns das Palaver der selbsternannten Spezialisten an.»

«Thiele, heute haben Sie wirklich ein loses Mundwerk. Julias Einfluss ist unverkennbar.»

«Keineswegs, Chef. Aber Sie wissen doch selbst, wie das ist.»

Selbstverständlich weiß ich das, mein Lieber, entgegnet Lorenz im Geist, denn aussprechen kann er das nicht. Schließlich muss er als Vorgesetzter loyal sein.

«Im Übrigen, Herr Lorenz, glaube ich kaum, dass die Kontenüberprüfung was bringt. Türheim war Jurist, und auch wenn er eine individuelle Gesetzesauslegung vertreten hat, war ihm mit seinen Kenntnissen sonnenklar, dass er die Knete für die heiße Ware nicht auf dem Sparbuch deponieren kann. Die Schweiz mit ihren Nummernkonten ist außerdem nicht weit.»

«Eine Ausdrucksweise haben Sie auf einmal, Thiele», wundert sich Lorenz, «aber Ihr Argument leuchtet ein. Versuchen müssen wir es trotzdem. Übernehmen Sie das?»

«Klar. Sobald wir wieder im Büro sind.»

Sie sind eben im Begriff, die große Eingangshalle zu durchqueren, als ihnen Herbert Fehringer über den Weg läuft, was Lorenz augenblicklich wütend macht. Statt einer Begrüßung faucht er ihn an: «Habe ich dich nicht gebeten, erst am Nachmittag hierherzukommen? Du weißt ganz genau, wie schwierig das Ganze eh schon ist mit deiner Beteiligung.»

Würschtle-Herbert ist ein Gemütsmensch. Er hat Reinhold Lorenz vor kurzem als umgänglichen und netten Zeitgenossen erlebt und ist sich sicher, dass dies sein wahrer Kern ist. Deshalb hält er ihm zugute, dass sein anstrengender Beruf ihm hin und wieder die Laune verdirbt.

«Mach dir keine Sorgen, Reinhold. Ich komme dir nicht ins Gehege. Wenn ihr euch jetzt den Beller vornehmen wollt, dann gehe ich derweil zu dieser Sekretärin, von der du am Samstag erzählt hast. Mit älteren Damen bin ich immer gut ausgekommen.»

«Das ist aber gnädig von dir, dass du uns den Vortritt lässt beim Hausmeister. Aber aus der Hein kriegst nicht einmal du etwas heraus.»

«Warten wir's ab. Einen Versuch ist es allemal wert.»

Die naiv-unbefangene Fröhlichkeit, mit der Herbert Fehringer sich an die Arbeit macht, raubt Lorenz fast den Atem.

«Wie willst du überhaupt bei ihr auftreten? Grüß Gott, mich schickt der Lorenz, um Sie auszuhorchen, weil er selber es nicht schafft?»

Herbert Fehringer überhört geflissentlich den bissigen Ton, den der Kommissar angeschlagen hat. «Mir fällt garantiert etwas ein. Verlass dich drauf. Ich haue dich nicht in die Pfanne. Also, wir werden das Kind schon schaukeln. In der Ruhe liegt die Kraft.»

Herbert Fehringer lässt die beiden stehen und eilt dynamisch die Treppe hinauf, zwei Stufen auf einmal nehmend, womit er die heimliche Bewunderung von Reinhold Lorenz erntet.

«Mensch, der ist aber ganz schön fit für sein Alter», spricht Thiele die Gedanken seines Chefs aus. «Die Kur in Badenweiler im Frühjahr hat scheint's angeschlagen. Nix mehr mit Bandscheibenschaden.»

Lorenz verzichtet auf eine Antwort und klopft stattdessen an die Tür zum Hausmeisterzimmer. Er öffnet sie, ohne ein ‹Herein› abzuwarten. Glück muss der Mensch haben, denkt Thiele, denn außer Beller ist niemand im Raum.

«Sie schon wieder», quetscht der als Begrüßung durch die Zähne.

«Ja, wir schon wieder, und dieses Mal hätte ich gern genaue Auskünfte. Das Hausmädchen der Türheims hat Ihnen Adressen und Ansprechpartner in Rumänien genannt, wo Sie die Pakete für den Professor, von denen Sie gesprochen haben, abholen konnten. Wie oft war das, und von wem haben Sie Ihre, nennen wir es Provision, bekommen?»

Zwei Augenpaare fixieren Reinhold Lorenz in diesem Augenblick. Das eine etwas weniger entgeistert als das andere, weil Thiele den schroffen Umgangston kennt, den sein Chef anschlägt, wenn es darum geht, den Gegner mit Fakten zu konfrontieren – erst recht, wenn es keinerlei konkrete Grundlagen und schon gar keine Beweise gibt.

«W-w-was? Wie … wie meinen Sie das?», stottert Beller. Auf einen solch direkten Angriff ist er nicht vorbereitet und folglich auch nicht dagegen gewappnet.

«Ich habe mich klar ausgedrückt, meine ich. Die Antworten, bitte, ein bisschen plötzlich.» Lorenz spürt, dass er durch seinen Überfall mindestens für die nächsten zwei Minuten, bis der andere sich wieder in der Gewalt hat, im Vorteil ist.

«Mit dem Ganzen habe ich nichts zu tun. Ich habe nur

manchmal den Auftrag vom Professor gekriegt, ihm einen Gefallen zu tun, wenn ich in die Ferien gefahren bin.»

«Und wie oft sind Sie in die Ferien gefahren? Sagen Sie es gleich, dann können wir uns die Nachfragen bei der Personalverwaltung sparen.»

«Unterschiedlich. So zwei- oder dreimal im Jahr. Kann auch mal mehr gewesen sein.»

«Wie lange jeweils?», hakt Lorenz ungeduldig nach.

«So lange man halt braucht. Eine Woche oder so. Oder zehn Tage. So viel man halt Urlaub hat.»

In Bellers Antworten schleicht sich bereits ein renitenter Unterton, der Lorenz fürchten lässt, dass sich der andere von seinem Überraschungsangriff erholt.

«Wir werden das nachprüfen. Die Adressen bitte.»

«Die weiß ich nicht mehr genau. Das waren jedesmal andere. Hanna hat mir nur gesagt, wie ich da hinkomme.»

«Wer hat Sie bezahlt?»

«Es waren Gefälligkeiten für den Professor, ich meine, da konnte ich schlecht Geld verlangen.»

«Halten Sie uns für blöd? Der Sportflitzer muss ja wohl rausgesprungen sein.»

Lorenz meint es zwar ganz anders, hat aber mit seiner Formulierung ins Schwarze getroffen.

«Na ja, es stimmt schon. Den Wagen hat mir der Professor überlassen. Aber gebraucht! Und schließlich musste ich ja irgendwie hin- und zurückkommen.»

Thiele steht dabei und kommt aus dem Staunen nicht mehr heraus. Da zieht ein Mann einen schwunghaften Handel mit Museumsstücken auf und verdient damit derart viel, dass er mir nichts, dir nichts einen teuren Sportwagen verschenken kann.

«Außerdem haben Sie sich Ihr Schweigen mit saftigen Geldbeträgen honorieren lassen», fährt Lorenz unbeirrt fort. «Und so ganz nebenbei auch noch junge Mädchen mit falschen Versprechungen und genauso falschen Pässen eingeschleust und hier an irgendwelche Freier verhökert.»

«Das ist überhaupt nicht wahr!», braust Beller nun auf. «Ich habe doch nur Mitleid gehabt mit der einen oder anderen Frau, die mich angefleht hat, sie nach Deutschland zu bringen. Und das wird mir jetzt auf einmal *so* ausgelegt. Undank ist der Welten Lohn. Sie können mir nichts, aber auch gar nichts nachweisen. Fragen Sie die Hanna selbst. Die ist freiwillig mit dem Türheim mitgekommen. Außerdem ...», Beller schnaubt jetzt vor Wut. «Außerdem will ich Ihnen mal was sagen: Wenn ich aus reiner Gutmütigkeit für den Türheim mal Sachen mitgebracht habe, dann geht das keinen etwas an. Dem Professor ging es nur darum, dass die Sachen schnell und unversehrt bei ihm ankommen. Und bevor Sie fragen, was in den Paketen drin war: Ich weiß es nicht! Das geht mich auch nichts an. Und illegal ist es bestimmt nicht, wenn der Auftrag von einem Professor kommt.»

Lorenz sieht seine Felle davonschwimmen, er hat keine Handhabe gegen Beller, will aber dennoch nicht vorschnell aufgeben.

«Nehmen wir an, dass es tatsächlich so war. Weshalb haben Sie sich diese Botendienste dann so gut bezahlen lassen?»

«Das war eine reine Aufwandsentschädigung und mehr nicht.»

Im Geiste sieht sich Thiele bereits die Kontobewegungen des Hausmeisters durchforsten.

«Und diese ‹Aufwandsentschädigungen› haben Sie sicherlich als solche beim Finanzamt angegeben.» Lorenz lässt nicht locker und sieht mit Genugtuung, dass Beller sehr blass wird.

«Herr Thiele, das können wir anschließend gleich klären.

Die Kollegen leisten auf dem kleinen Dienstweg bestimmt Amtshilfe.»

Die Erwähnung des Finanzamts scheint Beller zuzusetzen. Er sinkt jedenfalls verunsichert auf einen Stuhl und jammert: «Wenn ich die paar Extra-Einnahmen angegeben hätte, wäre ich sofort in eine höhere Steuergrenze, oder wie das heißt, gerutscht und hätte durch diesen kleinen Zusatzverdienst um einiges weniger gehabt. So ist das! Aber mit dem Mord am Türheim habe ich nichts zu tun. Den lasse ich mir nicht in die Schuhe schieben.»

«Wir werden das alles überprüfen, Herr Beller. Sie halten sich auf alle Fälle zu unserer Verfügung. Und sollte Ihnen einfallen, dass Sie dringend zu einer Reise aufbrechen wollen, beantrage ich einen internationalen Haftbefehl. Und zwar sofort. Haben Sie das verstanden?»

«Ich bin nicht blöd. Und weswegen sollte ich abhauen wollen? Ich habe mir nichts vorzuwerfen, und ich habe nichts verbrochen. Sie werden schon sehen, dass Sie mir nichts nachweisen können.»

Das könnte durchaus sein, seufzt Lorenz insgeheim, ist aber trotzdem nicht unzufrieden mit dem Verlauf des Gesprächs. Es hätte schlechter ausgehen können. Das findet auch Thiele, der ihm wenig später seine unumwundene Bewunderung erweist.

«Mann, Mann, Herr Lorenz, das war theaterreif. Kompliment. Super! Inspektor Columbo hätte es nicht besser gekonnt.»

Lorenz ist sich nicht ganz sicher, ob er unbedingt mit dem zerknautschten Fernsehhelden verglichen werden möchte, empfindet das Lob seines Assistenten dennoch als wohltuend. Er hat endlich das Gefühl, wenigstens ein Stückchen weitergekommen zu sein, obgleich er nach wie vor keine Ahnung hat, wer Türheims Mörder ist und welches Motiv diesem Gewaltverbrechen zugrunde liegt.

«Warten wir ab, Thiele, vielleicht lässt Beller sich zu irgendetwas hinreißen. Weiß der Teufel. Bin gespannt, was dem noch einfällt. Und noch neugieriger bin ich, ob unser Würschtle-Herbert aus Frau Hein etwas Neues herausbekommen hat.»

«Ich auch, Chef, ich auch. Auf den Bericht freue ich mich jetzt schon. Aber zuerst muss ich im Büro alles abarbeiten, was heute Morgen angefallen ist: die Liste an Schiller schicken, an die Finanzen von Türheim herankommen und an die von Beller sowieso. Lauter Zahlen. Nach Golde drängt, am Golde hängt doch alles. Ach wir Armen …»

«Ich weiß, Thiele, Goethe. Faust. Ebendort steht auch zu lesen: Was man schwarz auf weiß besitzt, dürfe man getrost nach Hause tragen. Also, auf geht's. Zeigen Sie, was Sie können. Zaubern Sie schwarz auf weiß die Kontostände der Herren aufs Papier.»

Damit wendet sich Lorenz grinsend von seinem Assistenten ab, der völlig perplex über die unvermutete literarische Anwandlung seines Chefs mit offenem Mund wie angewurzelt stehen bleibt.

15.

Herbert Fehringer hat sich schon am Vorabend einen ungefähren Plan zurechtgelegt, wie er vorgehen will. Auf seinem Weg in das obere Stockwerk überdenkt er seine Strategie. In Erfüllung seiner Bürgerpflicht muss er es schaffen, Frau Hein von seinen eigenen ehrbaren Absichten zu überzeugen. Weil er hundertprozentig sicher ist, dass er seinen Teil an der Aufklärung des Mordes an Professor Türheim beizutragen hat, fällt es ihm nicht schwer, mit energischem Schritt und geradem Blick das Büro von dessen Sekretärin zu betreten.

«Guten Tag, darf ich mich vorstellen, mein Name ist Herbert Fehringer.»

Da Frau Hein ihn lediglich skeptisch mustert, setzt er hinzu: «Meine Frau und ich haben vierzig Jahre lang auf dem Münsterplatz einen Bratwurststand gehabt. Sie erinnern sich vielleicht?»

Nein, Frau Hein erinnert sich nicht. Sie ist Vegetarierin und verabscheut jede Form von Wurst, insbesondere die ihrer Meinung nach vor Fett triefenden roten Gebilde auf dem Münstermarkt. Leicht angewidert will sie den ungebetenen Besuch mit einer schnippischen Bemerkung schnellstens wieder loswerden, was bei Herbert Fehringers Standfestigkeit gegenüber allen Widrigkeiten dieses Lebens jedoch zwecklos wäre.

«Sie müssen wissen, dass ich Ihren Chef gefunden habe. Den Professor Türheim. Nachdem er ermordet worden ist. Ich war der erste Zeuge. Der arme Mann. Es war ein schrecklicher Anblick.»

Damit hat Würschtle-Herbert erreicht, was er wollte: die ungeteilte Aufmerksamkeit von Frau Hein.

«Sie sagen es. Das ist so, so furchtbar. Er stand doch mitten im Leben. Und wird so heimtückisch umgebracht …»

Herbert zückt schnell ein Taschentuch und reicht es der schniefenden Frau.

«Ich kann Sie gut verstehen, aber stellen Sie sich nur mal vor, wie es mir ergangen ist. Ich bin mit meiner Gundi, das ist meine Frau, auf dem Fest in Ehrenstetten. Wir wollen uns gemeinsam einen schönen Tag machen – wissen Sie, früher, bei der vielen Arbeit, konnten wir das nie –, und dann werden wir auf einmal mit einem Mord konfrontiert. Meine Frau hat einen richtigen Schock bekommen und eine ganze Zeit gebraucht, bis sie sich davon erholt hatte. Ganz ist sie immer noch nicht drüber weg. Und mir ging es nicht viel besser.»

Herbert Fehringers Gesicht nimmt bei dieser Schilderung einen grämlichen Ausdruck an, womit er endlich das Ziel erreicht hat, auf das er von Anfang an losgesteuert ist.

«Ach je, Sie Armer. Einen solchen Anblick vergisst man bestimmt in seinem ganzen Leben nicht mehr.»

«Sie sagen es. Deshalb habe ich mir gedacht, ich muss einfach mit jemandem reden, der ihn, ich meine, den Professor, gut gekannt hat. Vielleicht trägt das dazu bei, dass meine Gundi und ich diesen Schicksalsschlag besser verkraften können.»

«Ja, wenn ich Ihnen helfen kann, ich weiß nur nicht, wie. Setzen Sie sich doch bitte.»

Herbert Fehringer zieht sich hochzufrieden einen Stuhl heran, als Frau Geier auftaucht. Sie möchte zu gern wissen, um wen es sich bei dem unbekannten Besucher handelt. Aber sie muss eine herbe Abfuhr einstecken.

«Jetzt nicht, Frau Geier. Ich habe Besuch. Sehen Sie das nicht», fährt ihre Kollegin sie wütend an.

Tigerlily schwankt: Soll sie sich kampflos zurückziehen oder unter einem Vorwand einfach im Zimmer stehen bleiben? Sie entscheidet sich für Ersteres, denn das Risiko, hinausgeworfen zu werden und obendrein nichts zu erfahren, ist ihr zu hoch.

«Ich komme dann nachher», flötet sie und zieht ab.

«Diese neugierige Ziege. Eifersüchtig war sie immer auf das gute Verhältnis, das ich mit meinem Professor gehabt habe», wütet Frau Hein und bietet Herbert Fehringer mit dieser Bemerkung gleich die erste Möglichkeit, einzuhaken.

«Sie haben sich wohl gut verstanden mit Herrn Professor Türheim? Da kann man wieder mal sehen, was die Leute reden. Manche lassen ja keinen guten Faden an ihm.»

«Oh, das kann ich mir denken. Da ist viel Neid dabei. Wissen Sie, unser Verhältnis war geprägt von gegenseitiger Achtung. Er wusste meine Arbeit immer zu schätzen und –»

«Was meinen Sie denn mit Neid, Frau Hein?», unterbricht Herbert Fehringer ihre Selbstbeweihräucherung. «Auf seine berufliche Position? Die hat er sich sicher hart erarbeitet.»

«Ganz genauso ist es, Herr Fehringer. Aber daneben hat er es verstanden, mit den Leuten umzugehen. Da hat er ein gutes Gespür gehabt, und er war absolut integer. Nie hat er einen Unterschied gemacht zwischen den Menschen.»

Frau Heins Gesprächspartner wartet vergeblich auf die weitere Begründung für diese hingebungsvolle Schilderung des Gutmenschen Türheim, dessen treue Mitarbeiterin es dabei belässt, versonnen in die Ferne zu blicken. Aber auch Herbert Fehringer hat ein gutes Gespür – und zwar für Unausgesprochenes. Und gegenwärtig ist er sich sicher, dass hinter Frau Heins Worten mehr steckt, als sie sagt. Vorsichtig forscht er weiter.

«Das heißt also, er ist mit allen gut ausgekommen, mit den Leuten hier um ihn herum? Mit Ihnen ja sowieso.»

«Mit mir immer. Sogar mit den Studenten, und das ist zum großen Teil ein arrogantes Volk ohne jede Ehrfurcht. Die kommen und gehen, wie es ihnen passt. Sollten lieber arbeiten. Auf der Universität lungern die meisten eh nur herum wegen der billigen Krankenversicherung, ohne etwas zu leisten. Ja, ja, Probleme gibt es eben überall. So gut es ging, habe ich dem Professor den Rücken frei gehalten von den Alltagssorgen.»

Herbert verzichtet wohlweislich auf den Hinweis, dass ihre Arbeitsstelle vollkommen überflüssig wäre, wenn es keine Studenten gäbe, und zieht es vor, die zweite Bemerkung aufzugreifen: «Das verstehe ich nicht ganz. Was meinen Sie mit Alltagssorgen?»

«Nun ja, ab und an sind sogar Leute aus dem Dorf, in dem er gewohnt hat, hergekommen und wollten was von ihm. Ich habe getan, was ich konnte, aber der Professor war einfach zu gutmütig.»

Herberts Sensoren funktionieren einwandfrei: Da ist mehr zu holen.

«Wissen Sie, was die von Professor Türheim wollten?»

«Manchmal hat er es mir erzählt, wenn es ihm wieder zu viel geworden ist und er sich Luft machen musste.»

«Und was zum Beispiel?» Mit äußerster Kraftanstrengung gelingt es Herbert, sich seinen immensen Wissensdurst nicht allzu sehr anmerken zu lassen.

«Ach, da war einiges. Einer wollte was wegen seiner Baufirma wissen. Und jedes Mal, wenn er wieder weg war, hatte mein Chef schlechte Laune. Er muss sich immer sehr geärgert haben. Einmal haben sie sich sogar so laut angeschrien, dass ich es durch die geschlossene Tür hören konnte.»

Jünger, schießt es Herbert durch den Kopf, das kann nur Franz Jünger gewesen sein.

«Sie wissen nicht zufällig, worüber sie gestritten haben?»

«Nein, natürlich nicht. Ich lausche nicht!»

«Das hätte ich auch nie von Ihnen angenommen. Wer war denn noch so da aus Ehrenstetten?»

«Ein Weinhändler, glaube ich. Ja doch, der wollte seine Rechnungen bringen. Als ob er sie in Ehrenstetten nicht direkt hätte in den Briefkasten werfen können. Und dann noch einer, warten Sie mal, so ein Großer, Breiter. Nicht besonders gut angezogen, überhaupt nicht gepflegt, als ob er aus dem Kuhstall käme. Die Namen habe ich mir nicht gemerkt.»

Die Arroganz, die Frau Hein an den Tag legt, sucht ihresgleichen, denn für sie scheint ein Mensch erst dann akzeptabel, wenn er sich in höhere akademische Kreise emporgeschwungen hat. So gesehen kann Herbert Fehringer sich einiges darauf einbilden, dass sie ihm derart leutselig entgegenkommt. Nachdenklich schaut er sie an. Doch seine Gedanken wandern zu den beiden zuletzt erwähnten Besuchern. Der eine war ohne Zweifel Gruber, der andere eventuell Bultmeier.

«Ist das schon länger her?», will Herbert wissen.

«Wie gesagt, sie kamen immer mal wieder. Aber in der letzten Woche waren dann gleich alle drei hier. Nacheinander. Als ob der Herr Professor nichts Besseres zu tun gehabt hätte.»

«Haben Sie das der Polizei erzählt?», will Herbert wissen.

«Wo denken Sie hin. Erstens haben die nicht danach gefragt, und zweitens sind das Privatangelegenheiten, die die Beamten nichts angehen. Punktum.»

Frau Hein ist bei allem, was ihren Chef auch nur andeutungsweise in ein schiefes Licht setzen könnte, wie beispielsweise Privatbesuche in seinem Universitätszimmer, sehr rigoros.

«Wahrscheinlich hat das mit dem Mord auch gar nichts zu tun», lenkt Herbert ein, nicht ohne sich in Gedanken vergnügt die Hände zu reiben: Siehst du, mein lieber Reinhold, ein Mann aus dem Volk wie ich kriegt immer ein bisschen mehr heraus als zwei Staatsbeamte zusammen. Und weil es gerade so gut läuft, will er jetzt versuchen, aus dem reichhaltigen Erinnerungsvermögen von Frau Hein auch noch etwas über Hausmeister Beller in Erfahrung zu bringen.

«Wie ich gehört habe, ist Ihr Chef zu allem Übel auch noch von diesem undurchsichtigen Beller belästigt worden. Der macht auf mich einen etwas verschlagenen Eindruck.»

«Genau, das habe ich dem Herrn Professor auch immer gesagt. Aber er hat das ja nie hören wollen.»

«War der Beller denn hier ebenfalls Stammgast?» Herbert Fehringer übertreibt absichtlich mit seiner Frage.

«Um Himmels willen, nein! Die paar Male, die er da war, waren schon zu viel. Aber immer so eine Geheimnistuerei. So, als hätte er etwas furchtbar Wichtiges zu besprechen. Die Geier von gegenüber behauptet ja immer noch, dass er dem Professor dieses Weib vermittelt hätte. Diese Hanna. Ich mische mich da nicht ein, aber möglich wäre es, denn dieser Beller und mein Professor sind sich in meinem Büro einmal zufällig begegnet und haben sich geduzt, was mich sehr gewundert hat. Schließlich liegen ja Welten zwischen diesem Menschen und meinem Professor. Erklären konnte ich mir das nicht.»

«Worüber haben die sich unterhalten?» Herbert Fehringer lauscht mit Hingabe den Hein'schen Ausführungen.

«Ach, das ist schon einige Wochen her, das weiß ich nicht mehr genau.»

«Aber ich», tönt es plötzlich von der Tür her. Tigerlily hat es in ihrem Büro nicht mehr länger ausgehalten. Außerdem redet sie sich ein, gegenüber ihrer Kollegin eine gewisse Verantwortung zu haben, und wer weiß, wer dieser Mensch ist, der schon so lange bei ihr herumsitzt. Womöglich braucht sie Unterstützung. «Ich wüsste nicht, was Sie das anginge? Wer sind Sie überhaupt?»

«Das ist der wichtigste Zeuge des furchtbaren Mordes. Herr Fehringer hat den toten Professor gefunden», erklärt Frau Hein leicht genervt, weil sie sich von ihrer Kollegin gestört fühlt.

«Ach wirklich? Dann sieht die Sache natürlich anders aus.»

Frau Geier neigt sich etwas nach vorn, um ihr Gesicht näher an die beiden heranzubringen, und flüstert dann verschwörerisch: «Ich will nichts gesagt haben, aber es ging um den Professor Laufer.»

Diese kleine Sensation lässt sie erst einmal wirken. Eine Erklärung, wer das ist, erübrigt sich, denn seit dem denkwürdigen vergangenen Samstagabend, als Herbert in den Kreis der Ermittelnden aufgenommen worden ist, kennt er sich aus. Aber das darf er in dieser Runde natürlich nicht preisgeben.

«Kennt Hanna denn diesen Herrn Laufer? Und wer ist das?», fragt er, um den Schein zu wahren.

«Der Laufer ist auch Professor hier. Und die Hanna hat sich ihm an den Hals geworfen. Wie eigentlich jedem.» Frau Geier bringt das alles mit solch abschätziger Bosheit hervor, dass Herbert einen Moment lang versucht ist, die junge Frau aus Rumänien in Schutz zu nehmen. Doch er hält sich lieber zurück, damit er sich nicht um weitere vertrauliche Auskünfte bringt.

Frau Geier fingert an ihrem Nylonschal mit Tigermuster herum, den sie heute Morgen als i-Tüpfelchen ihres wie immer viel zu enganliegenden Outfits gewählt hat, und schürt durch ihr Schweigen die spannungsvolle Aufmerksamkeit, bis sie ihr Wissen nicht mehr länger für sich behalten kann.

«Sie hat gesagt, dass der Laufer den Türheim gewaltig über den Tisch zieht, und dann hat sie dem Beller vorgeworfen, dass er das wüsste und den Laufer noch unterstützen würde. Sie hätte bereits alles dem Türheim erzählt, und der wollte nur noch warten, bis er handfeste Beweise hätte.»

«Um was zu tun?», fragt Herbert nach.

«Wie?»

«Was Türheim vorhatte, möchte ich gern erfahren.»

«Ja, woher soll ich das wissen? Mehr habe ich nicht hören können, weil in diesem Augenblick das Telefon geklingelt hat.»

«Und Sie sind sich ganz sicher, dass alles so stimmt, wie Sie es eben erzählt haben?» Herbert Fehringer ist einiges gewöhnt, aber diese Information scheint ihm mehr als windig zu sein. Auch Frau Hein ist irritiert.

«Sie müssen es ja nicht glauben, aber was ich gehört habe, habe ich gehört.»

Damit rauscht Frau Geier auf ihren hochhackigen Schuhen beleidigt aus dem Zimmer.

Herbert Fehringer überdenkt alles eben in Erfahrung Gebrachte. Soll er weitere Forschungsexkursionen starten oder das lieber Reinhold Lorenz überlassen? Wenn er versucht, sich mehr um diesen ominösen Laufer zu kümmern, ihn möglicherweise gar aufsucht, weckt er unter Umständen schlafende Hunde und katapultiert sich selbst aus seiner Assistenz-Funktion. Lässt er es bei diesem Gespräch bewenden, riskiert er andererseits, dass die Hein in ihrer fehlgeleiteten Verehrung bei Laufer anruft, um ihm die Meinung zu sagen. Das muss er auf jeden Fall verhindern, und er weiß auch schon, wie.

«Mit Ihrer Kollegin möchte ich aber nicht zusammenarbeiten müssen. Was die sich so zusammenreimt, wenn der Tag lang ist! Das ist ja eine richtig missgünstige Schlange. War die immer schon ein solches Klatschweib?»

«Meinen Sie wirklich, dass die sich das alles nur ausgedacht hat? Weshalb sollte sie das tun?»

«Weshalb? Ganz einfach. Um sich wichtig zu machen. Der glaube ich kein Wort. Machen Sie bloß nicht den Fehler und erzählen Sie irgendetwas weiter. Sonst kommen Sie in Teufels Küche wegen Verleumdung und übler Nachrede.»

Das sitzt. Frau Hein ist eingeschüchtert.

«Wahrscheinlich haben Sie recht.»

«Ganz bestimmt sogar. Ich muss jetzt los. Aber ich besuche Sie gern wieder einmal.»

«Das wäre schön. Wenn Sie das nächste Mal kommen, biete ich Ihnen auch einen Kaffee an, das habe ich heute in der Aufregung ganz vergessen.»

«Macht nichts, Frau Hein. In Ihrer gegenwärtigen Verfassung ist das mehr als verständlich. Aber Sie halten sich ganz bewundernswert. Meine Hochachtung.»

Herbert Fehringer tätschelt der älteren Dame kurz den Arm und verlässt dann eilends den Ort seiner Erkundungen und die ob so viel echter Anteilnahme gerührt dreinblickende Frau Hein.

Überraschend schnell und offenbar völlig unbürokratisch ist auf Thieles Anfrage hin der Gerichtsbeschluss eingetroffen, dass die Türheim-Konten eingesehen werden dürfen. Das macht Lorenz erneut stutzig. Ob er nicht doch mit dem Polizeipräsidenten sprechen sollte? Er ist sich ziemlich unsicher, denn das könnte auch gerade das Gegenteil bewirken.

«Thiele, was meinen Sie? Sollte ich oben mal vorsichtig sondieren, ob etwas im Busch ist?»

Thiele schaut erstaunt von seinen vor ihm liegenden Notizen auf. Seit wann holt sich sein Chef bei ihm in einer solch heiklen Angelegenheit Rat? Aber dann versteht er: In diesem Fall sitzen sie beide in einem Boot, weil weder er noch Lorenz Wert auf die Zusammenarbeit mit einer großen Sonderkommission legen.

«Hm, Chef, schwierig! Andererseits: Was haben wir zu verlieren? Sie kennen den Alten lange genug und wissen, wie man ihn nehmen muss. Und wenn der darauf besteht, haben wir die

Ermittlungsgruppe ohnehin am Hals. Eventuell können Sie's verhindern.»

Lorenz ist mit seinen Überlegungen so sehr beschäftigt, dass er nicht einmal an Thieles despektierlicher Bezeichnung für den Polizeipräsidenten Anstoß nimmt.

«Das hat etwas. Was kann schon passieren? Oder steche ich damit in ein Wespennest?»

«Ich glaube nicht. Denn vorwerfen kann man uns nichts. Wir haben nichts versäumt. Nein, je länger ich darüber nachdenke, umso mehr glaube ich, dass wir nur gewinnen können. Eventuell kommt was dabei heraus. Sie wissen, von welcher Seite man ihn anpacken muss: gleich am Anfang dreimal sagen, er sei der Beste und Größte, und dann funktioniert's. Haben Sie selber gesagt. Ich drücke die Daumen.»

«Ja, vermutlich ist das tatsächlich ein guter Weg. Danke, Thiele.»

Der junge Beamte schaut sehr zufrieden. Nicht nur wegen des Lobes, sondern viel mehr noch, weil sein Patzer von heute Morgen endgültig vergeben und vergessen scheint.

Während Lorenz sich recht zögerlich drei Stockwerke höher begibt – nicht per Fahrstuhl, sondern über die Treppe, weil ihm auf diese Weise noch ein wenig Zeit zum Nachdenken bleibt –, sondiert Thiele die Auskünfte der Banken, bei denen ein Türheim-Konto besteht – jedenfalls ein offizielles. Dass der Professor zudem ein oder mehrere Konten in der Schweiz unterhalten hat, steht für Thiele zweifelsfrei fest. Allerdings ist ihnen der Zugriff darauf versperrt.

Die Summen auf den deutschen Konten weisen den Ermordeten zwar als sehr wohlhabenden, jedoch nicht übermäßig reichen Mann aus. Die Einnahmen und Ausgaben lassen auf den ersten Blick nichts Außergewöhnliches oder gar Illegales erkennen. Thiele ist ziemlich enttäuscht, denn er hatte trotz aller berechtigten Vorbehalte die Hoffnung, dass sich doch etwas finden ließe.

Das energische Klopfen an der Tür kommt ihm deshalb gerade recht – das kennt er schon, damit kündigt sich stets Herbert Fehringer an.

«Tag, Herr Thiele. Na, hat Ihr Chef Sie allein gelassen? Hat er schon aufgegeben? Braucht er nicht. Ich habe es euch ja gesagt, ich erfahre jede Menge, wenn ich losgehe.»

Obwohl Matthias Thiele begierig auf diese Botschaft ist, hält er es für besser, wenn Fehringer damit wartet, bis sein Chef zurückkommt. Man weiß nie. Möglicherweise läuft die Unterhaltung oben nicht gut, und er hat hinterher schlechte Laune. Da wäre es nicht ratsam, ihn fürchten zu lassen, übergangen worden zu sein, das brächte nur zusätzlichen Ärger. Aber diese Sorge ist glücklicherweise gänzlich unbegründet, denn wenig später erscheint ein glänzend gelaunter Lorenz auf der Bildfläche und verbreitet augenblicklich eine fast heitere Atmosphäre.

«Ja, schau da, unser Westentaschendetektiv. Grüß dich, Herbert.»

«Mach du nur deine Witze, Reinhold. So viel wie ihr habe ich allemal rausgekriegt und sogar einiges mehr.» Fehringer ist nicht empfindlich. Und weil er ein gutes Gedächtnis hat, erzählt er der Reihe nach, wer den Ermordeten in der letzten Woche alles in dessen Büro besucht hat. Den Krach zwischen Beller und Hanna hebt Fehringer sich für den Schluss auf, quasi als Sahnehäubchen.

«Und? Was sagt ihr jetzt?» Triumphierend mustert er die beiden Polizisten, die sich in der Tat über so viel unvermutete Neuigkeiten wundern.

«Tja, Herbert, das muss der Neid dir lassen, da bist du ein ganzes Stück weitergekommen als wir. Hast uns sehr geholfen. Vielen Dank, aber das war's dann auch endgültig für dich. Mehr kann, das heißt, mehr darf ich dich gar nicht einbeziehen. Eigentlich war es schon viel zu viel. Das siehst du ein, nicht wahr?»

«Mach dir bloß keine Gedanken, Reinhold. Ich störe eure Kreise nicht. So – ich gehe jetzt erst einmal heim zur Gundi, sonst landet bei euch noch eine Vermisstenanzeige. Wir sehen uns bestimmt bald. Ach, übrigens, wie geht's denn der Liebe, junger Mann? Alles in Ordnung? Oder gibt's Probleme mit dem Schwiegervater in spe?»

«Raus hier, so schnell du kannst», wettert Lorenz. Aber Thiele, der selbstverständlich knallrot angelaufen ist vor Verlegenheit, merkt sofort, dass selbst Herberts Frotzelei die gute Stimmung nicht beeinträchtigen kann.

«Entschuldigung, Chef», murmelt er völlig grundlos, nachdem Würschtle-Herbert gegangen ist.

«Lassen Sie es gut sein. Sie können ja nichts dafür. Und wenn meine Julia sich etwas in den Kopf gesetzt hat, gibt sie nicht so schnell auf. Sehen Sie armer Irrer lieber zu, dass Sie möglichst lange in ebendiesem Kopf bleiben, sonst ergeht es Ihnen schlecht. Manchmal ist meine Tochter nämlich ein wahrer Teufelsbraten. Ich weiß, wovon ich rede, ich kenne sie schon länger.»

Thiele weiß vor Verwunderung nicht, wo ihm der Kopf steht. So gut gelaunt hat er seinen Chef in der letzten Zeit selten erlebt, außer am letzten Samstag vielleicht. Ob er inzwischen den Kummer über die Trennung von seiner Frau überwunden hat? Er nimmt sich vor, gleich heute Abend mit Julia darüber zu sprechen. Die muss das schließlich wissen.

«So, genug philosophiert, Thiele. Aus den Frauen wird man eh nie klug. Das werden Sie auch noch lernen. Avanti, an die Arbeit. Was schlagen Sie vor?»

«Ja, also, so genau … ja also, ich weiß nicht, Herr Lorenz.»

«Und ohne ‹also›?»

«Als Erstes würde mich interessieren, was Ihnen unser Oberboss berichtet und Sie in so gute Stimmung versetzt hat.»

«Ach so. Das konnte ich ja noch gar nicht loswerden. Er hat – so wie ich es aus seinen einigermaßen verschlüsselten Andeutungen heraushören konnte – einen sanften Hinweis aus den Reihen des Oberlandesgerichts bekommen. Dort sitzt vermutlich ein enger Freund der Türheims. Keine Ahnung, wer und weshalb der ein solch großes Interesse daran hat, dass die ‹Sache› – wie sich unser werter Herr Präsident ausgedrückt hat – möglichst schnell ‹bereinigt› wird. Jedenfalls hat dieser Jemand dermaßen viel Einfluss, dass er den großen Meister in Angst und Schrecken versetzen kann. Deshalb die Drohung mit der Sonderkommission. Ich habe dem Präsidenten erklärt, wie weit wir bereits mit unseren Ermittlungen sind und dass wir einige brandheiße Spuren verfolgen und im Grunde kurz vor der Aufklärung stünden. Das hat ihn so weit beruhigt, dass er zum Schluss richtig leutselig geworden ist und mir einen Cognac angeboten hat, sogar von dem aus dem untersten Fach!»

Der Cognac aus dem untersten Fach ist im ganzen Präsidium ein sorgsam gehütetes offenes Geheimnis. Der Polizeipräsident behält den edlen Tropfen für sich selbst, und nur selten widerfährt hochrangigen Besuchern die Ehre, daran zu partizipieren. Lorenz kann daher mit Recht davon ausgehen, dass seine Vorgehensweise die Billigung des hohen Herrn erfahren hat.

«Da haben Sie einiges herausgeschunden, Herr Lorenz, klasse! Auf die Weise haben wir wenigstens eine kleine Atempause. Aber wie nutzen wir die jetzt? Sich den Beller nochmal vorzuknöpfen, hat derzeit, meine ich, wenig Sinn. Übrigens habe ich dessen Konto auch gleich gecheckt. Nichts. Natürlich nicht. Nur Gehaltsüberweisungen von der Uni. Der lässt sich seine sonstigen Dienste sicher bar bezahlen oder halt mit dem einen oder anderen Auto vergüten.»

Lorenz ist mal wieder äußerst angetan von Thieles Initiativen. Wenn der so weitermacht, wird er ein richtig guter Kriminalbeamter, konstatiert er zufrieden. Ist schließlich auch meine Schule, setzt er mit nicht geringem Stolz in Gedanken hinzu. Laut fügt er an: «Ich denke, wir sollten zuerst zu Laufer gehen. Sollte dieser Patentmensch Dreck am Stecken haben, könnte es sein, dass er sich aus dem Staub macht. Außerdem – schauen Sie mal nach draußen, Thiele, da braut sich was zusammen. In die Wiehre kommen wir noch, aber auf dem Weg nach Ehrenstetten wird es uns sicher erwischen, und bei einem Wolkenbruch ist auch Autofahren kein Vergnügen.»

Im Westen ist in der Tat eine bedrohlich dunkle Front aufgezogen, die nichts Gutes verheißt. Den ganzen Tag über war es bereits drückend schwül gewesen, was sich nach der angenehm trockenen Hitze der vergangenen Woche in Freiburg mit seiner Kessellage besonders belastend auswirkt. Selbst Thiele, dem so schnell keine Witterung, gleich, ob extrem heiß oder extrem kalt, etwas ausmacht, hat heute bereits einige Male gestöhnt. Sein Hemd klebt ihm am Rücken.

«Bringen wir es hinter uns, Chef. Wenn ich mir den Mief bei Laufer im fünften Stock nur vorstelle, wird mir ganz schwindlig.»

Sie brauchen nur wenige Minuten, um zu Fuß die kurze Entfernung bis zu dem abweisend hässlichen Mietshaus, in dem Laufer wohnt, zurückzulegen. Die Sonne ist überraschend schnell hinter einer dunkelblauen Wolkenwand verschwunden. In der Ferne donnert es bereits in immer kürzeren Abständen, und die ersten dicken Regentropfen fallen, als sie an der Haustür angekommen sind.

«… und erreicht den Hof mit Müh und Not», deklamiert Thiele.

«Morgens Schiller, nachmittags Goethe. Thiele, Thiele, Sie bemühen unsere Dichterfürsten heute ganz ordentlich. Sehen wir mal, wie weit wir mit unserem Advokaten kommen.»

Auf ihr kurzes Klingeln wird unversehens der Türsummer bedient. Die Wohnungstür steht offen, als die beiden schwitzend im obersten Stock ankommen. Von drinnen tönt Laufers Stimme ungeduldig: «Komm rein. Ich bin schon lange fertig.»

«Der erwartet offenbar jemand anderes», flüstert Thiele.

«Sieht ganz so aus», erwidert Lorenz und ruft laut in die Wohnung: «Herr Laufer? Professor Laufer, sind Sie da?»

Im Flur erscheint der völlig verschwitzte und sehr schmuddelig wirkende Bewohner, in dessen Gesicht sich überdeutlich der Unwille über diesen unerwarteten und offensichtlich als störend empfundenen Besuch abzeichnet. Entsprechend unhöflich ist der Empfang.

«Was wollen Sie denn hier? Suchen Sie lieber den Mörder meines Freundes, statt ehrbare Leute zu belästigen.»

«Können Sie sich vorstellen, dass wir das gerade tun?» Lorenz ist nicht gewillt, sich von Laufer abweisen zu lassen, sondern betritt ohne Aufforderung die Wohnung. Thiele folgt ihm als treuer Schatten. Zu ihrer beider Erstaunen treffen sie nicht auf das erwartete Chaos, das noch vor wenigen Tagen hier geherrscht hat, sondern auf leere Regale und zahlreiche vollgepackte Umzugskartons.

«Wollen Sie ausziehen?», fragt Lorenz mit gerunzelter Stirn.

«Ich wüsste nicht, was Sie das anginge», giftet Laufer.

«Eine ganze Menge. Sie gehören zum Kreis der Verdächtigen, denn Sie haben gemeinsam mit Ihrem Freund Türheim antikes Kulturgut verschoben. Ich halte es für sehr wahrscheinlich, dass darüber Streit entstanden ist und Sie im Affekt Ihren Freund erstochen haben.»

Das ist wieder mal einer der Versuchsballons meines Chefs, denkt Thiele. Bin gespannt, ob er landet. Leider tut er das nicht, jedenfalls nicht so wie erhofft.

«Sind Sie von allen guten Geistern verlassen? Was heißt hier antikes Kulturgut? Können Sie diese Behauptung beweisen?» Laufer ist außer sich.

«O ja», blufft Lorenz. «Können wir.»

Oje, denkt Thiele, können wir nicht.

«Und wenn es so wäre? Ich betone, *wäre*. Meines Wissens ist das in Deutschland nicht strafbar.»

«Das vielleicht nicht, Mord aber schon.» Die Ruhe, mit der Lorenz diese Anschuldigung vorbringt, steht in merkwürdigem Gegensatz zum Wutanfall, zu dem sich nun der zornesrote, schweißüberströmte Laufer hinreißen lässt.

«Ich habe Helmut nicht umgebracht! Das ist eine bösartige Verleumdung. Ich werde gegen Sie vorgehen. Raus hier, sofort raus», brüllt er.

Mitten in dieses Wutgeschrei ertönt plötzlich eine bekannte energisch-laute Stimme: «Was ist hier los? Bist du endlich so weit?»

Ganz in ihre Lieblingsfarbe Lila gewandet, füllt Frau Professor den Türrahmen fast komplett aus. Die imposante Erscheinung der Frau Türheim hat allerdings sichtlich gelitten. Selbst auf dem kurzen Weg vom Parkplatz zur Haustür hat der Regen das wallende Gewand durchnässt, sodass es ihren üppigen Körper recht unvorteilhaft zur Geltung bringt. Und die mühsam mit Gel aufgerichteten Haare hängen in Strähnen herab. Die beiden Kriminalbeamten sind wie vor den Kopf geschlagen. Mit ihr hätten sie zuallerletzt gerechnet. Thiele fasst sich zuerst.

«Wollen Sie Herrn Laufer beim Umzug helfen?»

«Für Sie ist das immer noch Herr *Professor* Laufer, verstanden!»

Das Bewusstsein für Hierarchien, gleich, ob berechtigt oder nicht, hat sie mit Frau Hein gemeinsam, stellt Thiele bei sich fest. Aber wir leben im 21. Jahrhundert, und ich denke gar nicht daran, diesen Schwachsinn mitzumachen, und wenn du dich vor Ärger selber auffrisst, du blöde Gans.

«Frau Türheim, wir sind hier, um Herrn Laufer zu vernehmen, denn er steht im Verdacht, Ihren Mann ermordet zu haben.»

Mit dieser Mitteilung erreicht Thiele, dass selbst Frau *Professor* einen kurzen Augenblick sprachlos ist und nach Luft schnappt. Aber dann schreit sie Laufer hysterisch an: «Sag was! Lässt du das auf dir sitzen?»

«Ich war gerade dabei, mich zu verteidigen, als du hereingeplatzt bist. Natürlich habe ich deinen Mann nicht aufgespießt. Bist du noch bei Trost?»

Draußen tobt jetzt ein heftiger Sturm. Der Regen prasselt gegen die Fensterscheiben. Lorenz lehnt mit verschränkten Armen an einem der Regale und erweckt nicht den Eindruck, als wolle er in diese Auseinandersetzung eingreifen. Erst als es den Anschein hat, als würden Laufer und die Türheim erbost auf *ihn* losgehen, wehrt er ab.

«Ich nehme zur Kenntnis, dass Sie den Mord an Helmut Türheim bestreiten, Herr Laufer. Das macht Sie jedoch weder weniger verdächtig, noch haben Sie mich von Ihrer Unschuld überzeugt. Ganz im Gegenteil. Darf ich nun aber endlich erfahren, wohin Sie zu ziehen gedenken?»

Statt seiner antwortet Helga Türheim zornig: «Zu mir natürlich. Die untere Wohnung ist doch frei geworden. Und bevor Sie mir irgendwelche Moralvorträge halten oder anfangen, von

Pietät zu faseln, sage ich Ihnen gleich, dass ich tun und lassen kann, was ich will.»

Obwohl Thiele bereits vor einigen Tagen – aber eher im Spaß – erwogen hat, ob Laufer im Ehrenstetter Spukschloss nicht demnächst offiziell den Platz seines lieben Freundes Helmut einnehmen werde, schaut er nun doch völlig entgeistert zu Lorenz hinüber. Das ist ein starkes Stück! Helmut Türheim hat gerade seinen letzten Weg von der Pathologie in die Friedhofskapelle angetreten, und schon ist seine Lücke im Haus ausgefüllt.

«Frau Türheim, ich habe weder ein Interesse an Ihren Moralvorstellungen noch daran, wen Sie wann in Ihrem Haus beherbergen. Nur müssen Sie mir zugestehen, dass auch ich mir meine Gedanken mache. Und die fallen derzeit nicht zu Ihren Gunsten aus. Sie liefern uns nämlich gerade ein sehr plausibles Motiv», erwidert Lorenz kühl und deutet mit einer entsprechenden Handbewegung auf die Umzugskartons. «Aber wir profitieren insofern von Ihrem Vorhaben, als es für uns einfacher wird, Sie beide zu vernehmen. Wir brauchen nur noch zu einer Adresse zu fahren. Guten Umzug dann.»

Lorenz macht Thiele ein Zeichen, dass hiermit diese unerfreuliche Unterhaltung beendet ist. Beide treten schweißgebadet den Abstieg vom fünften Stockwerk an.

«O Mensch, Herr Lorenz», macht sich Thiele vor dem Hauseingang Luft, «das ist richtig ekelhaft, widerlich geradezu. Jetzt weiß ich echt nicht, was wir machen sollen.» Resigniert schaut er zum Himmel hinauf, der sämtliche Schleusen geöffnet hat. Der große Regen scheint der großen Hitze ein Ende zu bereiten. Die Gullys auf den Straßen können die Wassermassen schier nicht mehr bewältigen.

Doch das alles kann Kommissar Lorenz heute nicht aus der Ruhe bringen: «Wir gehen ins Präsidium, auch wenn wir dabei vielleicht ein bisschen nass werden, aber wir sind schließlich nicht aus Pappe. Und im Kühlschrank warten noch zwei Flaschen Bier auf uns. Die haben wir uns ehrlich verdient.»

16.

Es regnet nicht mehr ganz so heftig wie bei Ausbruch des Gewitters, dennoch sind die beiden Kriminalbeamten bis auf die Haut nass, als sie im Präsidium ankommen. Der Pförtner, der pflichtgemäß den Eingang bewacht, kann sich ein breites Grinsen nicht verkneifen.

«Für so ein Wetter gibt es Schirme», kommentiert er schadenfroh den feuchten Auftritt des Fahnderduos und handelt sich postwendend einen Rüffel von Lorenz ein.

«Sie sind gut. Sitzen gemütlich und trocken hier herum und haben nichts Besseres zu tun, als ungebeten dämliche Ratschläge zu erteilen.»

«Heimatland! So war es nicht gemeint. Wenn Sie keinen Humor haben ...», antwortet der Pförtner pikiert. «Im Übrigen warten oben zwei Damen auf Sie.» Als er den erstaunten Blick der beiden wahrnimmt, setzt er anzüglich hinzu: «Für jeden eine.»

Weder Lorenz noch Thiele wollen sich auf weitere dümmliche Dialoge einlassen. Sie haben keine Ahnung, wer sie erwartet, sind jedoch ihrer gegenwärtig nicht sehr vorzeigbaren Erscheinung wegen alles andere als erwartungsfroh.

«Das hat uns noch gefehlt», mault Thiele. «In diesem Aufzug und um diese Zeit!» Seit er Julia zur absoluten Herrscherin über seine Freizeit gemacht hat, nimmt er es mit dem Dienstschluss um einiges genauer.

«Und ich hatte mich so auf das Bier gefreut», trägt Lorenz mürrisch seinen Teil zur Klage bei.

Auf den Anblick, der sich ihnen jetzt bietet, ist jedoch keiner der beiden vorbereitet: In der für wartende Besucher vorgesehenen Nische sitzen Julia und Hanna einträchtig beisammen und unterhalten sich offensichtlich äußerst angeregt. Die beiden Herren bemerken sie jedenfalls erst, als die unmittelbar vor ihnen stehen.

«Oh, da seid ihr ja endlich. Aber wie seht ihr denn aus? Für so ein Wetter gibt es doch Schirme», lässt Julia zur Begrüßung spöttisch verlauten. Sie kann schließlich nicht wissen, dass es keine drei Minuten her ist, seit Lorenz und Thiele am Eingang mit genau der gleichen Bemerkung bedacht worden sind und ihr Sinn für diese Art von Humor bereits erschöpft ist. Entsprechend fällt die Antwort ihres Vaters aus: «Hast du sonst noch etwas auf dem Herzen? Oder war's das?»

«Jiiih, hast du eine Laune. Tag, Matthias.»

Ungeachtet der Nässe fällt sie ihm um den Hals und küsst ihn so inniglich, als wären sie allein auf weiter Flur. Thiele geniert sich zwar etwas, dennoch nimmt seine Miene bereits wieder unübersehbar den Ausdruck seliger Entrücktheit an. Lorenz ist dieser Auftritt seiner Tochter peinlich. Er zieht die Schultern hoch und lächelt Hanna verlegen an. Dann schließt er eilig sein Büro auf und schiebt das junge Paar vor sich her in den Raum.

«Entschuldigen Sie bitte, meine Tochter ist manchmal etwas unkonventionell. Kommen Sie doch herein.»

Hanna lächelt ebenfalls und nickt verständnisvoll. Lorenz findet sie in diesem Augenblick sehr sympathisch und äußerst attraktiv. In dem einfachen weißen Leinenkleid, das sie heute trägt, strahlt sie eine unauffällige Eleganz aus.

«Wir haben uns schon bekannt gemacht, Papa. Hanna und ich haben uns prima unterhalten», übernimmt Julia die weitere Gesprächsführung.

«Das ist ja schön», tönt es zurück. «Wie lange sitzt ihr denn schon hier?»

«Ja, wie lange ist das her, Hanna? Eine halbe Stunde bestimmt, oder?»

Hanna bestätigt diese Angabe mit einem kurzen «Hm, ja».

«Was kann ich denn für Sie tun?» In Lorenz meldet sich der sachliche Kommissar.

«Du, Papa, ich kann dir sagen, was die Hanna so einstecken muss, ist allerhand. Die haben es auf sie abgesehen. Die Arme macht was mit ...», meldet sich Julia wieder zu Wort.

«Ist dir aufgefallen, dass ich nicht dich, sondern Hanna gefragt habe», weist ihr Vater sie spitz zurecht. «Sei so gut und zieh dich mit deinem Matthias nach nebenan zurück. Ich glaube nicht, dass Hanna extra aus Ehrenstetten gekommen ist, weil sie an einem familiären Plauderstündchen teilnehmen will.»

Julia macht keinerlei Anstalten, der Anordnung ihres Vaters Folge zu leisten. Auch als Thiele sie am Arm in das kleine Nebenzimmerchen ziehen will, bleibt sie stur. Erst als ihr Vater donnert: «Wird's bald», gibt sie widerstrebend nach, lehnt die Tür aber nur an, was Lorenz sehr wohl bemerkt. Er zieht sie umgehend selbst zu.

«Nehmen Sie bitte Platz. Was kann ich für Sie tun?», fragt er noch einmal.

Was Hanna auf dem Herzen hat, ist tatsächlich das, was Julia ihm zuvor angekündigt hat. Die junge Frau will klarstellen, wie sehr sie der üble Ruf belastet, der ihr anhängt, zumal er völlig aus der Luft gegriffen sei. Ja, es stimme, bekennt sie freimütig, dass sie mit Helmut Türheim mehr als befreundet war. Seine Frau habe das von Anfang an gewusst und es sei ihr völlig egal gewesen, behauptet Hanna.

«Zugegeben: die große Liebe war es nicht. Helmut war mir aber sympathisch, und er hat mir geholfen. Ein schlechtes Gewissen musste ich trotzdem nicht haben, denn Frau Türheim war froh, dass sie ihren Mann nicht allzu oft zu Gesicht bekommen hat. Sie haben sich ja selbst ein Bild von der Wohnsituation im Haus machen können.»

Im Stillen wundert sich Reinhold Lorenz über die kultivierte Ausdrucksweise, der nicht nur eine fehlerfreie Beherrschung der deutschen Sprache eigen ist, sondern die auch auf eine solide Bildung schließen lässt. Gleichzeitig merkt er, dass er sich heute in Hannas Gegenwart merkwürdig und grundlos gehemmt fühlt. Die junge Frau wirkt kühl, distanziert und in ihrem Auftreten so sicher, dass er sich unwillkürlich an ihren Nachnamen zu erinnern sucht, weil ihm die Anrede mit dem Vornamen zu persönlich erscheint. Etwas verkrampft und umständlicher als sonst stellt er die nächste Frage: «Einige Leute in Ehrenstetten behaupten, dass Sie mit mehreren Herren im Dorf ein Verhältnis, äh, ich meine, eine Liaison, das heißt … nun, eine Liebschaft gehabt hätten.»

«Ich weiß. An all diesen Gerüchten ist kein wahres Wort. Bitte, glauben Sie mir das. Sowohl Gruber als auch Bultmeier und Jünger – um diese drei handelt es sich ja wohl – haben massiv versucht, sich an mich heranzumachen. Und zwar auf eine ziemlich plumpe und beleidigende Weise. Wenn die vorgeben, sie seien mit mir zusammen gewesen, dann ist das reines Wunschdenken, das jeder realen Grundlage entbehrt. Ich kann nur an Sie appellieren, dies nicht für bare Münze zu nehmen.»

«Hm.» Lorenz ist nicht ganz überzeugt, lässt die Versicherungen der jungen Frau aber vorläufig so stehen.

«Und wie steht es mit Professor Laufer und seinem Kollegen Schiller?»

«Ach, hat Frau Hein Ihnen diesen Bären aufgebunden?»

«Nein. Es war eine andere Quelle.»

«Schön. Tut ja nichts zur Sache. Selbstverständlich kenne

ich Herrn Laufer, aber ich würde sicherlich nicht meiner Arbeitgeberin ins Gehege kommen. Sie verstehen?»

Lorenz versteht nach dem unerfreulichen Auftritt von vorhin sehr gut und schaut Hanna in Erwartung der Beantwortung des zweiten Teils der Frage unverwandt an.

«Schiller. Das ist ein Bekannter von Helmut gewesen. Ich habe ihn einige Male gesehen, mehr aber auch nicht. Ich bin schließlich keine Nymphomanin, Hetäre oder dergleichen.»

Der Gebrauch des letzten Begriffs bestätigt Lorenz unzweifelhaft, dass er im Blick auf Hannas Bildung richtig vermutet.

«Was haben Sie eigentlich in Rumänien gemacht, bevor Sie nach Deutschland kamen?», will er jetzt wissen.

Hanna lächelt nachsichtig. «Sie dürfen nicht annehmen, Herr Kommissar, dass alle Frauen, die aus Rumänien kommen, generell ungebildet, primitiv und so naiv sind, dass sie sich mit dem Märchen vom goldenen Westen ködern lassen. Ich habe Kunstgeschichte studiert. Aber aus familiären Gründen hatte ich keine Möglichkeit, einen vernünftigen Abschluss zu machen. Deshalb sah ich dort keine Zukunft für mich, und so habe ich Helmuts Angebot angenommen, ihm nach Deutschland zu folgen.»

«Wenn Sie studiert haben, weshalb arbeiten Sie dann als Hausangestellte?»

«Wie ich bereits sagte: Ich habe keinen Abschluss, mein Studium wird hier nicht anerkannt, und wie es in Deutschland unter diesen Bedingungen mit Beschäftigungsmöglichkeiten aussieht, muss ich Ihnen wohl kaum näher erklären. Die Anstellung bei den Türheims ist gar nicht so schlecht. Ich weiß, was ich von Frau Türheim zu erwarten habe, und richte mich danach. Der Rest ergibt sich von selbst.»

Lorenz muss zugeben, dass alles, was Hanna von sich erzählt, einleuchtend klingt. Dennoch warnt ihn sein Instinkt, dass es vielleicht nicht die ganze Wahrheit sein könnte. Nur – wo soll er mit einer Frage ansetzen? Nachdenklich schaut er sie an.

«Wie gut kennen Sie eigentlich Herrn Beller?»

«Er ist Hausmeister in der Universität», antwortet Hanna ausweichend.

«Das ist mir bekannt, danach habe ich nicht gefragt.»

Lorenz versucht, den Eindruck zu vermitteln, dass er weit mehr weiß, als sie glaubt. Er zieht ein Blatt Papier heran und zückt einen Stift, um zu signalisieren, dass er mit ausführlichen Informationen rechnet. Hanna zögert.

«Nun, er hat ab und an Herrn Türheim Gefälligkeiten erwiesen.»

«Wie soll ich das verstehen?»

«Ja, hm. Es gibt, das heißt, es gab in der Vergangenheit die Notwendigkeit, dass Helmut, ich meine Herr Türheim, aus meinem Heimatland einige Transaktionen nach Deutschland durchführen musste. Die üblichen Transportwege kamen hierfür nicht in Frage, weil sie zu unsicher sind. Daher ist Herr Beller eingesprungen, der seine Ferien immer an der Schwarzmeerküste verbringt.»

«Aha. Können Sie das etwas ausführlicher erklären?»

«Was meinen Sie mit ‹ausführlicher›?»

«Ganz einfach. Ich möchte wissen, welche Rolle Beller in Ihrem Leben gespielt hat, denn Ihr Umgang mit ihm beruhte offensichtlich auf freundschaftlicher Basis.»

«Hat Ihnen das diese dumme Hein eingeflüstert?»

«Es ist im Moment völlig egal, wer wann was erzählt hat. Fest steht, dass Herr Türheim antike Kulturgüter, unter anderem aus Ägypten, bezogen und weiterverkauft hat. Bevorzugt hat er dabei den Weg über Rumänien gewählt.»

Hanna schaut ihn einen Moment lang mit ungläubigem Staunen an, hat sich jedoch sofort wieder in der Gewalt.

«Wenn Sie das sowieso schon wissen, warum fragen Sie mich dann danach? Mit Helmuts Geschäften hatte ich im Übrigen nichts zu tun.»

«Ich habe Sie auch nicht danach gefragt, sondern nach Ihrer Beziehung zu Beller.»

«Keine.» Hanna mauert, schafft es dessen ungeachtet jedoch, ihre Aussagen in freundlich-verbindlichem Ton hervorzubringen.

«Sie haben sich unzweifelhaft mit Herrn Beller geduzt. Bei jemandem, den man nur vom Vorbeigehen kennt, tut man dies wohl kaum.»

«Ach, Herr Kommissar, Sie wissen doch, wie das ist mit manchen Leuten. Ohne über Herrn Beller herziehen zu wollen, aber er gehört nun mal nicht zu den Menschen, die sich lange mit Höflichkeiten aufhalten. Das besagt aber keinesfalls, dass ich …, dass wir uns in irgendeiner Form nähergekommen wären. Dazu sind wir nun doch zu verschieden. Oder haben Sie eine andere Meinung?»

Hinter ihrer zur Schau gestellten strahlenden Liebenswürdigkeit verbirgt Hanna eine eiserne Beharrlichkeit, die es ihr erlaubt, souverän auf unangenehme Fragen zu reagieren. Lorenz hat daher das Gefühl, er renne unentwegt gegen eine Gummiwand. Bevor ihm eine weitere Frage einfällt, mit der er sie vielleicht doch noch in die Enge treiben könnte, erhebt sich Hanna aus ihrem Besuchersessel und streckt ihm liebenswürdig die Hand zum Abschied hin.

«Im Grunde wollte ich Ihnen nur sagen, dass alles, was man über mich erzählt, üble Nachrede ist und mit der Realität nichts zu tun hat. Das war mir sehr wichtig. Vielen Dank, dass Sie mir zugehört haben. Auf Wiedersehen.»

Lorenz begleitet sie stumm hinaus. Er ist überhaupt nicht mit sich zufrieden. Eigentlich hat nicht er den Verlauf des Gesprächs bestimmt, sondern Hanna. Weshalb nur ist er nicht fähig gewesen, es in die Richtung zu führen, die er gern gehabt hätte? Ob es daran liegt, dass Hanna eine auf merkwürdige Weise faszinierende Frau ist?

Auf dem Flur dreht sie sich noch einmal kurz zu ihm um: «Sie haben übrigens eine sehr nette Tochter, Herr Kommissar. Sie können stolz auf sie sein.»

Erst diese Bemerkung macht Lorenz wieder bewusst, dass die beiden jungen Frauen sich zuvor ja ausgiebig unterhalten haben. Er wird sich bei seiner Tochter sofort erkundigen, worüber. Aber wie soll er Hannas Kompliment im Blick auf Julia verstehen? Hat sie es wirklich so gemeint, oder versucht sie, ihn aus purer Berechnung für sich einzunehmen? Na ja, zugegeben, manchmal ist Julia wirklich lieb – trotz all ihrer Flausen.

Der Stolz des Vaters hat eindeutig den Sieg davongetragen vor dem gelegentlichen Ärger über die kleinen Verdrießlichkeiten, die sie ihm hin und wieder bereitet. Deshalb ist er sehr sanftmütig gestimmt, als er an die Verbindungstür klopft.

Es dauert ein paar Minuten, bis Julia und Thiele, etwas zerzaust, auf der Bildfläche erscheinen. Lorenz hat zwar sofort eine entsprechende Bemerkung parat, spart sie sich aber, weil ihm rechtzeitig einfällt, dass auch er einmal jung und verliebt war. Ob Brigitte sich manchmal daran erinnert? Sie hatten schließlich viele schöne Zeiten miteinander gehabt. Das Temperament hat Julia wohl von ihrer Mutter geerbt. Wäre es vielleicht doch an der Zeit, dass er sich, eingedenk ebendieser schönen Zeiten, bei Brigitte meldet?

«Was wollte sie denn?», erkundigt sich Thiele in die nostalgischen Überlegungen seines Chefs hinein.

«Hat Julia Ihnen das nicht erzählt? Ihr hattet schließlich genug Zeit.» Einen kleinen Seitenhieb muss er loswerden.

«Weißt du, Papa, ganz im Vertrauen, wir hatten Besseres zu

tun. Denk mal nach, vielleicht kannst du dich erinnern, was das sein könnte.»

«Pass bloß auf, du kriegst gleich was auf die Nase.»

«Uiih, da fürchte ich mich aber.»

Das familiäre Geplänkel bricht abrupt ab, als ein Kollege vom Betrugsdezernat das Zimmer betritt.

«Oh, ihr habt netten Besuch.» Er deutet eine wohlerzogene Verbeugung an. «Schöne Frauen am Abend, erquickend und labend.»

«Das ist meine Tochter», stellt Lorenz klar, und Thiele mustert den Neuankömmling mit einem Blick, als wolle er ihn fressen. «Du Depp», ist das Einzige, was ihm einfällt, aber er behält es für sich.

«Können wir etwas für Sie tun?», fragt Lorenz betont sachlich, dem die Verstimmung seines Assistenten nicht entgeht.

«Was? Ach so, ja. Ihr ermittelt doch in diesem Türheim-Fall, habe ich erfahren. Also, beim Lover der lustigen Witwe hat sich was Neues ergeben. Ich habe mir gedacht, ich gebe euch mal einen Wink.»

Lorenz schluckt. Er hasst es, wenn man ihn ungefragt duzt. Er mag auch diesen allzu legeren, beinahe ungehobelten Umgangston nicht, beherrscht sich aber in Anbetracht der angebotenen Hilfsbereitschaft und belässt es bei einem fragenden «Und?».

«Tja, wir sind ja dem Franz Jünger auf der Spur. Meine Kollegen und ich haben ihn wegen des Verdachts auf Insolvenzbetrug im Visier. Im Zuge unserer Ermittlungen sind wir auf einige finanzielle Transaktionen gestoßen, bei denen auch der Name Türheim auftaucht.»

«Türheim, Helmut? Oder Türheim, Helga?», will Thiele wissen.

«Das kann ich leider nicht definitiv beantworten. Wir sind

noch nicht so weit, dass wir Konkretes hätten. Wir wissen nur, dass es um ziemlich viel Geld geht, das verschoben worden ist. Diesen Tipp haben uns die Schweizer Kollegen vom Zoll gegeben. Die hatten Verdacht geschöpft, wollten aber noch weiterbeobachten und abwarten. Nun tut sich natürlich nichts mehr.»

«Was ist ‹ziemlich viel Geld›?», mischt sich Julia ein und wird sofort mit einer gewollt neckischen Reaktion vom Betrugskollegen bedacht.

«Hallo, hallo, meine Schöne, machen Sie auch mit bei der Mördersuche?»

«Nein, das tut sie nicht.» Aus der Entgegnung von Reinhold Lorenz ist nun doch eine gewisse Schärfe herauszuhören. «Nochmal: Können Sie mir Konkreteres sagen?»

«Auch nochmal: nein, noch nicht. Die sind gerissen. Die haben das Ganze so raffiniert angelegt, dass man ihnen nicht beikommt. Jedenfalls nicht ohne Weiteres. Aber mit Hilfe der Schweizer sind wir unentwegt dran», setzt er hinzu, um nicht den Eindruck entstehen zu lassen, er und die Kollegen seiner Abteilung seien untätig.

«Was ich zu diesem Zeitpunkt mit Bestimmtheit sagen kann, ist, dass zwischen den Türheims und Jünger Geld geflossen ist. Türheims müssen größere Einnahmen gehabt haben, an denen Jünger partizipiert hat. Und um Ihre Frage zu beantworten, meine Schöne: Es geht um mindestens eine Million – Euro, versteht sich. So viel ist sicher. Wir haben nur noch keine hieb- und stichfesten Beweise. Wenn ich mehr weiß, gebe ich sofort Bescheid. Gehabt euch wohl, bis dahin.»

Damit entschwindet er und hört glücklicherweise nicht mehr Thieles durch die Zähne gequetschtes: «Blöder Hammel.»

Lorenz runzelt die Stirn. Auf den Konten, die sie, beziehungsweise Thiele, überprüft haben, war keine Bewegung in dieser Größenordnung auszumachen. Das heißt, dass es sich mit Sicherheit um Schwarzgeld gehandelt haben dürfte. Aber wofür? Und wo ist wann wie viel hingeflossen? Sind Verkäufe antiker Gegenstände so außerordentlich lohnend? Ist das nicht höchstens bei Sotheby's der Fall, wenn ein reicher Sammler ein Gemälde verscherbelt?

«Thiele, denken Sie bitte daran, dass wir morgen diesen Schiller fragen, in welchen Größenordnungen sich die Einnahmen für den geschmuggelten Antiken-Kram bewegen könnten. Haben Sie ihm übrigens diese ominöse Liste gemailt?»

«Klar, Chef, heute Mittag schon. Ich frage aber gleich nochmal nach. Das dauert nur ein paar Minuten», setzt er vorsichtshalber hinzu, damit Julia nicht sauer wird und sie bald den Feierabend zusammen genießen können. «Es regnet sowieso noch.»

«Ja, und? Sollen wir so lange hierbleiben, bis es aufhört, mein geliebter Matthias? Für so ein Wetter gibt es Schirme.»

Buchstäblich im Regen stehen geblieben ist an diesem gewittrigen Tag Herbert Fehringer. Von der vormittäglichen Fragerunde in der Universität inspiriert, hat er beschlossen, sich noch einmal in Ehrenstetten umzuhören. Die Bemerkung von Frau Hein, dass sowohl Gruber als auch Bultmeier und Franz Jünger den Professor in der Universität aufgesucht hätten, hat ihn stutzig gemacht. Warum haben ihm Bultmeier oder Gruber nichts davon erzählt? Wieso ist den beiden so sehr daran gelegen, ihre Bekanntschaft mit Türheim herunterzuspielen? Gruber und seine Frau haben sich über Türheim zudem ziemlich abschätzig geäußert. Herbert erinnert sich sehr genau an Bultmeiers Bemerkung, dass es zwischen Türheim und Gruber beinahe zu einer Schlägerei gekommen sei. Er ist überzeugt, dass in diesem ganzen wirren Geflecht etwas nicht stimmt, und er möchte unbedingt herausbekommen, was es ist. Deshalb bekundet er bei Gundi vorsichtig seine Absicht, am Nachmittag ins Markgräflerland zu fahren. Gundi reagiert erstaunlich gelassen.

«Ist in Ordnung, Herbert.»

«Du hast nichts dagegen? Wo ich schon heute Vormittag nicht da war?»

«Nein, überhaupt nicht, ich habe mich mit einer Freundin verabredet. Irgendwo muss ein Fahrplan herumliegen.»

«Wieso Fahrplan? Wofür?»

«Für dich, ganz einfach, weil ich nachher das Auto nehme. Aber nach Ehrenstetten fahren Busse. Zeit genug hast du ja.»

Herbert ist baff. «Du willst das Auto? Könntest du mich nicht vorher …?»

«Nein, könnte ich nicht. Ich fahre jetzt gleich, und wenn ich dich noch zu deinem Ausflugsziel chauffieren müsste, komme ich um Längen zu spät. Mach's gut. Bis heute Abend», verabschiedet sich Gundi in bester Laune.

Herbert bleibt überrascht zurück. Das ist neu. Mit dieser Selbstverständlichkeit hat Gundi noch nie ihre Rechte am gemeinsamen Auto geltend gemacht. Dass er umständlich mit öffentlichen Verkehrsmitteln nach Ehrenstetten fahren soll, ist nicht nach seinem Geschmack. Das hat er neulich auf dem Rückweg festgestellt, als Gundi erbost, ohne auf ihn zu warten, nach Hause gefahren ist. Aber Herberts Miene hellt sich auf, denn er sieht seine Frau eben von der Garage wieder zurück ins Haus gehen. Hat sie es sich doch anders überlegt!

«Hier, Herbert», ruft sie fröhlich vom Flur her. «Es sieht nach Gewitter aus. Ich habe dir deinen Schirm aus dem Auto gebracht. Nimm ihn lieber mit. Also dann, ciao, ciao.»

Auch das noch. Herbert schaut skeptisch zum Himmel, wo im Westen die ersten Wolken die Sonne verdunkeln, und stellt fest, dass die Wetterprognose seiner Frau wohl zutreffend ist. Seufzend denkt er nach. Soll er sich trotz der Unbequemlich- und Widrigkeiten auf den Weg machen? Oder lieber warten, bis sein Freund Reinhold den Hein'schen Hinweisen, die er heute Morgen getreulich weitergegeben hat, nachgeht? Eigentlich würde er die Sache gern selbst in die Hand nehmen.

Während Lorenz und Thiele auf dem Weg zu Laufers Wohnung sind, ist Herbert Fehringer ungefähr zur gleichen Zeit unterwegs zur Bushaltestelle. Knapp zehn Gehminuten beträgt die Entfernung, wenn man sie mit Riesenschritten bewältigt, wie es Herbert tut. Schneller als er ist jedoch das Gewitter, und trotz des Schirms ist seine Kleidung schon ziemlich durchweicht, als er schließlich in den Bus steigt.

«Gott sei Dank, endlich Regen. Wir brauchen ihn dringend», kommentiert der Fahrer, bei dem er sein Ticket löst, den Wolkenbruch, der sich über das Land ergießt.

Ich hätte grad drauf verzichten können, nörgelt Herbert Fehringer in sich hinein. Nur äußerst selten geschieht es, dass ihn seine heitere Gelassenheit im Stich lässt, aber ein solches Sauwetter und dann kein Auto, das ist gar zu arg. Überhaupt: Wie soll er Bultmeier oder Gruber erklären, dass er «rein zufällig» eben mal vorbeischauen will? Missmutig verfolgt Herbert die Bäche, die vom Dach des Busses über die Fenster herabfließen. Oder doch! Das ist es! Wie immer, wenn es darauf ankommt, hat Herbert entweder eine rettende Idee, oder ihm kommt der Zufall zu Hilfe. Diesmal war es Letzteres: Ein großes Schild weit vor dem Ortseingang nimmt ihm die Entscheidung ab: «Weinverkauf ab Hof, Gruber, 300 m rechts» steht da zu lesen. Er drückt auf den Halteknopf, als die Ortsgrenze in Sicht kommt.

«Wollen Sie hier aussteigen? Nicht direkt im Dorf?», versichert sich der Fahrer bei seinem einzigen Fahrgast.

«Ja. Das ist für mich günstiger», erwidert Herbert und steigt aus dem Bus. Der Schirm lässt sich nicht gleich öffnen, sodass Hemd und Hose, die während der Fahrt etwas getrocknet sind, erneut klatschnass werden und aus den ehemals dunklen, inzwischen unübersehbar mit grauen Strähnen durchzogenen Haaren sich kleine Rinnsale den Weg in den Hemdkragen suchen. Doch das macht Herbert überhaupt nichts mehr aus, sondern kommt vielmehr seinem Plan entgegen. Munter stapft er auf dem schmalen Fußweg neben der Straße in den Ort hinein. Das beachtliche Anwesen, das Franz und Lisbeth Gruber ihr Eigen nennen, liegt gleich in der ersten Seitenstraße rechts, in die Herbert Fehringer jetzt einbiegt. Er geht über den großen, gepflegten Hof und klingelt am Eingang zum Wohnhaus.

Gruber selbst öffnet, mehr als erstaunt über den unerwarteten Besucher.

«Du lieber Himmel, der Fehringer Herbert. Ja, wo kommst denn du her? Und nass bis auf die Haut.»

«Meine Frau, die Gundi, hat heute das Auto, weil sie eine Freundin besucht.» So weit stimmt das noch, denkt Würschtle-Herbert. «Ja, und da war mir langweilig, und da habe ich gedacht, ich bewege mich mal wieder und mache in der Zeit eine Wanderung. Dass es mich natürlich so erwischt, konnte ich nicht ahnen», flunkert er gelassen.

«Komm halt rein, in Gottes Namen. Lisbeth, hol mal ein Handtuch», schreit Gruber laut, weil er nicht gemerkt hat, dass seine Frau, neugierig, wer sie bei einem solchen Wetter besucht, aus der Küche gekommen ist und hinter ihm steht.

«Brüll nicht wie ein Stier», fährt sie ihren Mann an.

«Hm. Konnte ja nicht wissen, dass du hier bist.»

In die beste Stimmung bin ich wohl nicht geraten, fürchtet Herbert mit Recht.

«Ich will nicht stören. Aber es wäre nett, wenn ich bei euch warten könnte, bis der Regen aufhört und ein Bus nach Freiburg fährt.»

«Ja, ja, komm halt rein», erwidert Franz Gruber missmutig.

«Soll ich die nassen Schuhe lieber ausziehen?», bietet Herbert höflich an.

«Lass es. Ist egal. Geh in die Probierstube, da ist der Boden gekachelt.» Gruber schiebt seinen Besucher in den Raum, in dem die Weinverkostungen stattfinden. Derzeit sind wohl keine Gäste zu erwarten, denn die Stube ist nicht sonderlich aufgeräumt. In der Ecke steht der Korb mit der Bügelwäsche, und auf dem großen Eichentisch liegen einige Zeitungen und große zusammengerollte Papierbogen, die Franz Gruber mit einer eiligen Armbewegung auf die Sitzbank befördert, sodass für Herbert nur ein Platz auf dem Stuhl bleibt.

«Halt! Setz dich nicht einfach so auf das Polster, das wird sonst auch noch nass. Hier, leg das Handtuch unter.»

Herbert gehorcht brav und entschuldigt sich vorsichtshalber noch einmal für die Störung, um seinen Gastgeber wider Willen ein wenig gnädiger zu stimmen, was auch halbwegs zu glücken scheint, denn Gruber bietet ihm jetzt ein Glas Wein an.

«Was willst du denn? Gutedel? Müller? Oder einen Roten?»

«Ein Gutedel wäre nicht schlecht», freut sich Herbert und verfolgt erstaunt, wie genau Gruber beim Eingießen die Markierung am Glas beachtet. Dann konzentriert er sich auf den wirklichen Grund seines Hierseins und tastet sich behutsam an eine ausführlichere Unterhaltung heran. Vielleicht geht es über den Umweg der Bewunderung.

«Schön habt ihr's. Ganz ordentlich groß.»

«Hm.»

«Steckt sicher eine Menge Geld und viel, viel Arbeit in all dem drin.»

«Umsonst ist nur der Tod», lautet die lapidare Antwort.

«Und wie viele Weinberge habt ihr eigentlich?»

«So viel, dass wir es fast nicht schaffen. Aber am Schluss bleibt eben zu wenig hängen. In diesem Jahr sowieso. Der Sommer war einfach zu trocken.»

Dieses Lamento kennt Herbert zur Genüge von seiner Verwandtschaft am Kaiserstuhl. Seit Menschengedenken hat es keinen Sommer gegeben, der die Weinlese im Herbst hätte günstig ausfallen lassen. Entweder war es zu nass, zu kalt, zu trocken oder zu heiß. Daher zieht Herbert es vor, nicht näher auf das Thema einzugehen. Mühsam sucht er nach einem anderen Gesprächsstoff, der möglichst in die Nähe des ursprünglich anvisierten Themas führt.

«Na, immerhin gab's reichlich Wein beim Angelverein. Der Bultmeier ist mit dem Ergebnis sicher zufrieden, oder? Habt ihr euch eigentlich wieder versöhnt?»

«Wieso versöhnt?»

«Na, beim Fest ist es zwischen euch ganz schön hoch hergegangen. Ich bin schließlich danebengesessen.»

«Hm. Folgendes: Der Bultmeier ist ein komischer Kauz. Und außerdem falsch.»

«Aber mit dem Türheim seid ihr beide eine Zeitlang recht gut ausgekommen – oder?»

«Wie kommst du auf die Idee?»

«Weil ihr ihn regelmäßig in der Uni besucht habt.»

«Spinnst du? Wie kommst du darauf?»

«Das hat mir der Beller erzählt», mogelt Herbert Fehringer.

«Der? Der weiß gar nichts. Ein-, zweimal war ich beim Türheim, weil es was zu besprechen gegeben hat. Öfter nicht.»

«Hat er größere Mengen Wein für die Uni gekauft? War bestimmt ein gutes Geschäft für dich.» Herbert kommt sich bei diesem kärglichen Frage- und Nicht-Antwort-Spiel langsam etwas albern vor.

«Wieso? Nein.»

«Ja, weswegen bist du dann extra nach Freiburg in die Uni gefahren, wo du den Türheim hier um die Ecke hast? Oder wolltest du seiner Frau nicht begegnen? Das könnte ich verstehen.»

Den Zusatz hat Herbert schnell nachgeschoben, um der ersten Frage einen möglichst unverfänglichen Anstrich zu geben.

«Sag mal, was geht dich das Ganze eigentlich an?!», braust Gruber dennoch auf.

«Nichts. Außer dass ich den Türheim gefunden habe und daher natürlich daran interessiert bin, zu erfahren, wer den armen Menschen umgebracht hat.»

«Armen Menschen? Du hast Nerven. Folgendes. Ich will dir mal was sagen. Der hat die Leute gnadenlos über den Tisch gezogen.»

«Ach ja? Dich auch? Wieso?»

«Mich und noch andere hier», bricht es wutentbrannt aus Franz Gruber heraus.

«Aber was hat so ein Universitätsprofessor denn mit euch zu tun? Der kann euch schließlich keine Konkurrenz machen.»

«Glaubst du, es geht nur um Konkurrenz? Da sind noch ganz andere Dinge im Spiel.»

«Etwa diese Hanna?»

Jetzt ist es mit Grubers Geduld endgültig vorbei. «Das geht dich nichts, aber auch rein gar nichts an. Was willst du eigentlich? Mich aushorchen?»

«Bestimmt nicht. Entschuldige, wenn sich das so angehört hat», versucht Herbert abzuwiegeln. «Mir scheint, dass ich heute ungelegen gekommen bin. Habt ihr vielleicht Krach gehabt? Du und deine Frau?»

«Ich wüsste zwar nicht, was dich das jetzt schon wieder anginge, aber es stimmt. Wir haben uns gerade gestritten.»

«Dann will ich nicht länger stören. Das konnte ich nicht

wissen. Das kommt in jeder Ehe mal vor», gibt Herbert nach, in der Hoffnung, Gruber mit dieser verständnisvollen Haltung – quasi von Mann zu Mann – zum Reden zu bringen.

«Eben. Bei dir und deiner Frau wird's manchmal auch Krach geben. Aber auf dem Dorf ist das halt was anderes als bei euch in der Stadt. Hier gibt es andere, engere Beziehungen. Jeder kennt jeden. Alles spricht sich schnell herum. Und hinterher hat man den Schaden. So, der Regen hat nachgelassen. Du gehst am besten jetzt auf die Hauptstraße, Richtung Ortsausgang. Dort ist die Bushaltestelle.»

Das ist ein veritabler Rausschmiss, dem sich nicht einmal Herbert Fehringer entziehen kann, und wenn er noch so einfallsreich ist. Er erhebt sich langsam und will gerade gehen, als ihm Franz Gruber nachruft: «Moment. Zwei Euro achtzig.»

«Was? Wofür?»

«Ja, für den Gutedel.»

Vieles ist Würschtle-Herbert in seinem Leben bereits begegnet, aber das verschlägt ihm für einen Moment die Sprache. Dann fragt er: «Ich soll den Wein zahlen?»

«Ja, klar. Ich hab's doch gesagt. Zwei Euro achtzig. Umsonst ist nur der Tod, und was man hergibt, hat man nimmer.»

Mit bemüht großzügiger Geste und den Worten «Der Rest ist für dich» legt Herbert Fehringer drei Euro auf den Tisch und verlässt grußlos, aber hocherhobenen Hauptes das Haus. Glücklicherweise hat der Regen wirklich fast aufgehört, denn an der Bushaltestelle unterrichtet ihn der Fahrplan, dass die nächste Möglichkeit, nach Freiburg zu gelangen, erst in gut zwanzig Minuten besteht. So lange hat Würschtle-Herbert nun Zeit, über seinen merkwürdigen Besuch bei Franz Gruber nachzudenken. Das war wohl keine Meisterleistung, die er da eben vollbracht hat, muss er sich eingestehen. Außerdem ist der Gruber ein Geizkragen und raffgierig. Dazu kommt, dass

Herbert sich die merkwürdige Stimmung, die in diesem Haus geherrscht hat, nicht recht erklären kann. Letztendlich hätte ich mir das alles sparen können, sagt er sich. Herausgekommen ist rein gar nichts. Oder ist Grubers Bemerkung, dass es in einem Dorf engere Verbindungen gäbe als in der Stadt, so zu deuten, dass hier alle unter einer Decke stecken? Vielleicht kann Reinhold Lorenz eine kleine Attacke starten, um Gruber die innerdörflichen Geheimnisse zu entlocken. So es denn welche gibt.

17.

Mit einem leicht flauen Gefühl im Magen greift Herbert Fehringer am nächsten Morgen zum Telefon, denn ihm ist nicht ganz wohl bei dem Gedanken, seinem Freund Reinhold gestehen zu müssen, dass er – entgegen dessen ausdrücklicher Bitte, sich ab sofort nicht mehr in die Ermittlungen einzumischen – dennoch nach Ehrenstetten gefahren ist, um mit Franz Gruber zu reden. Den ganzen Abend über hat Herbert mögliche Argumente gesammelt, hat hin und her überlegt, wann er seinen Ausflug gestehen sollte, sich dann aber entschlossen, dies auf den folgenden Tag zu verschieben. Sich selbst hat er versucht, mit der Rechtfertigung zu überzeugen, dass er den Kommissar nicht schon wieder in dessen Freizeit behelligen dürfe. Gundi ist die ungewohnte Schweigsamkeit ihres Mannes am Abend wohl aufgefallen, aber sie bringt diese fälschlicherweise in Verbindung mit ihrem eigenen Verhalten. Dass sie sich kurzerhand mit einer Freundin trifft und überdies ganz selbstverständlich das gemeinsame Auto beansprucht, ist ihre neue Taktik. Vielleicht hat ihn das zum Nachdenken gebracht, hofft sie, denn ihr geht das kindische Detektivspiel ihres Herberts gehörig auf die Nerven – ungeachtet der Aussicht auf den versprochenen Tanzkurs im Herbst.

Doch das Schicksal meint es gut mit Würschtle-Herbert. Gerade in dem Augenblick, als er die wohlbekannte Nummer im Polizeipräsidium wählt, verlässt der Kommissar fluchend den Raum, weil er schnellstens versuchen muss, die Spuren des übergeschwappten Inhalts der Kaffeetasse von seiner hellen Sommerhose zu entfernen, bevor der Fleck sich auf Dauer etabliert. Folglich nimmt Matthias Thiele den Anruf entgegen.

«Ach, Herr Fehringer …«, erwidert er dessen Gruß etwas zögerlich, denn ihm ist die gestrige unwillkommene Anspielung auf seine Rolle als künftiger Lorenz-Schwiegersohn noch gut in Erinnerung. «Gibt es etwas Neues?»

«Ja, das heißt, eigentlich nicht. Oder doch, vielleicht. Könnte sein», ergeht sich Herbert in vagen Andeutungen. Im Grunde hat er, wenn er es sich genau überlegt, nichts Konkretes mitzuteilen. Lediglich sein Empfinden, dass hinter der undurchdringlichen Mauer der dörflichen Verschwiegenheit einiges verborgen scheint, was nicht unbedingt mit der Vorstellung von einer idyllisch-anheimelnden, heilen Welt zu vereinbaren ist, kann Herbert Fehringer dem jungen Kriminalassistenten anvertrauen.

«Ich werde dem Chef von Ihren Beobachtungen erzählen», erklärt Thiele etwas distanziert, «aber – wenn ich Ihnen einen guten Rat geben darf, Herr Fehringer – lassen Sie ab jetzt lieber die Finger von der Sache. Lorenz ist sowieso schon unter Druck, weil der Polizeipräsident auf schnelle Aufklärung drängt. Und wenn der Oberboss Wind davon bekommt, dass Sie mitmischen, dann ist Feuer unterm Dach. Schließlich sind Sie mit unseren Dienstvorschriften in keiner, in keinster, aber absolut gar keiner Hinsicht vereinbar.» Der Nachdrücklichkeit seines Appells wegen gönnt sich Thiele, der ansonsten sehr auf Einhaltung der ordnungsgemäßen Grammatik achtet, diese regelwidrige Steigerungsform.

«Ja, ja, ich weiß schon. Aber wenn ihr mich braucht, sagt ihr sofort Bescheid. Da kann ich mich drauf verlassen – oder?»

«Ja, sicher, Herr Fehringer, und ich sage es auch meinem Chef. Wiedersehen dann.»

Mit Thieles Geduld ist es heute auch nicht allzu weit her. Julia hat es gestern Abend vorgezogen, sich mit Freunden in einer Kneipe zu treffen, und ihm unmissverständlich klargemacht, dass sie das ohne ihn tun wird. Falls sie nicht zu spät nach Hause käme, würde sie ihn noch anrufen, hat sie immerhin in Aussicht gestellt. Ob sie ihn nun nicht mehr stören wollte oder es einfach vergessen hat, bleibt fraglich. Jedenfalls wartet Thiele bis jetzt vergeblich auf den versprochenen Anruf, und das macht ihn missmutig.

Griesgrämig blickt auch Reinhold Lorenz drein, als er zurückkommt. Der Kaffeefleck ist infolge seiner rabiaten Eliminierungsbemühungen zwar gewichen, aber mit ihm auch großflächig die Farbe. Unübersehbar prangt ein großer, heller Fleck mit einem etwas dunkleren Rand auf dem rechten Hosenbein.

«So kann ich doch nicht unter die Menschen gehen. Die Hose ist hin. Die kann ich wegschmeißen. Noch keine dreimal getragen», beklagt er den sich abzeichnenden Verlust.

Thiele kann ihm beim besten Willen nicht widersprechen und muss ihm zudem noch die Empfehlung von Würschtle-Herbert weitergeben, sich mit einigen Einwohnern Ehrenstettens näher zu befassen.

«Ich habe ihm aber ganz, ganz deutlich gesagt, dass er sich von jetzt an zurückhalten soll», versichert Thiele am Schluss seines Berichtes über das eben erfolgte Telefonat.

«Wer's glaubt», seufzt Lorenz. «Wie oft habe ich das schon versucht? Das kann man ihm einfach nicht plausibel machen. Wenn das dem Polizeipräsidenten zu Ohren kommt, können wir uns begraben lassen.»

«Das habe ich ihm auch gesagt.»

«Was?»

«Na, dass der Polizeipräsident davon nichts erfahren darf und uns außerdem im Nacken sitzt.»

«Oh, Thiele, das war nicht Ihre größte Leistung. Hoffentlich fühlt sich der gute Herbert dadurch nicht erst recht motiviert. Na ja, jetzt ist es nicht mehr zu ändern. Warten wir's ab. An Ehrenstetten führt ohnehin kein Weg vorbei, da ist ihm wohl oder übel zuzustimmen. Nur – so kann ich mich nirgendwo blicken lassen. Wo kriege ich jetzt eine neue Hose her?»

«Kein Problem, Chef. Ich setze mich schnell ins Auto, fahre zu Ihnen nach Hause und hole eine andere», bietet Matthias Thiele diensteifrig an. Sein Vorschlag wird von Reinhold Lorenz mit einem breiten Grinsen und einer freundschaftlichen Warnung quittiert.

«Okay. Aber passen Sie bloß auf, dass Sie Julia nicht aus ihren Träumen reißen. Die ist erst gegen Morgen nach Hause gekommen, und wenn sie zu einer – in ihren Augen nachtschlafenen – Zeit geweckt wird, kann das Julchen sehr ungnädig werden. Hier sind die Hausschlüssel. Sie kennen sich inzwischen bei mir zu Hause ja einigermaßen aus. In meinem Kleiderschrank müsste noch eine saubere Jeans sein.»

Lorenz ist sich ziemlich sicher, dass der junge, verliebte Assistent seinen Rat in den Wind schießen und seine Tochter wecken wird. Daher macht er sich auf eine längere Wartezeit gefasst und widmet sich intensiv dem Studium all dessen, was sie bislang an Fakten zusammengetragen haben. Und da hat sich einiges angesammelt. An Motiven mangelt es mittlerweile schon lange nicht mehr. Beinahe jeder, der im Umfeld des Toten agiert, hätte einen Grund gehabt, Helmut Türheim ins Jenseits zu befördern. Nur – wer von all denen ist imstande und skrupellos genug, um eine solche Gewalttat zu vollbringen?

Weit schneller als angenommen kehrt Matthias Thiele zurück.

«Das ging aber rasch», wundert sich Lorenz. «Haben Sie sich einen Rüffel eingehandelt oder meinen Rat beherzigt?»

«Weder noch», strahlt Thiele. «Ich war nur ganz schnell bei Julia, aber sie hat sich wahnsinnig gefreut, dass ich sie aufgeweckt habe.»

«Sprechen Sie von meiner Tochter? Es ist grade mal halb zehn. Um diese Zeit würde ich mein Leben riskieren, wenn ich es wagen würde, sie in ihrer geheiligten Nachtruhe zu stören.»

«Sie sind ja auch bloß der Vater», lautet die nicht sehr ehrfürchtige, dafür einleuchtende Belehrung.

«Aha. Gut, dass ich das weiß. Wo ist die Hose?»

«Was?»

«Die Hose. Die Jeans. Sie wollten mir eine Hose bringen.»

«Ach du liebe Güte ...! Die liegt noch bei Ihnen zu Hause. Ich geh schon. Ich bin schon weg. Sorry. Entschuldigung.»

Noch bevor Lorenz Gelegenheit hat, auch nur ein einziges Wort zu verlieren, ist Thiele bereits verschwunden. So begnügt sich der Kommissar mit einem Kopfschütteln und der Feststellung, dass Verliebte unzweifelhaft vom wilden Affen gebissen sind. Ob sich ein solches Viech auch an ihn noch einmal herantrauen würde, nur ein wenig und nur für einen ganz kleinen Biss? Aber will er das überhaupt? Mit Brigitte hatte sich alles so schön eingespielt. Könnte man nicht dort wieder anfangen, wo man aufgehört hat? Vielleicht anders, rücksichtsvoller. Zum soundsovielten Mal nimmt sich Reinhold Lorenz vor, sich endlich bei Brigitte zu melden. Weshalb geht er dem immer wieder aus dem Weg? «Reinhold Lorenz, sei ehrlich, du hast bloß Angst, dass Dinge zur Sprache kommen, die du verbockt hast und nicht hören willst. Und wenn du noch lange wartest, hat sich Brigitte in ihrem neuen Leben eingerichtet und keine Lust mehr, es mit dir altem, mürrischem Trottel nochmal zu versuchen. Also, unternimm was! Und zwar bald!»

Vorläufig aber begnügt er sich damit, gemeinsam mit dem

schwitzend zurückgekehrten Thiele den Weg nach Ehrenstetten anzutreten.

«Wen suchen wir denn als Erstes heim?», will Thiele unterwegs wissen und setzt, wie inzwischen gewohnt, gleich einen Vorschlag hinzu. «Wie wär's mit unserem Zementlöwen, dem Jünger Franz? Ja, gut, ich persönlich meine ja, dass wir mal höflich nachfragen sollten, welche finanziellen Transaktionen ein Franz Jünger persönlich mit Türheim gestartet hat.»

Die mit unnötigen Floskeln durchsetzte Ausdrucksweise des Bauunternehmers ist Thiele ein bleibender Dorn im Auge. So etwas widerstrebt dem germanistisch orientierten Teil seiner Seele, dennoch äfft er ihn gern nach.

«Gut. Schauen wir, ob er zu Hause ist», stimmt sein Chef zu.

Ist er nicht, aber seine Frau gibt freundlich Auskunft, dass er sich auf dem Bauhof aufhalte, der nur ein paar Straßen entfernt liege.

«Chef, das ist gar nicht schlecht. Da sind bestimmt ein paar Leute, die es brennend interessieren könnte, welche krummen Geschäfte ihr Arbeitgeber betreibt. Vielleicht könnten Sie persönlich dem Jünger persönlich ein bisschen einheizen. Ein bisschen lauter vielleicht.»

«Thiele! Welche Methoden entwickeln Sie denn auf einmal?»

«Wieso? Ihre! Ich lerne eben. Und außerdem kann ich den Jünger nicht leiden.»

«Von Sympathien oder Antipathien darf sich ein Kriminalbeamter nicht leiten lassen», belehrt der Kommissar seinen Assistenten in strengem Schulmeisterton.

«Echt nicht?», gibt der unbeeindruckt und feixend zurück. «Dann bin ich aber gespannt, wovon Sie sich beim nächsten Mal im Spukschloss bei der Türheim'schen leiten lassen.»

«Werden Sie bloß nicht frech, Thiele. Sonst verbiete ich Ihnen den Umgang mit meiner Tochter. Die scheint mir eh schon zu viel ihres unheilvollen Einflusses auf Sie ausgeübt zu haben.»

Das Geplänkel zwischen den beiden findet ein rasches Ende, als sie am Bauhof Jüngers silbern schimmernde Luxuslimousine aus dem Tor herauskommen sehen. Mit quietschenden Reifen und einem gewagten Wendemanöver, das Thiele kurzfristig den Atem stocken lässt, schafft es Reinhold Lorenz jedoch, den Dienstpassat einige Zentimeter vor dem Nobelgefährt zum Stehen zu bringen.

Wütend reißt Franz Jünger die Autotür auf.

«Sind Sie noch bei Trost? Was soll das?»

«Entschuldigen Sie. Sie hätten uns sonst vermutlich gar nicht gesehen. Wir haben noch einige Fragen an Sie, und ich wollte Ihnen den Weg ins Präsidium ersparen», erwidert Lorenz gelassen. «Können wir hineingehen? Auf der Straße unterhält man sich so schlecht, wenn dauernd Autos vorbeifahren.»

Die Straße endet zwar bei diesem Grundstück, sodass kaum Autoverkehr zu fürchten ist, aber Lorenz beabsichtigt genau das zu tun, was sein Assistent vorgeschlagen hat, nämlich die Aufmerksamkeit der Arbeiter auf dem Bauhof zu erregen. Hierfür braucht er nicht mehr viel zu tun, denn das ist ihm bereits durch den verwegenen Einsatz seines Dienstfahrzeugs gelungen. Einige der Arbeiter recken neugierig die Hälse und nähern sich betont unauffällig, was den beiden Kriminalbeamten durchaus gelegen kommt.

«Sie erinnern sich noch an uns, Herr Jünger?», fragt Lorenz und zieht dabei seinen Dienstausweis aus der Jacke, um ihn dann schwungvoll in die Höhe zu halten. «Lorenz von der Kriminalpolizei in Freiburg, Mordkommission. Wir haben noch einige Fragen an Sie, wegen der finanziellen Angelegenheiten, die Sie gemeinsam mit Herrn Türheim abgewickelt haben.»

Die Bauarbeiter spitzen die Ohren.

«Was heißt hier finanzielle Angelegenheiten? Ich persönlich habe nichts zu verbergen. Ja, gut, ich meine, als Unternehmer muss man selbstverständlich schauen, wo man bleibt, zumal in der heutigen Zeit. Auch für einen Franz Jünger wird es immer schwieriger. Kommen Sie eben in Gottes Namen mit ins Büro. Aber lange habe ich nicht Zeit. Ich habe Termine.» Leise vor sich hin fluchend geht ihnen Franz Jünger voraus.

Der hat immer dann Termine, wenn es unangenehm wird, denkt Thiele.

In dem kleinen Büro, das keinen sehr geordneten, sondern einen eher behelfsmäßigen Eindruck macht, setzt Kommissar Lorenz seine Vernehmung fort. Er hat kurz überlegt, ob er eine Andeutung wagen soll, die den vermuteten Insolvenzbetrug ins Spiel bringt, verzichtet aber darauf, um die bisherigen Erkenntnisse der Kollegen nicht unnötig preiszugeben, weil es womöglich deren weiteres Vorgehen in diesem Fall torpedieren könnte.

Mit der Feststellung, «Sie haben mit Herrn Türheim gemeinsame Geschäfte gemacht», leitet er das Gespräch so ein, als ob dies eine feststehende Tatsache sei.

«Was heißt hier gemeinsame Geschäfte? Helmut hat mich manchmal beraten. Das habe ich Ihnen schon gesagt. Auch ein Franz Jünger braucht hin und wieder den Rat eines Freundes», setzt er theatralisch hinzu.

«Gut. Und er hat Ihnen diese Ratschläge in Rechnung gestellt? Oder wie haben Sie sich revanchiert?»

«Sie haben wohl keine Freunde, die Ihnen einen Freundschaftsdienst erweisen», kontert Jünger und beäugt sein Gegenüber argwöhnisch. Das bestimmte Auftreten des Kommissars verunsichert ihn.

Eine ganze Weile windet sich das Gespräch mühsam weiter,

wobei Lorenz im Nebel stochert, sich das aber nicht anmerken lassen darf.

Thiele nutzt die Zeit, um sich ein wenig umzusehen. Er blättert in den Plänen und Baubeschreibungen, die auf dem Tisch liegen. Dann mischt er sich plötzlich ins Gespräch.

«Da haben Sie ja einen fetten Fang gemacht, Herr Jünger.»

«Wie meinen Sie das?»

«Na, hier. Ein Supermarkt für Ehrenstetten. Den Auftrag haben Sie doch offensichtlich an Land gezogen.»

Franz Jüngers Gesicht verfärbt sich dunkelrot, und er keift den armen Thiele wütend an: «Lassen Sie gefälligst Ihre Finger von meinen Sachen. Das geht Sie nichts an. Sie haben keinen Durchsuchungsbefehl oder wie das heißt.»

«Das nicht, Herr Jünger. Aber Herr Thiele darf sich immerhin höflich erkundigen, wenn der Plan offen auf dem Tisch liegt – oder?», ergreift Lorenz Partei für seinen Assistenten, dessen Entdeckung Franz Jünger augenscheinlich mehr als unangenehm ist.

«Das ist alles noch nicht beschlossen. Ich weiß überhaupt nicht, ob ich den Auftrag kriege. Das war nur die Ausschreibung», redet sich Jünger heraus und rollt die entsprechenden Pläne schnell zusammen.

«Aber für den Architekten scheint das bereits festzustehen, denn er hat auf den Plänen Ihre Firma als die ausführende vermerkt. Oben in der Ecke, links, wie ich gesehen habe.» Thieles Feststellung klingt beinahe kindlich naiv, was Jünger umso mehr in Rage bringt.

«Davon verstehen Sie nichts. Das geht Sie nichts an. Und ich weiß auch nicht, was dies mit dem Mord an dem armen Helmut zu tun haben soll. Stehlen Sie beschäftigten Leuten mit Ihrer Fragerei nicht den Tag. Ich muss jetzt los.»

Jünger greift sich die Pläne und reißt die Tür auf, um seinen

Besuchern ultimativ klarzumachen, dass er die Unterredung als beendet betrachtet.

Da den Kriminalbeamten tatsächlich jeder weitere stichhaltige Grund, sich noch intensiver mit Jünger zu befassen, fehlt, bleibt ihnen nichts anderes übrig, als der wenig freundlichen Aufforderung Folge zu leisten.

Wütend wirft Jünger die Pläne auf den Rücksitz seines silbernen Luxusgefährts und braust davon. Langsam gehen die beiden Freiburger zu ihrem Dienstwagen. Sie sind nicht glücklich mit dem Ergebnis dieses Gesprächs, denn es scheint klar, dass sie mit den Supermarkt-Plänen ein heißes Eisen angefasst haben, das ihnen zu früh aus den Händen gerissen worden ist.

«Wissen Sie was, Chef. Wir gehen nochmal zurück und fragen einen der Arbeiter. Wenn hier in Ehrenstetten wirklich ein Supermarkt gebaut werden soll, müsste das bekannt sein. So etwas spricht sich herum.»

«Hm. Da ist was dran. Also los.»

Beide machen kehrt und wenden sich an einen der Bauarbeiter, der, erpicht auf eventuelle Sensationen, ihren Abgang verfolgt hat.

«Wissen Sie etwas darüber, ob in Ehrenstetten ein Supermarkt geplant ist?», fragt Lorenz.

«Gemunkelt worden ist das schon lange. Aber ob und wann der gebaut wird, weiß ich auch nicht genau», lautet die wenig befriedigende Antwort.

«Und gibt es Vermutungen, wo der Bau errichtet werden soll?»

«Das ist ziemlich klar. An der Straße nach Kirchhofen, links, da ist ein Riesengrundstück, wo er angeblich hin soll.»

«Mehr ist nicht bekannt?» Die Stimme von Reinhold Lorenz klingt enttäuscht.

«Was man sich halt so erzählt. Aber nix Genaues. Die Geschäftsleute sind halt dagegen. Der Metzger und der Bäcker und der vom Lebensmittelladen auch. Kann man ja verstehen.»

«Aha. Na, vielen Dank auch.»

Ein zweites Mal treten die beiden den Rückweg an, und ein zweites Mal bleibt Thiele nachdenklich stehen.

«Ist noch etwas?», erkundigt sich sein Vorgesetzter.

«Hm. Wem gehört denn das Grundstück? Wer das an eine dieser Supermarkt-Ketten verkauft hat, ist finanziell fürderhin saniert.»

«Stimmt. Fragen wir nochmal.»

Doch auch die Antwort auf diese Frage bleibt nebulös. Der Arbeitskollege des zunächst Befragten kann ebenfalls nur Spekulatives beitragen. Aber er stammt auch nicht aus Ehrenstetten, sondern aus Bollschweil und ist von daher mit den örtlichen Gegebenheiten nicht vertraut.

«Dem Jünger gehört das Grundstück sicher nicht», überlegt Thiele, als sie wieder im Auto sitzen. «Denn dann könnte er keine Insolvenz anpeilen. Und eine Summe in der Größenordnung, wie sie der Verkauf eines solchen Grundstücks einbringt oder eingebracht hat, kann er schlecht am Finanzamt vorbeimogeln. Außerdem ist nicht anzunehmen, dass die Betreiber dieser Lebensmittelmärkte mit ihm unter einer Decke stecken. Das können die sich gar nicht leisten.»

«So sicher wäre ich mir da nicht. Erinnern Sie sich daran, wie dieser Baulöwe vor ein paar Jahren – wie hieß der gleich noch? –, wie der Banken und Lieferanten geprellt hat und dann ins Ausland verschwunden ist?»

«Ja, ich weiß. Das war der mit dem Haarteil. Mir fällt der Name auch nicht ein. Aber ehrlich, Chef, halten Sie unseren Westentaschen-Baumeister für so gerissen, dass er etwas Ähnliches über die Bühne bringen könnte, ohne dass jemand was merkt? Da gehört mehr Grips dazu, als in Jüngers persönlichem Oberstübchen beheimatet ist.»

«Thiele. Nicht so respektlos, mehr Sachlichkeit», mahnt Lorenz.

«Ach, ist doch wahr», mault sein Assistent, und dann schauen sie sich in einem Augenblick gleichzeitiger Erkenntnis an.

«Wer hätte zweifelsohne den Grips gehabt?», spricht Lorenz den gemeinsamen Gedanken als Erster aus.

«Klar: Türheim! Nur aus welchem Grund sollte der Jünger seinen Vordenker umgebracht haben? Ich drehe doch nicht den Spieß um beziehungsweise jage ihn in meinen Spießgesellen hinein.»

«Mann, o Mann, Ihre Wortspiele sind manchmal ganz schön nervig. Aber zugegeben, theoretisch wäre es möglich, dass zwischen den beiden etwas nicht so glattgelaufen ist, wie ursprünglich geplant. Vielleicht gab es Absprachen unter der Hand, und sie konnten sich nicht über die jeweiligen Anteile einigen. Oder einer wollte auf Kosten des anderen seinen Reibach machen. Nur – wie kriegen wir das raus, Thiele?»

«Keine Ahnung. Vielleicht stimmt Würschtle-Herberts Vermutung, dass bei Gruber und Bultmeier irgendwelche Hunde begraben sind. Die waren mit dem Türheim enger bekannt, als sie zugegeben haben. Wir könnten mal en passant auf den Busch klopfen. Was meinen Sie?»

«Schaden kann es nicht. Vorher sollten wir aber ein Bier trinken gehen.»

«Was, jetzt? In der Dienstzeit? Es ist noch nicht mal zwölf!» Thiele schaut seinen ansonsten so pflichtbewussten Chef irritiert an, aber dann geht ihm ein Licht auf. «Ach so. Sie meinen, wir sollten die Gerüchteküche ein bisschen anheizen?»

«Genau das. Und wo geht das am besten?»

«Logo. In der Kneipe. Um diese Zeit haben der Wirt oder

die Bedienung bestimmt noch ein bisschen Zeit für einen kleinen Plausch.»

Wenige Minuten später stellen sie erstaunt fest, dass es – ganz gegen ihre Erwartung – im «Gasthaus zum Auerhahn» bereits hoch hergeht. Der Stammtisch ist zwar leer, aber mehrere alteingesessene Ehrenstetter haben sich an der Theke versammelt. Unter ihnen sind auch einige Geschäftsleute, die sich ausnahmsweise zu dieser Tageszeit eingefunden haben. Eine hitzige Diskussion ist im Gange. Kaum einer schenkt den eintretenden Beamten Beachtung. Der Wirt nimmt rasch ihre Bestellung auf – sie haben sich angesichts dessen, dass die erhoffte Stammtischbeteiligung nicht gegeben ist, umentschieden und Kaffee bestellt –, beachtet sie aber kaum, sondern kehrt sofort zur Theke zurück, um nichts von der Debatte zu versäumen.

«Um was geht es denn da?», flüstert Thiele. «Kriegen Sie was mit?»

«Vorläufig noch nicht. Die reden ja alle durcheinander.»

Gespannt hören die Beamten dem sehr emotional geführten Wortgefecht zu. Aufgrund einiger permanent wiederholter Schlagworte wie «Einnahmen», «Arbeitsaufwand», «Freizeit geopfert» dämmert es ihnen allmählich, dass der Streit wohl der Nachhall des Lorenzemärt-Festes ist. Offenbar gibt es tiefgreifende Differenzen, wer welche Überschüsse für seine Vereinskasse beanspruchen darf und wem eine Entschädigung für diverse Aufwendungen zusteht. Das dämpft die Erwartung der Freiburger Beamten ganz gewaltig, denn sie hatten gehofft, den Stich ins Wespennest durch die Erwähnung des Supermarktbaus vollführen zu können. Und nun gehen die Wogen wegen eines ganz anderen Problems hoch.

«Herr Lorenz, da können wir sitzen, so lange wir wollen. Die sind höchstens dadurch vom Thema abzubringen, dass sie zum Mittagessen nach Hause müssen.» Thiele ist enttäuscht.

Als sie gerade zahlen wollen, um unverrichteter Dinge wieder abzuziehen, taucht im Eingang des Gastraums groß, breit und strahlend Herbert Fehringer auf und wünscht allseits einen guten Tag. Ganz bewusst stellt er seine gute Laune noch ein wenig mehr als sonst zur Schau, weil er die Vorwürfe seines Freundes Reinhold Lorenz fürchtet, der ihm berechtigterweise diesen erneuten Besuch in Ehrenstetten übelnehmen könnte. Er kann nicht ahnen, dass sein Erscheinen dem Kommissar diesmal gar nicht so ungelegen kommt, denn unbestreitbar hat Würschtle-Herbert dank seiner vierzigjährigen Münstermarkt-Erfahrungen ein unvergleichliches Talent dafür, mit Leuten problemlos ins Gespräch zu kommen. Und ihm gelingt auf Anhieb, was Lorenz und Thiele die ganze Zeit über vergeblich versucht haben, nämlich die Aufmerksamkeit auf sich zu lenken.

Lautstark ruft Herbert quer durch das Lokal: «Na, das ist eine Überraschung! Der Reinhold ist da, und der Herr Thiele ist selbstverständlich auch dabei. Ihr habt euch wirklich nicht den einfachsten Beruf ausgesucht. Seid ihr wenigstens einen Schritt vorangekommen bei eurer Suche nach dem Türheim-Mörder?»

Ausnahmsweise fühlt sich Kommissar Lorenz durch den Auftritt von Herbert Fehringer erleichtert. Gemeinsam könnten sie die Dörfler eventuell ein wenig ausfragen, ohne dass diese argwöhnen, man wolle sie mit dem Mordfall in Verbindung bringen. Der skeptische Blick, mit dem Matthias Thiele seinen Vorgesetzten bedenkt, ist zwar verständlich, heute aber völlig unbegründet.

Lorenz überlegt einen Moment lang, wie er die Gunst der momentanen Aufmerksamkeit nutzen kann, und fragt dann kurzerhand, wenn auch ziemlich zusammenhanglos, in die Runde: «Ich habe gehört, dass ein neuer Supermarkt entstehen soll. Ist das eigentlich beschlossene Sache?»

Das ist ein Volltreffer in das vorhin beschworene Wespennest. Alle Anwesenden werfen sofort lautstark ihre negativen Kommentare in die Runde, aus deren Emphase man unschwer den heftigen Widerstand erkennen kann, der diesem Projekt entgegengebracht wird.

«Wir kleinen Geschäftsleute können zumachen, wenn dieser Discounter kommt.»

«Die Preise, die die anbieten, können wir nicht halten.»

«Wenn der erst hier aufmacht, dann kaufen die meisten ihr Fleisch und ihre Wurst in Plastik verpackt aus dem Regal. Und es ist ihnen scheißegal, woher das Zeug kommt, auch wenn man das Vieh dafür durch halb Europa karrt.»

Dieser Einspruch stammt unzweifelhaft vom örtlichen Metzger, der sicher nicht zu Unrecht einen massiven Umsatzrückgang fürchtet.

Als das Lamento ein wenig abflaut, kommt Kommissar Lorenz zu seinem eigentlichen Anliegen.

«Wer ist eigentlich der Besitzer beziehungsweise der Eigentümer des Grundstücks, auf dem gebaut werden soll? Derjenige hat damit doch das Geschäft seines Lebens gemacht – oder?» Die Antwort auf diese Frage könnte er später zwar schneller und zuverlässiger auf dem Grundbuchamt erfahren, doch dort sind nur nüchterne Daten verzeichnet, hier kann man immerhin auf weitere Hinweise hoffen. Doch dem allgemeinen Gemurmel, das auf diese Frage hin entsteht, ist keine eindeutige Antwort zu entnehmen. Daher ergreift Herbert Fehringer das Wort, denn ihm ist eben eingefallen, dass die großen Papierrollen, die er beim Gruber hat liegen sehen, auch Grundstückspläne gewesen sein könnten.

«Hat das nicht mal dem Franz Gruber gehört?», wirft er den Köder mit Unschuldsmiene in die Runde. Lorenz und Thiele fixieren ihn überrascht. Woher nimmt er diese Vermutung?

«So ganz genau weiß man das nicht», kommt die zögerliche Antwort von einem der Gäste. «Ganz früher, ja, da hat das mal seinen Eltern gehört. Aber ob sie es ihm oder seinem Bruder überschrieben oder selber verkauft haben, weiß man nicht.»

«Die Familie ist wohl ganz schön reich», plaudert Fehringer munter weiter ins Blaue hinein. «Das Haus, in dem der Gruber wohnt, hat bestimmt einiges gekostet.»

«Das ist keine Kunst, sich eine solche Hütte hinzustellen, wenn es die Eltern zahlen», kommt es anzüglich zurück.

«Wieso?», will Herbert wissen.

«Ganz einfach. Weil es der Gruber versteht, seinen Eltern das Geld aus der Tasche zu ziehen. Und die merken es nicht. Oder wollen es nicht merken.»

Das kommt Herbert Fehringer sehr bekannt vor. Fast mit den gleichen Worten hat ihm das Hermann Bultmeier während des Festes erzählt. Die beiden Freiburger Beamten schauen sich dagegen resigniert an. Von dieser Art Dorfklatsch, genährt von Neid und Bosheit, der möglicherweise auf jahrzehntealte Familienfehden zurückzuführen ist, haben sie herzlich wenig. Letztlich ist dieser Vormittag also ein Schlag ins Wasser, und sie beschließen aufzubrechen.

«Och, Mensch, Herr Lorenz, ich hab gedacht, wir kommen heute endlich ein Stück weiter», räsoniert Thiele niedergeschlagen, nachdem sie das Gasthaus verlassen haben. Auch sein Chef schaut mürrisch drein. Nur Herbert Fehringer hat sich seine gute Laune bewahrt. Er tröstet die beiden: «Lasst die Ohren nicht hängen. Bevor euer großer Meister mit dem Sonderkommando anrückt, haben wir den Fall gelöst. Nur Mut! Ich hab da so eine Ahnung.»

18.

Sollen wir den hochverehrten Herrn Professor Laufer und die noch viel höher verehrte Frau Professor ein bisschen ärgern, Herr Lorenz? Wir könnten fragen, ob sie mit dem Umzug fertig sind», schlägt Thiele boshaft vor, als sie rat- und planlos vor der Kneipe am Auto lehnen.

«Und welchen Sinn soll das haben? Allmählich kommt mir das alles wie billiges Schmierentheater vor, und uns hat man die Rolle der Deppen verpasst», entgegnet der Kommissar, der genauso frustriert ist wie sein Assistent. Auch die tröstlichen Worte von Herbert Fehringer haben nichts bewirken können.

«Fahren wir lieber zurück nach Freiburg und kümmern uns um diesen dubiosen Antikenkram. Vielleicht finden wir da endlich einen erfolgversprechenden Anknüpfungspunkt.»

«Ich weiß nicht recht, Chef, aber irgendwie habe ich das Gefühl, dass es hier noch etwas zu holen gibt», widerspricht Thiele.

«Und woran macht sich dieses Gefühl fest? Etwa an Würschtle-Herberts geheimnisvollen Ahnungen? Ich dachte, Ihre sämtlichen Gefühle konzentrieren sich auf meine Tochter.»

«Tun sie auch. Aber nicht in Bezug auf den Mordfall.»

«Falls Sie einen konkreten Verdacht haben, wäre es schön, wenn Sie mich an Ihren Überlegungen teilhaben ließen.» Der Ton, den Reinhold Lorenz angeschlagen hat, klingt frostig – trotz des inzwischen wieder heißen Sommertages.

«Habe ich nicht. Jedenfalls nicht direkt. Es ist auch nur, also, wissen Sie, ich denke mir halt –», antwortet Thiele zögerlich und misst seinen Chef dabei mit einem langen, unsicheren Blick.

«Raus mit der Sprache. Was denken Sie?»

«Also gut – auf die Gefahr hin, dass Sie mich auslachen. Es ist halt wirklich nur ein Gefühl.»

Lorenz stemmt die Arme in seine nicht vorhandene Taille und mustert seinen unschlüssigen Assistenten provozierend: «Wird's bald!?»

«Ja, wissen Sie. Der Laurentius, also der heilige Laurentius hatte mit Geld zu tun. Ich habe das nachgelesen. Und weil er nicht so wollte wie sein Vorgesetzter, der Papst –», hier legt Thiele eine bedeutungsvolle Pause ein, während er Lorenz durchdringend ansieht, um dann bedächtig weiterzusprechen. «Tja, also, er ist halt seine eigenen Wege gegangen, und dann hat man ihn auf einem eisernen Grill geröstet. Deshalb gilt er auch als Schutzpatron der Köche. Es gibt sogar eine kochende Vereinigung, die Laurentius-Ritter. Ich habe das, wie gesagt, nachgelesen.»

«Schön. Das habe ich alles nicht gewusst, und ich freue mich natürlich, dass Sie mir diesen immensen Wissensvorsprung nicht länger vorenthalten», kommt postwendend die unverhohlen ironische Antwort. «Nur habe ich bis jetzt noch nicht verstanden, was das mit unserem Fall zu tun haben soll. Vermuten Sie den Täter auf einmal nicht mehr nur im Umfeld von Mädchenhändlern, Drogenbaronen und, was hatten wir noch, ach ja, Waffenschiebern, sondern im honorigen Kreis von Starköchen? Oder habe ich etwas nicht richtig mitbekommen von Ihrer paranoiden Verschwörungstheorie?»

Im Grunde beabsichtigt Lorenz gar nicht, gegenüber seinem überaus loyalen Mitarbeiter derart bissig zu sein. Aber er fühlt sich in diesem Labyrinth verfahrener Ermittlungen, die allesamt bislang ergebnislos im Sande verlaufen sind, erbärmlich und hilflos. Und das macht ihn wiederum aggressiv.

«Nein. So meine ich das nicht. Ich habe doch gesagt, es ist nur ein Gefühl. Der Türheim ist mit einem Ochsenspieß am Laurentiustag in Ehrenstetten erstochen worden. Vielleicht hat das eine Bedeutung.»

«Wenn ich Ihre Betrachtungen richtig interpretiere, dann nehmen Sie an, dass der Täter vorher ein Lexikon zu Rate gezogen hat, um sich zu informieren, was der heilige Laurentius mit Ehrenstetten zu tun hat, um dann dem Heiligen zu Ehren einen Mord mit einem Grillspieß zu begehen. Ich gebe zu, dass es in den letzten Tagen ziemlich heiß war, und zu allem Überfluss spukt Ihnen auch noch meine Tochter im Kopf herum. Thiele, das haben Sie nicht verkraftet. Los, auf nach Freiburg. Vielleicht hat dieser Kunstgeschichte-Schiller sich gemeldet und eine vernünftige Information hinterlassen, die uns wirklich weiterbringt.»

Thiele lässt den Kopf hängen. Warum hat er sich nur verleiten lassen, seine an keiner Vernunft festzumachenden, wirren Hirngespinste preiszugeben? Er kann es Lorenz nicht verdenken, wenn dieser verärgert ist. Das hat nichts mit richtigem und zweckmäßigem Vorgehen zu tun, nicht einmal damit, was man im weitesten Sinne als kreativ werten könnte, ganz zu schweigen von professioneller Informationsgewinnung oder der sogenannten Lehre von den subjektiven Beweismitteln in der kriminologischen Theorie. Da hat er sich gründlich blamiert.

Das Schweigen, das auf der Rückfahrt zwischen ihnen herrscht, deutet Thiele falsch. Lorenz ist keineswegs verstimmt, er versucht vielmehr, den undifferenzierten Einfällen seines Assistenten eine wie auch immer geartete konkrete Basis abzugewinnen. Aus Erfahrung weiß er, dass sich kriminalistisches Denken nicht allein auf die Analyse konkreter Wahrheiten stützt, sondern dass dazu auch eine gehörige Portion Intuition und bisweilen sogar das Einbeziehen mehr oder weniger abenteuerlicher Denkmodelle gehört, die auf den ersten Blick jegliche Logik vermissen lassen. In dem, was Thiele vage ein «Gefühl» genannt hat, verbirgt sich vielleicht ein vorläufig nicht zu definierender Fingerzeig. Wer weiß! Hinzu kommt, dass auch Lorenz sich nicht von dem Gedanken frei machen kann, dass sie der Lösung des Falls in Ehrenstetten näher sind als in Freiburg. Zum wiederholten Male fragt er sich, ob sie etwas Entscheidendes übersehen oder nicht genügend beachtet haben?

Im Präsidium verzieht sich Thiele sofort in sein Kämmerchen und kontrolliert die inzwischen eingegangenen Mails. Drei Nachrichten stammen von Professor Schiller. In der ersten bestätigt er, dass es sich bei den rätselhaften Zahlenkolonnen wie vermutet um die Inventarnummern der geraubten Gegenstände aus dem Museum in Kairo handelt. Die zweite belegt durch die ihr angehängte Nachricht, dass Schiller den zuständigen Kustoden des Museums erklärt, derzeit im Besitz des kleinen Nilpferdchens zu sein und dass dieses umgehend nach Kairo transferiert wird. Man möge ihm die genauen Übergabemodalitäten mitteilen. Schade eigentlich, denkt Thiele, die kleine Figur war so hübsch. Aber selbstverständlich muss sie zu ihren rechtmäßigen Eigentümern zurückkehren.

Die dritte, neueste Botschaft Schillers enthält die Mitteilung, dass das Bundeskabinett endlich einer Gesetzesvorlage zugestimmt habe, dass künftig auch in Deutschland der Kulturgüterschutz den internationalen Standards angepasst wird. Damit habe sich die Bundesrepublik verpflichtet, so führt Schiller triumphierend aus, dass von nun an die Bemühungen verstärkt würden, um den illegalen Handel mit antiken Schätzen zu erschweren. Zwar könne man immer noch nicht davon ausgehen, dass der Antikenschmuggel gänzlich zum Erliegen käme, kommentiert Schiller diese Nachricht, aber ein Anfang sei immerhin gemacht.

Nach wie vor etwas verlegen teilt Thiele seinem Chef diese diversen Neuigkeiten mit.

«Das ist alles ganz gut und schön», erwidert der, «wenigstens brauchen wir uns nicht mehr um die Rückgabe dieser Kostbarkeit zu kümmern. Aber was haben wir sonst davon?»

«Hm. Ganz einfach. Wir wissen, dass Türheim zumindest von dem Einbruch im Museum gewusst und das Zeug verschoben hat. Und aufgrund dieses neuen Gesetzes hätte man jetzt die Möglichkeit, ihn zu verknacken – wenn er noch leben würde.»

«Tut er aber nicht. Sein Kollege Laufer allerdings schon, ebenso wie Hausmeister Beller. Vielleicht kann man denen etwas nachweisen. Nur uns bringt das keinen Deut weiter, das ist auch nicht unser Metier. Wir können das höchstens an die Kollegen vom Betrug oder vom Zoll, oder wer immer sich dafür zuständig erklärt, weitergeben. Was die damit anfangen, geht uns nichts mehr an. Leiten Sie die letzten beiden Mails sicherheitshalber weiter. Meinetwegen zum Bundeskriminalamt. War sonst etwas Aufsehenerregendes in Ihrem schlauen Kasten?»

Weil sich Reinhold Lorenz nach wie vor nicht mit der Arbeit am Computer anfreunden kann und will, ist er jedes Mal froh, wenn sein Assistent ihm das meiste abnimmt.

«Nichts, was irgendwie wichtig wäre. Außer dass wir vom Medienzentrum noch einmal auf das neue Schulungsprogramm der Polizei-Akademie aufmerksam gemacht worden sind. Sie wissen doch: Lernen am Arbeitsplatz. Direkt am Computer.»

Lorenz funkelt den Monitor auf seinem Schreibtisch wütend an, obwohl der lediglich ein harmlos-neutrales Bildschirmschoner-Motiv ausstrahlt.

«Und wann sollen wir das bitte bewerkstelligen? Glauben die, wir hätten Langeweile?»

«Das bestimmt nicht, aber die Zeit, die man sonst vertut mit An- und Abreise zu den Schulungszentren, fällt dadurch weg. Ich probiere das demnächst mal aus.»

«Tun Sie das, Thiele. Wenn meine Tochter mal wieder am Abend solo ausgehen will, haben Sie genügend Gelegenheit, sich weiterzubilden.» Die Bemerkung klingt sehr viel garstiger, als sie gemeint war, und sie tut Lorenz auch sofort leid. Da kann er sich so glücklich schätzen, einen Mitarbeiter zu haben, dem es Spaß macht, freiwillig nebenbei dazuzulernen, und ihm fällt nichts Besseres ein, als ihn deswegen anzuraunzen. «Lorenz, manchmal bist du wirklich ein Idiot», geht er mit sich ins Gericht und ruft kurz entschlossen in das Zimmerchen nebenan: «Seien Sie nicht böse, Thiele, war nicht so gemeint. Dieser Fall macht mich noch ganz krank. Wenn Sie möchten, können Sie gehen. Sie haben doch bestimmt wieder eine Verabredung – oder?»

Thiele kommt zurück und strahlt. «Danke, Herr Lorenz. Das ist super. Dann können wir ein bisschen rausfahren.» Als er schon fast auf dem Flur ist, dreht er sich noch einmal kurz um und erklärt entschlossen: «Verlieren Sie bloß nicht den Mut, Chef. Wir kriegen den Mörder. Ich bin ganz sicher.»

Lorenz grunzt nur, fühlt sich aber dennoch seltsam getröstet, weil er an Thieles Äußerung merkt, dass dieser sehr genau weiß, wie ihm zumute ist. Dennoch seufzt er tief – und macht sich erneut daran, alle Tatverdächtigen und ihre möglichen Motive zum wiederholten Mal genau zu analysieren, in der Hoffnung, dadurch doch noch auf etwas Wichtiges zu stoßen.

Für Matthias Thiele und Julia Lorenz wird es ein wundervoller Sommerabend. Sie sind auf den Schönberg gefahren, wo man einen herrlichen Ausblick über ganz Freiburg hat und außerdem im «Schönberger Hof» ein einfaches, aber hervorragendes Abendessen serviert bekommt.

«Habt ihr endlich euren Mörder gefangen?», will Julia wissen.

«Leider nicht. Die Situation ist total verworren. Da spielen so viele Dinge mit, dass man überhaupt nicht mehr weiß, was und woran man glauben soll», erwidert Thiele niedergeschlagen. «Im Grunde kommen wir keinen Schritt weiter. Immer, wenn man meint, man hat etwas entdeckt, landet man wieder in einer Sackgasse. Deinem Vater geht es auch nicht besonders gut.»

«Och, der ist so etwas gewöhnt. Der macht das schon lange», lautet die sorglose Antwort.

«Mag sein. Aber wir stehen ziemlich unter Druck. Der Polizeipräsident hat bereits durchblicken lassen, dass er eine größere Sonderkommission einsetzen will, wenn wir nicht bald konkrete Erfolge vorweisen können. Irgend so ein oberer Gerichtsheini war scheint's mit dem Mordopfer befreundet, und der macht Druck. Es kommt mir bald so vor, als ob wir wie der heilige Georg gegen einen Drachen kämpfen. Nur nicht so erfolgreich.»

«Ach du meine Güte. Wie kommst du denn jetzt auf den heiligen Georg?»

«Weiß ich auch nicht. Oder doch, die Kirche in Ehrenstetten heißt St. Georg.»

«Könntest du deinen Job ausnahmsweise mal vergessen? Du sitzt hier auf dem Schönberg, und zwar mit mir. Du bist schon genau wie mein Vater», beschwert sich Julia.

«Die Sache beschäftigt mich eben. Und du bist schließlich auch neugierig. Gib's doch zu.» Damit hat Matthias Thiele bei Julia ins Schwarze getroffen.

«Ja. Nein. Ich weiß nicht. Kann sein. Okay, ich geb's zu. Wenn man bedenkt, was in solch einem kleinen Kaff alles vor sich geht.»

«Wie meinst du das?»

«Na, die Hanna hat mir so einiges erzählt. Wer mit wem und warum, und vor allem wer gegen wen und warum. Da sträuben sich dir die Haare, kann ich dir sagen.»

Thiele horcht auf.

«Gibt es da etwas, was wir wissen sollten?»

«Nö, glaube ich nicht. Ich habe euch alles erzählt. Der Rest war bloß Klatsch und Tratsch.»

«Erzähle lieber nochmal im Einzelnen, woran du dich erinnern kannst. Vielleicht ist doch etwas dabei, was wir überhört oder nicht richtig gedeutet haben.»

Julia stöhnt. «Dabei habe ich mir den Abend so schön vorgestellt. Einmal, ein einziges Mal, war mein Vater so vernünftig und hat dich früher gehen lassen, und jetzt muss ich dir Rechenschaft darüber ablegen, was ich mit Hanna geredet habe. Ich sehe ihn förmlich mit am Tisch sitzen. O Mann, Matthias, der hat dich ganz schön in den Krallen.»

Nachdem Julia sich ausgiebig über die Wissbegierde ihres Freundes beschwert hat, lässt sie sich dazu herab, das zu berichten, was ihr von der Unterhaltung noch in Erinnerung geblieben ist. Matthias Thiele hört aufmerksam und konzentriert zu, weil er hofft, aus der Wiedergabe des Gehörten etwas herausfiltern zu können, dem Julia möglicherweise gar keine Aufmerksamkeit geschenkt hat, weil sie nicht genügend über den Mordfall weiß und die Zusammenhänge nicht kennt.

In der Hauptsache schien es in dem Gespräch zwischen den beiden Frauen darum gegangen zu sein, was Hanna auch Kommissar Lorenz erzählt hat, nämlich die plumpen Annäherungsversuche der verschiedenen Möchtegern-Liebhaber. Aber dann horcht Thiele plötzlich auf. Was erwähnt Julia da gerade? Das kann doch gar nicht sein. Das wäre … Das könnte die Lösung sein! Thiele gerät aus dem Häuschen.

«Sag das nochmal, Julia. Bist du dir dessen ganz sicher?» Der junge Kriminalbeamte hat Julia an den Schultern genommen und schüttelt sie, als ob er ihr dadurch der Weisheit letzten Schluss entlocken könnte.

«Hast du einen Knall? Ich bin keine Rüttelpuppe. Lass das, die anderen Leute schauen schon her», protestiert sie.

«Entschuldige. Aber das ist wahnsinnig wichtig. Das könnte das Mordmotiv sein. Ich muss sofort mit deinem Vater sprechen.»

Julia lehnt sich entspannt zurück. Das würde ihr gefallen, wenn sie den entscheidenden Hinweis geliefert hätte, der zur Aufklärung des Mordes führt. Sie sonnt sich bereits in der allgemeinen Bewunderung, die ihr dann zukäme. Währenddessen versucht Matthias Thiele, ihren Vater auf dem Handy zu erreichen.

«Wen rufst du an?»

«Du kannst fragen. Deinen Vater natürlich.»

«Das kannst du dir sparen. Der hat sein Handy selten eingeschaltet. Weil er damit nicht richtig umgehen kann. Musst du doch am besten wissen. Wenn ein Gespräch kommt, drückt er es meistens weg.»

Julia hält von den technischen Fähigkeiten ihres Vaters rein gar nichts, und Thiele gibt seine Bemühungen schließlich auf.

«Wir müssen sofort los, Julia.»

«Waaas? Deine Dienstzeit ist längst zu Ende. Morgen ist auch noch ein Tag. Sagte schon Scarlett O'Hara in ‹Vom Winde verweht›. Erinnerst du dich?»

«Ja. Aber Scarlett O'Hara hat nicht bei der Freiburger Mordkommission gearbeitet. Sei bitte nicht böse, aber wir müssen los.»

«Was habe ich mir da bloß eingehandelt? Bist du immer so, so, so …?»

«Wie?»

«So eifrig, übereifrig? Wie mein Vater. Jetzt kann ich Mutti verstehen, dass sie abgehauen ist.»

Julia ist nun richtig sauer.

«Sieh es bitte ein, ein einziges Mal, es muss sein.» Der ansonsten so sanfte und nachgiebige Matthias Thiele gibt nun nicht nach, sondern steht aufbruchbereit neben dem Tisch und begleicht bei der eilends herbeigewunkenen Kellnerin die Rechnung. Es kann ihm nicht schnell genug gehen.

«Wo fahren wir hin?», will Julia wissen.

«Hinunter nach Freiburg und dorthin, wo dein Vater ist. Hier hast du mein Handy. Ruf mal bei euch zu Hause an, ob er schon dort ist.»

«Ein ‹bitte› könnte nicht schaden», moniert Julia. «Ebenso wie eine nähere Erläuterung, um was es eigentlich geht.»

«Entschuldige, aber ich muss das in meinem Kopf erst mal ordnen. Entschuldige, bitte.»

Julia gibt sich damit notgedrungen zufrieden.

Zu Hause meldet sich keiner. Auch Bruder Ulli genießt den Sommerabend vermutlich in einem Biergarten.

«Versuch es bitte im Büro. Bitte. Irgendwo muss er schließlich sein.»

Auch im Präsidium meldet sich zunächst keiner, bis die Leitung automatisch zur Zentrale umgeschaltet wird. Der diensthabende Beamte teilt Julia mit, dass ihr Vater schon vor ungefähr einer Stunde das Haus verlassen habe, und zwar in Begleitung eines Herrn. Julia gibt diese Information getreulich weiter. Thiele kann sich schwer erklären, wer das gewesen sein soll.

«Frag bitte nach, wie der ausgesehen hat», insistiert er deshalb. Julia verzieht zwar das Gesicht, erfüllt aber auch diese Bitte.

«Groß und dunkel, ungefähr so alt wie Papa. Und er sei schon öfter da gewesen», lautet die Antwort.

«Das kann nur Herbert Fehringer sein», schließt Thiele aus dieser Beschreibung. «Wir fahren zu ihm nach Hause.»

«Und wo wohnt der?»

«Keine Ahnung. Wir rufen an. Könntest du dich bei der Auskunft nach seiner Telefonnummer erkundigen?»

«Aber gern. Bitte gleich. Bitte sofort. Das Telefonfräulein steht jederzeit zu Diensten. Vermutlich soll ich dann auch gleich noch bei Würschtle-Herberts daheim anrufen.»

«Das wäre sehr lieb, wenn du das machen würdest.»

Thieles Vermutung erweist sich als Treffer. Kurz nachdem der junge Assistent in seinen etwas vorgezogenen Feierabend aufgebrochen ist, hat Kommissar Lorenz Besuch von Herbert Fehringer erhalten, dem die Aufklärung des Mordfalles ebenfalls keine Ruhe lässt. Auf dem Heimweg von Ehrenkirchen ist er auf den Gedanken verfallen, Reinhold Lorenz zu sich nach Hause in den heimischen Garten zu lotsen, um gemeinsam mit ihm seine Eindrücke zu erörtern, weil auch er die in seinem Kopf umherschwirrenden Vermutungen nicht in eine rechte Ordnung bringen kann. Nachdem Lorenz seinen einsamen Überlegungen keine weiterreichende Erkenntnis abgewinnen konnte, war er für diese Ablenkung recht dankbar und sitzt nun gemütlich mit Gundi, Herbert und einem Bier auf der Terrasse des Fehringer'schen Hauses.

Frau Fehringer, die das Gespräch entgegengenommen hat und nun wieder auf die Terrasse hinaustritt, erklärt: «Ihr Assistent sucht Sie. Ihre Tochter hat eben angerufen. Sie kommen gleich her.»

Lorenz und Fehringer schauen sich erstaunt an. Keiner der beiden kann sich erklären, weshalb Julia und Matthias Thiele ihn derart dringend sprechen wollen.

«Vielleicht will er um die Hand deiner Tochter anhalten», schmunzelt Fehringer. «So etwas duldet schließlich keinen Aufschub.»

«So ein Quatsch. Fällt dir nichts Besseres ein! Sie ist noch viel zu jung. Soll erst mal was leisten.» Halb bewusst, halb unbeabsichtigt hat Fehringer die Eifersuchts-Saite in der väterlichen Seele von Reinhold Lorenz zum Klingen gebracht. An der jedoch prallt jeglicher Spaß ab. Wohlweislich verzichtet Freund Herbert auf einen weiteren Kommentar. Er begnügt sich mit einem breiten Grinsen, zumal Gundi ihn mit großen Augen warnend anschaut und missbilligend den Kopf schüttelt.

Es dauert nur eine kurze Weile, bis Lorenz das wohlbekannte traktorähnliche Geräusch des seit längerem reparaturbedürftigen Auspuffs von Thieles Golf vernimmt. Durch den Garten gehen er und Herbert Fehringer den beiden entgegen.

«Was um Himmels willen ist so wichtig, dass es nicht bis morgen Zeit hätte?», wundert sich Lorenz. Doch als er hört, was sein Assistent ihm zu berichten hat, muss er zugeben, dass das tatsächlich mit ziemlicher Sicherheit die Wende im Mordfall Türheim bedeuten kann.

«Warum hast du mir das nicht früher erzählt?», schnauzt Vater Lorenz seine Tochter an.

«Mann, weil ich nicht wissen konnte, dass das für euch wichtig ist. Kann man als Normalmensch ja auch nicht», verteidigt sich Julia erbost.

«Das konnte sie wirklich nicht ahnen», ergreift Thiele sofort für sie Partei.

«Ja, ja. Haltet ihr beide nur zusammen. Aber wer könnte uns denn wohl sagen, ob das so stimmt, wie wir uns das zurechtlegen?»

«Kein Problem, Reinhold, ich rufe den Bultmeier an. Wenn einer was weiß, dann er», bietet Würschtle-Herbert sofort an.

«Hm. Warum nicht?»

Alles, was die ahnungslose Julia von Hanna gehört hat, wird von Hermann Bultmeier, dem Vorsitzenden des Ehrenstetter Festausschusses, bestätigt, und er liefert zudem einige handfeste Informationen, die die Situation plötzlich in völlig neuem und hellem Licht erscheinen lassen.

«Auf geht's!», kommandiert Lorenz. «Wir fahren auf der Stelle nach Ehrenstetten. Hält das Ihr alter Golf noch durch?»

«Muss er nicht», mischt sich Herbert Fehringer ein. «Wir fahren mit meinem Auto. Das ist bequemer. Damit kommen wir auch mit Sicherheit an», setzt er mit einem schiefen Seitenblick auf Thieles offensichtlich altersschwaches Gefährt hinzu. Es widerstrebt Kommissar Lorenz zwar gründlich, von Herbert Fehringer eskortiert zu werden – schon wieder handelt er entgegen aller Dienstvorschriften –, aber um der Dringlichkeit willen gibt er nach, und so machen sie sich zu viert auf den Weg nach Ehrenstetten. Gundi ist zwar von der erneuten Aktion ihres Herberts alles andere als begeistert, enthält sich diesmal jedoch eines Kommentars. Vielleicht kommt ja wirklich Licht ins Dunkel dieses Mordfalles, und dann ist endlich Ruhe.

Die Stimmung im Auto ist gedrückt, und das liegt kaum daran, dass sich im Westen wie gestern ein Gewitter zusammenbraut. Jeder hängt seinen Gedanken nach. Kommissar Lorenz konzentriert sich völlig auf den Hauptverdächtigen, den sie gleich vor sich haben werden. Ob und wie wird er versuchen, sich zu rechtfertigen? Wird ihm ein Geständnis abzuringen sein, oder wird er die Tat stur bestreiten? In diesem Fall kann er ihn nur vorläufig als Hauptverdächtigen festsetzen und muss weiter nach Indizien suchen. Es gibt schließlich keine Tatzeugen.

Auch Herbert Fehringer verliert kein Wort und schaut ausnahmsweise sehr ernst drein. Er macht sich Vorwürfe, dass er zu unaufmerksam war, zu wenig nachgedacht hat. Sicher, er ist kein Polizeibeamter, aber er kann doch sonst ganz gut beobachten und Schlüsse ziehen. Und falls seine Vermutung zutrifft, so ist der Täter nicht nur für diesen grauenhaften Mord verantwortlich, sondern auch dafür, dass seine Familie unweigerlich in Mitleidenschaft gezogen wird, ja, möglicherweise dass ihr gesamtes Leben zerbrechen wird. Im Dorf werden sie gemieden werden, es wird niemand mehr mit ihnen etwas zu tun haben wollen.

Matthias Thiele hat auf Geheiß seines Chefs die Kollegen, die an diesem Abend im Präsidium Bereitschaftsdienst haben, mobilisiert, damit sie sich ebenfalls auf den Weg nach Ehrenstetten machen. Im Geist rekapituliert er noch einmal alles, was sich in Zusammenhang mit dem Mord ereignet hat. Wie schafft es ein Mensch wie Türheim, fragt er sich, ein Leben zu führen, das in der Hauptsache aus Lügen, Betrügen und Ausbeuten besteht? Als Einzige hat seine Sekretärin ohne Vorbehalte an ihn geglaubt. Und nun das! Nun kommt zutage, wie skrupellos und ausschließlich auf den eigenen Vorteil bedacht Türheim war.

Nur Julia ist einigermaßen guter Dinge. Wie im Fernsehen, frohlockt sie. Endlich kann ich mal dabei sein, wenn mein Vater einen Mörder zur Strecke bringt. Bin gespannt, wie er das macht. Im Grunde hat sie ja nur einen kleinen Hinweis geliefert, meint sie und kann nicht recht verstehen, dass erst Matthias und dann ihr Vater sich wie die Hyänen darauf gestürzt haben.

Den Weg zu ihrem Ziel in Ehrenstetten kennt Herbert Fehringer gut. Schließlich war er gestern erst da. Nach dem Ortsschild biegt er sofort nach rechts in die erste Seitenstraße und hält vor dem Grundstück von Franz Gruber, der mitten auf dem großen Hof steht, um den herum Wohnhaus, Garagen, Geräteschuppen und Ställe für Hühner, Hasen und sonstiges

Getier gruppiert sind. Sein Gesichtsausdruck spiegelt alles andere als reine Freude wider.

«Du schon wieder», faucht er Herbert Fehringer an. «Wird das jetzt zur Gewohnheit? Und was wollen die alle hier? Ich habe keine Zeit. Und meine Frau kommt erst in einer Stunde zurück.»

«Sie erinnern sich, wer wir sind? Lorenz, Kriminalpolizei Freiburg, Mordkommission, mein Assistent Herr Thiele, und das ist meine Tochter Julia. Wir würden Sie gern sprechen. Können wir ins Haus gehen? Julia wartet derweil im Auto. Nicht wahr?!»

Der Zusatz «nicht wahr» ergeht so unmissverständlich als Aufforderung, dass nicht einmal Julia sich traut, dagegen zu opponieren, zumal sie nicht das Risiko eingehen will, dass man ihr die Schuld zuschiebt, wenn bei der Vernehmung etwas schiefgeht.

Wie Herbert Fehringer gestern führt Gruber seine ungebetenen Gäste auch heute in die Probierstube. Wortlos weist er auf die Stühle, was besagen soll, dass er ihnen nur ungern Platz anbietet. Er selbst bleibt stehen und lehnt sich gegen einen der hellen Holzschränke, hinter dessen Glastüren die Weinkelche aufgereiht sind.

«Und jetzt? Was gibt's?», fragt Gruber betont beiläufig, doch am gespannten Ausdruck in seinem Gesicht, das langsam eine immer tiefere Röte annimmt, ist unschwer zu erkennen, dass er diese Fassade nur mit größter Kraftanstrengung aufrechterhält.

«Herr Gruber», steuert Kommissar Lorenz geradewegs auf sein Ziel zu. «Ich beschuldige Sie des Mordes an Professor Helmut Türheim. Sie haben ihn mit dem Grillspieß während des Dorffestes erstochen.»

Diese sehr kühl und emotionslos hervorgebrachte Anklage

wirkt auf Gruber, als hätte ihm jemand einen mächtigen Schlag zwischen die Schultern versetzt. Für einen Moment scheint es, als falle er in sich zusammen, dann versucht er jedoch mühsam, Haltung zu bewahren, und krächzt: «Wieso sollte ich den umgebracht haben? Ich war es nicht.»

«O doch. Herr Gruber. Wir sind über die Hintergründe informiert. Das Grundstück, auf dem jetzt der Supermarkt gebaut werden soll, gehörte ursprünglich Ihnen beziehungsweise Ihren Eltern. Die haben es vor einiger Zeit, wie so vieles andere auch, Ihnen überschrieben, denn Sie haben vermutlich darauf gedrängt, weil Sie den Besitz Ihrer Eltern möglichst endgültig und raffgierig komplett Ihr Eigen nennen wollten. Darüber, ob das moralisch verwerflich ist oder nicht, steht uns kein Urteil zu. Und bis hierher ist das auch Ihre Privatsache. Das geht uns nichts an. Irgendwann haben Sie Hermann Bultmeier einbezogen, wie er uns bestätigt hat. Von ihm wollten Sie wissen, ob dieses Grundstück als Bauplatz deklariert werden könnte, wodurch es natürlich ganz erheblich an Wert zunähme. Ob Bultmeier nun tatsächlich nichts wusste oder nur vorgab, nichts zu wissen, ist nicht mehr nachvollziehbar. Er hat sich jedenfalls wohlweislich aus der Sache herausgehalten und Sie stattdessen an Franz Jünger verwiesen – mit der Begründung, dass der Ihnen vielleicht einen Hinweis geben könne. Zu diesem Zeitpunkt, so können wir lediglich vermuten, war von der Firma, die jetzt den Supermarkt errichten will, wohl schon die Anforderung eines Angebotes an eine örtliche Baufirma gerichtet worden. Zufällig war das die Jünger GmbH. Da sich Jünger selbst, aus Gründen, die wir hier nicht näher erläutern können, nicht einschalten konnte, bezog er seinen Freund Helmut Türheim ein. Der wusste, wie viele hier im Dorf, dass Sie trotz der elterlichen Zuwendungen hoch verschuldet sind und dringend Geld brauchten. Deshalb bot er Ihnen an, das Grundstück zu kaufen – selbstverständlich nicht zu dem Preis, den es zu diesem Zeitpunkt als Baugrund bereits erzielt hätte. Damit das Finanzamt nicht auf die Idee kommt, Nachweise über die Finanzierung einzufordern, hat Türheim Ihnen vorgeschlagen, diese Transaktion offiziell als Schenkung vonstattengehen zu lassen. Wahrscheinlich hat er Ihnen plausibel gemacht, dass auf diese Weise Sie beide von diesem Handel profitieren würden. Der Aufwand hierfür ist ja auch weit geringer als bei einem käuflichen Erwerb. Unter der Hand hat er Ihnen dann das Geld bar auf den Tisch gelegt – wie gesagt, natürlich bei weitem nicht so viel, wie das Grundstück damals bereits wert gewesen ist. Dass er daneben sowohl Jünger als auch Bultmeier mit einer kleinen, nennen wir es Provision bedacht hat, nehme ich fast an. Aber auch das tut hier nichts zur Sache. Fest steht, dass Sie, als Sie endlich die ganze Geschichte durchschaut haben, in Ihrer blinden Wut Türheim erstochen haben.»

Franz Gruber lehnt immer noch am Gläserschrank, ist inzwischen jedoch, im Unterschied zu vorhin, totenbleich. Er zittert am ganzen Leib, sodass er Thiele und Herbert Fehringer fast leid tut. Er gibt keinen Laut von sich. Daher fährt Lorenz in seiner Vernehmung fort.

«Was ich nicht verstehe, Herr Gruber, weshalb haben Sie denn derart Hals über Kopf dieses Grundstück hergegeben?»

«Sie haben gut reden. Sie haben ja keine Ahnung. Was glauben Sie, was das hier alles gekostet hat. Schauen Sie sich doch mal um. Der Lisbeth konnte der Aus- und Umbau nicht großartig genug sein. Verschuldet haben wir uns bis über die Ohren. Ich habe fest damit gerechnet, dass wir alles nach und nach wieder reinholen, aber durch das miese Wetter im letzten Jahr haben wir nicht einmal die Hälfte des kalkulierten Ertrags bekommen. Und dann folgte dieser unselige Hagel im Frühjahr. Der hat fast alle Reben zerstört. Bestimmt neunzig Prozent sind draufgegangen. Kein Umsatz, und dann noch Kredite abbezahlen? Deshalb kam mir das Angebot von Türheim mehr als gelegen. Er hat gesagt, er hätte Geld übrig, von dem nicht unbedingt jeder wissen müsse, und deshalb würde er es am liebsten auf diese Weise anlegen. Und ich könnte es doch brauchen. Ich konnte schließlich nicht wissen, dass der mich so hintergeht. Dass der ein solches Schwein ist.»

«Hast du denn keine Hagelversicherung abgeschlossen?», will Herbert Fehringer jetzt wissen.

«Wovon denn? Ihr Städter habt überhaupt keine Ahnung von so etwas. Weißt du, wie teuer die Prämien sind? Das konnte ich mir bei all den Schulden nicht mehr leisten. Und keine Bank hätte mir noch etwas gegeben. Denen gehört ja eh schon das meiste.»

«Sie haben also am Tag des Lorenzemärt erfahren, dass Türheim Sie übers Ohr gehauen hat», stellt Lorenz fest. «Von wem denn?»

«Nein. Schon kurz vorher. Es war reiner Zufall. Ich habe den …, ach, den kennen Sie sowieso nicht, also jemanden vom Gemeindeamt halt getroffen. Und der hat mich blöd angegrinst und mich angemacht, ob ich es mir leisten könne, ohne Sinn und Verstand Grundstücke zu verschenken. Er hätte da so etwas gehört. Ob ich mir das leisten könnte!! Und gar schon jetzt, wo da ein Supermarkt draufgebaut werden soll. Ich habe gedacht, mir zieht's den Boden unter den Füßen weg. Stellen Sie sich das mal vor, Herr Kommissar, da hätte ich das Zehnfache und mehr kriegen können. Wäre saniert gewesen. Und nicht nur das. Im Dorf können die mich eh nicht leiden, weiß der Teufel, warum. Das hat sich jedenfalls sofort herumgesprochen. Ich bin als Witzfigur dagestanden. Es war der reine Hohn, wie der vom Gemeindeamt mir das aufgetischt hat. Ich bin dann sofort mit ihm aufs Amt und habe mir die Pläne angeschaut. Dahinten auf der Bank liegen die Kopien, die er mir unter der Hand gemacht hat. Natürlich nur, um mich noch mehr zu ärgern! Ich habe sofort versucht, den Türheim zur Rede zu stellen, aber der war nicht erreichbar, hat sich verleugnen lassen, oder was weiß ich. Ich habe dann auf ihn gewartet. Vor dem Haus. Ich wollte ihm richtig eine reinhauen. Aber er hat sich gewehrt, hat mir ein Bein gestellt und mich auf den Boden geworfen. Dann ist er davon. Feige, wie er war.»

Die immer noch nicht verrauchte Wut verhilft Gruber zu einer veränderten Haltung. Herausfordernd schaut er in die Runde, ganz so, als ob er für seine Tat Verständnis, wenn nicht gar Zustimmung erwarten könnte.

«Sie müssen doch zugeben, dass man da ausrastet. Das war Notwehr, Herr Kommissar.»

«Was meinen Sie mit Notwehr? Sind Sie von Professor Türheim bedroht worden?»

«Bedroht? Meine Existenz hat der bedroht. Was sage ich. Vernichtet! Ist das nichts?», brüllt Gruber nun.

«Nein. Nichts rechtfertigt einen Mord. Gar nichts.» Die Ruhe, mit der Lorenz vorgeht, steht in merkwürdigem Gegensatz zu dem in höchstem Maße aufgewühlten Gruber. «Sie haben Helmut Türheim heimtückisch von hinten mit dem Grillspieß erstochen. Das heißt, Sie haben ihm am Tag des Laurentiusfestes ein weiteres Mal aufgelauert.»

«Dem musste ich nicht auflauern. Der ist an jenem Tag groß und breit von seiner Villa am Wildenhain auf dem kleinen Weg hinter dem Hof, wo der Angelsportverein war, runterspaziert. Ich habe ihn kommen sehen. Ich wollte mit ihm reden. Ruhig und vernünftig.»

Diese Behauptung ruft sowohl bei den beiden Kriminalbeamten als auch bei Herbert Fehringer starke Zweifel hervor, aber Lorenz lässt sie erst einmal so stehen.

«Und? Weiter!»

«Dann habe ich ihm vorgeschlagen, dass er mich am Profit, den er mir zu verdanken hat, beteiligt, aber er hat bloß lauthals gelacht und dann von oben herab erklärt, er habe nicht die geringste Absicht, mir etwas zukommen zu lassen. Wir haben uns dann wieder gestritten, und dann hat er gesagt, ich sei selber schuld, ich solle halt nicht auf so großem Fuß leben, wenn ich es mir nicht leisten kann. Und dann hat er wieder blöd gelacht, sich umgedreht und ist gegangen. Und da war ich so wütend, dass ich den Spieß, der da rumlag, genommen hab. Ich bin ihm nach und hab halt zugestochen …»

«Und weshalb waren auf dem Spieß dann keine Fingerabdrücke?»

«Weil ein Lappen danebengelegen ist. Mit dem hab ich den Spieß angefasst.»

«Dann kann es mit der Notwehr wohl nicht weit her gewesen sein, wenn Sie dazu noch Zeit hatten – oder? Herr Gruber, ich nehme an, Ihnen ist klar, dass ich einen Haftbefehl gegen Sie beantragen werde. Ob Ihre Tat als Mord oder Totschlag bewertet wird, hat das Gericht zu entscheiden. Vorläufig folgen Sie den Kollegen bitte ins Untersuchungsgefängnis.»

Lorenz lässt noch die sachliche Belehrung nach Paragraph 136 StPO folgen, die Gruber über seine Rechte informiert, dann holt Thiele die uniformierten Freiburger Beamten herein, die inzwischen auf dem Hof eingetroffen sind, damit sie für die ordnungsgemäße Verwahrung des Franz Gruber im Freiburger Untersuchungsgefängnis sorgen.

Nachdem Gruber mitsamt einer Tasche, die er geistesabwesend und mit mechanisch wirkenden Bewegungen gepackt hat, abtransportiert worden ist, gehen Lorenz, Thiele und Herbert Fehringer langsam zu dessen Auto, wo Julia die letzte Szene beobachtet hat und auf sie wartet. Allen ist ziemlich mies zumute. Obwohl es endlich gelungen ist, die Tat aufzuklären, empfindet keiner Genugtuung.

«Wer benachrichtigt eigentlich seine Frau?», überlegt Fehringer. «Die weiß von all dem wahrscheinlich nichts.»

«Ob Mitwisserschaft besteht oder nicht, wird in der Verhandlung geklärt. Da sie mit ihm verheiratet ist, braucht sie nicht gegen ihn auszusagen, wenn sie nicht will. Aber du hast recht, Herbert, jemand muss sie informieren. Bleibe ich halt so lange hier, bis sie nach Hause kommt. Ihr könnt inzwischen schon fahren», seufzt Reinhold Lorenz und stellt sich gedanklich vorsichtshalber auf eine längere und unangenehme Wartezeit ein.

«Wo denkst du hin? Ich lasse dich doch nicht hängen bei solch einer schrecklichen Aufgabe. Die jungen Leute sollen heimfahren. Wir zwei kommen schon irgendwie nach Freiburg, Reinhold. Im Notfall spendiere ich uns ein Taxi», entgegnet Herbert Fehringer gutmütig. Das ist seiner Meinung nach das mindeste, was er für seinen Freund tun kann. Dankbar schaut Reinhold Lorenz ihn an.

«Da habt ihr die Autoschlüssel», sagt Fehringer und drückt sie Thiele in die Hand. «Aber es wäre mir lieb, wenn ihr das Auto heil nach Freiburg bringt. Fahrt langsam.»

Dem Kommissar ist das Vertrauen, das Fehringer in die Fahrkünste von Matthias Thiele setzt, nicht geheuer. Es hat sich bei gemeinsamen Dienstfahrten nicht umsonst eingebürgert, dass Lorenz fährt. Nur – wie soll er seine berechtigten Bedenken vorbringen, ohne dass er den jungen Mann vor seiner Tochter blamiert? Bedächtig wendet er sich zu Julia um.

«Wolltest du nicht immer schon mal so ein Luxusgefährt durch die Gegend chauffieren?», fragt er sie. «Jetzt hättest du Gelegenheit. Herbert vertraut dir das Auto bestimmt an, wenn du versprichst, schön langsam zu fahren. Sie sind nicht böse, nicht wahr, Herr Thiele? Wann hat die Julia schon einmal eine solche Gelegenheit.»

Herbert runzelt die Stirn, denkt sich seinen Teil und nickt dann zustimmend. «Ist in Ordnung.»

Sehr viel sicherer, als Lorenz geglaubt hat, setzt seine Tochter die große Limousine mit elegantem Schwung zurück und fährt mit mäßigem Tempo davon.

«Sollen wir noch irgendwo hingehen?», fragt Julia unterwegs.

«Eigentlich ist mir nicht danach, etwas zu unternehmen. Wir haben auf der Polizei-Akademie zwar gelernt, dass Habgier zu den klassischen Mordmotiven gehört, aber wenn man das in natura erlebt, nimmt es einen ganz schön mit», antwortet Thiele niedergeschlagen.

«Also schön. Dann bringen wir das Auto zu Fehringers und warten dort, bis Papa und der Würschtle wieder aufkreuzen. Das kann ja nicht ewig dauern. Meinem Vater geht es vermutlich auch nicht viel anders als dir. Und wenn einer die Laune heute Abend noch ein bisschen heben kann, dann ist das unser Herbert. Die Gundi hat bestimmt was zu essen daheim.»

Gundi ist im ersten Moment zu Tode erschrocken, als Julia und Matthias allein mit dem Auto vorfahren.

«Um Gottes willen, was ist passiert? Wo ist Herbert? Und dein Vater?» In ihrer Aufregung merkt sie gar nicht, dass sie Julia duzt.

«Keine Sorge. Die kommen nach. Die sind geblieben, um der Frau vom Franz Gruber schonend beizubringen, dass ihr Mann den Türheim auf dem Gewissen hat.»

«Was? Kommt erst einmal herein und setzt euch.»

Sie lassen sich, ein wenig erschöpft nach der ganzen Aufregung, in die weichen Polster der Gartenstühle auf der Terrasse fallen, von denen sie Lorenz und Fehringer vorhin so abrupt aufgescheucht haben.

«Jetzt erzählt mal genau», fordert Gundi die beiden jungen Leute auf. «Ich habe das alles nicht wirklich mitbekommen. Weshalb hat sich denn auf einmal Ihr Verdacht auf Gruber gerichtet, Herr Thiele?»

Froh, dass er alles hinter sich hat, ist Thiele der Begriff der Dienstverschwiegenheit gänzlich abhandengekommen.

«Durch Julia. Sie hat sich mit Hanna unterhalten, und die hat ihr erzählt, dass Gruber dauernd versucht hat, sie anzumachen. Als sie ihn abgewiesen hat, versuchte er aber trotzdem, bei Bultmeier damit zu protzen, dass er ein Verhältnis mit ihr hätte. Das hat Hanna natürlich fürchterlich geärgert.»

«Ich verstehe es immer noch nicht», versucht Gundi der Sache auf den Grund zu gehen. «Was hat das mit dem Mord zu tun?»

«Das noch nichts, aber Hannas anschließende Bemerkung, dass es dem Gruber ganz recht geschieht, dass Türheim das Grundstück an sich gerissen hat. Das sei die gerechte Strafe. Julia hat die Bemerkung aber nicht so wichtig genommen, weil sie gedacht hat, Hanna meint das Grundstück, wo Türheims Haus draufsteht. Wie hätte sie auch auf den wahren Sachverhalt kommen können», nimmt Thiele seine Julia vorsorglich gleich in Schutz.

«Und weiter?», will Gundi wissen.

«Ja, wir haben heute Abend nochmal drüber gesprochen, und da hat sich Julia an diese beiläufige Bemerkung erinnert. Ich habe es auch nicht sofort begriffen, weil mir genauso wenig klar war, welches Grundstück gemeint war. Aber dann hat es bei mir gedämmert. Mir fiel die Sache mit dem Supermarkt ein. Und unsere Vermutung, dass Jünger und Türheim einen gemeinsamen Deal gedreht haben, außerdem der Bericht Ihres

Mannes, dass es zwischen Gruber und Türheim eine tätliche Auseinandersetzung gegeben hätte und dass Grubers Eltern ihm Grundstücke überschrieben hätten. Plötzlich passte alles zusammen. Und nachdem Ihr Mann vorhin Bultmeier angerufen und von ihm bestätigt bekommen hat, dass das künftige Supermarkt-Areal tatsächlich früher den Gruber-Eltern beziehungsweise danach dem Gruber-Sohn gehört hat und der es Türheim angeblich übergeben oder verkauft habe, war alles klar.»

«Hat dieser Gruber die Tat denn sofort zugegeben?», erkundigt sich Gundi weiter.

«Nun ja, ziemlich gleich.»

«Das wundert mich. Ich hätte gedacht, dass Täter erst einmal alles daransetzen, um sich herauszureden.»

«Das ist fast immer so. Herr Lorenz hat mir erzählt, dass Leute, die einen Mord begangen haben, bei der Vernehmung oft ziemlich bald einknicken, manchmal sogar regelrecht froh sind, wenn ihre Tat endlich ans Licht kommt, weil sie mit der Last auf ihrem Gewissen nicht mehr klarkommen.»

«Im Grunde ist das alles furchtbar traurig», meint Gundi.

«Das ist wohl wahr», bestätigt Matthias Thiele aufrichtig, «aber wenigstens wissen wir jetzt, wer es getan hat, und es gibt keine falschen Verdächtigungen und Beschuldigungen mehr. Dank Julia. Und Ihr Mann hat uns ebenfalls sehr geholfen. Das muss man schon sagen.»

Gundi schaut den Kriminalassistenten nachdenklich an. Die letzte Bemerkung hält sie für völlig überflüssig, ist sie sich doch im Klaren darüber, dass Herbert das ebenfalls so sehen und folglich bei jeder passenden und unpassenden Gelegenheit darauf zu sprechen kommen wird. Vorerst aber begibt sie sich zum Gartentor, um ihrem Mann und Reinhold Lorenz entgegenzugehen, die eben einem Taxi entsteigen.

Matthias Thiele nutzt die Gelegenheit, um rasch ein wenig näher an Julia zu rücken. Sie legt zärtlich den Arm um ihn, und so landet er augenblicklich wieder auf seinem Stammplatz auf Wolke sieben.

Und noch jemand ist unterwegs in seine angestammte Heimat: Das kleine Nilpferdchen befindet sich bereits wohlverpackt und auf sicherem Weg, so, wie es Professor Schiller versprochen hat, auf der Reise nach Ägypten.